浮游群落

刘大任 —— 著

当代世界出版社

图书在版编目（CIP）数据

浮游群落 / 刘大任著．—北京：当代世界出版社，2021.5
ISBN 978-7-5090-1541-4

Ⅰ.①浮⋯ Ⅱ.①刘⋯ Ⅲ.①长篇小说－中国－当代 Ⅳ.① I247.5

中国版本图书馆CIP数据核字(2021)第053823号

书　　名:	浮游群落
出版发行:	当代世界出版社
地　　址:	北京市东城区地安门东大街70-9号
网　　址:	http://www.worldpress.org.cn
邮　　箱:	ddsjchubanshe@163.com
编务电话:	(010) 83907528
发行电话:	(010) 83908410
经　　销:	新华书店
印　　刷:	北京中科印刷有限公司
开　　本:	1092毫米×850毫米　　1/32
印　　张:	9.75
字　　数:	200千字
版　　次:	2021年5月第1版
印　　次:	2021年5月第1次
书　　号:	978-7-5090-1541-4
定　　价:	56.00元

如发现印装质量问题，请与承印厂联系调换。
版权所有，翻印必究；未经许可，不得转载！

目录

I	总序
001	序曲
009	夜莺
029	同温层
053	小白船
077	银色圣诞
099	子夜弥撒
117	串串红
139	蓝色的灯罩
161	红叶温泉
181	梦的制造厂
207	血蚶与生蚝
219	春暖鞋街
235	压箱底的旗
253	闪着金光的远方
277	尾声
287	后记

总序

Ⅰ 海上风雷
王德威

青春与革命是现代中国文学最重要的主题之一。二十世纪初梁启超首开其端，以《少年中国说》(1900)召唤青春希望与动力，一时如应斯响。一九一五年九月，陈独秀等创办《青年》杂志，在发刊词中以初春、朝日比喻青年的朝气蓬勃，期勉中国新生代奋力创造未来。次年李大钊继之以《青春》《青春中华之创造》等文，宣称"盖青年者，国家之魂"。

这一青春想象的政治载体是革命。"五四"狂飙卷起，革命救亡还是启蒙淑世，成为一代青年对话或交锋所在，也成为启动文学现代性的契机之一。从叶绍钧的《倪焕之》(1927)，到巴金的《激流三部曲》(1933)、路翎的《财主的儿女们》(1947)、杨沫的《青春之歌》(1958)，每一世代作家都曾铭刻青年革命者与时代搏斗的轨迹，或彷徨，或呐喊，或牺牲。这些作品所汇集的想象资源至今影响不辍。

与此同时，大陆以外的华语社会也风起云涌。一九二四年，台湾青年杨逵（1906—1985）为了反抗童养媳婚姻、追求思想出路，东渡日本，因此接触进步活动。杨逵一九二七年回台后积极参与农民运动和新文化运动，一九三五年更以短篇小说《送报夫》赢得日本《文学评论》二等奖。小说以日本殖民资本主义势力对台湾土地的搜刮开始，描述一个留日台湾学生如何在异乡经历了经济、民族地位的不平等待遇，从而决心加入社会行动。这篇以日文创作的小说后由胡风译成中文，成为最早被介绍至大陆文坛的台湾作品之一。

一九三六年，江苏常熟青年教师金枝芒（陈树英，1912—1988）与妻子来到英属马来亚。金枝芒读中学期间即参加学生运动，一九三五年"一二·九运动"后涉入更深。当时许多前卫青年前往延安，金枝芒却选择下南洋。往后十年他厕身新马华人文教运动，同时参与地下抗日组织。"二战"后英国殖民者再度得势，金枝芒和他的同志转而抗英。一九四八年底，他加入马共丛林抗战队伍，辗转十余年，留下了相当数量的文字记录，最著名者为小说《饥饿》（1961）。

类似的故事所在多有。一九三二年，十七岁的黑婴（张炳文，1915—1992）从印度尼西亚棉兰来到上海就读暨南大学，结识新感觉派文人穆时英、施蛰存等，成为其中最年轻的一员。抗战爆发，黑婴返回印尼参加抗日活动，因此身陷囹圄。战后他担任《生活报》总编辑，出版短篇小说集《时代的感动》

(1949)和中篇小说集《红白旗下》(1949)。一九五一年,黑婴再次返回中国。一九四〇年,二十岁的新加坡华裔青年王啸平(1919—2003)回到中国参加抗日战争,加入新四军。新中国成立后,王啸平进入戏剧界,晚年以《南洋悲歌》(1986)等作回顾半生行止。王啸平的一个女儿也从事文学创作,她就是著名作家王安忆。

我们应如何看待这些作家?他们背景各异,但都是少小离家,四出冒险。他们都怀有一股无以名状的激情,企图改变自己或社会现状,也不约而同地在左翼理想中找到寄托。此处的"左翼"需要作广义理解,至少包括以下的特征:对抗传统体制、自居异端的勇气;"被侮辱与被损害者"的人道主义关怀;对社会、经济、政治不义现象的批判;对殖民及资本主义的反抗;对民族主义的追求;还有对跨越国际无产阶级联合阵线的号召。这些议题之间未必相互契合,但总能成为这些青年诉诸文学形式、不断辩证反省的焦点。

更重要的是,这些青年游走中国大陆内外,比起"五四"新青年,更多了一层跨地域、跨文化的经验。尤其在当时南洋与台湾的殖民地地区,族裔的差异、语言的分歧、家国想象的出入,甚至生态环境的变化都形塑了他们文字的特殊性。马来亚的威北华(李学敏,1923—1961)在印尼参与民族独立战争时,从印诗人安华(Chairil Anwar)、荷兰作家马斯曼(Hendrik Marsman)学得现代派技巧;"台湾第一才子"吕赫若(吕石堆,1915—1951)留日时期深受日本左翼运动影响,他的笔名传说取自朝鲜作家张赫宙与中国作家郭沫若。吕赫若的小说《牛车》

一九三六年也由胡风译为中文。

一九三八年，来自台湾美浓的客家青年钟理和(1915—1960)只身前往伪满洲国。他是"日据"时代少数能以流利白话汉文创作的作家，他的中国经验尤其与众不同。钟的同父异母的二哥钟浩东(1915—1950)为影响其最深者。钟浩东曾赴广东参加抗日，"二·二八事件"后，因密谋反国民党工作被捕遭处决。"我不是爱国主义者，但是原乡人的血，必须流返原乡，才会停止沸腾！"钟理和在人生的最后阶段，原乡情结如斯沸腾。

二十世纪中期冷战格局形成，国民党退居台湾。海峡局势虽逐渐稳定，但意识形态的禁忌无所不在。这是一个苦闷的年代。西方思潮的引进，岛内政治生态的改变，都促使有心的知识分子反思：他们应何去何从？一九六七年，出身台湾世家的郭松棻(1938—2005)前往美国加州大学伯克利分校专攻比较文学。此时越战方兴未艾，全球躁动不安，美国学潮、法国工运、中国"文革"，让郭松棻深有所感。他从存在主义哲学转入左翼哲学。一九七〇年，郭投入保卫钓鱼岛运动，尽心竭力，竟致放弃博士学业。爱国的激情使他不能见容于台湾当局，被迫羁留海外多年。保钓运动烟消云散后，郭回身转向创作，铭刻所来之路，赫然发现这才是安身立命所在。

当代台湾最重要的马克思主义倡导者非陈映真(1937—2016)莫属。他的创作始于一九五〇年代末期，小说《我的弟弟康雄》呈现淡淡的郁悒色彩，和无以自处的存在焦虑，充满现代主义色彩。但他迅即转向关注人间疾苦，以及社会公义问题；在戒严的年代里，鲁迅其人其文成为他最大的精神寄托。到了二十世纪六十年代中期，陈映真左翼人道主义的信念已经浮上台面。一九六八年，陈因思想问题被捕入狱，成了另一种"白色恐怖"牺牲者。

作为一位有坚定意识形态信仰的作家，陈映真对自己的付出无怨无悔。一九七五年出狱后，他仍然以卫道者的姿态批判跨国资本主义对台湾的侵害，以及第三世界国族政治的粗鄙短视。但对革命实践之后所暴露的巨大落差和变形，他不能无感，因此有了一九八〇年代著名的"山路三部曲"（《山路》《铃铛花》《赵南栋》，1984）。透过《山路》里曾经向往革命精神的老妇，陈映真问道："如果大陆的革命堕落了，会不会使得昔日的血泪牺牲，都变为徒然？"这是鲁迅式"抉心自食"的深刻反省。

阅读陈映真的一大门坎，是意识形态及文学创作间的辩证性。我们无法规避陈映真的政治信仰，只谈他的创作，但也不能完全依照作家的意识形态，强为他的作品对号入座。细读陈映真的作品，我们得见其他线索：从个人（政治或伦理）主体性的所伤，到群体生活的荒谬疏离，再到信仰与沟通的二律背反。他质问人性沉沦与扭曲的问题、罪与罚的问题、忏悔与救赎的问题，或沉郁低回，或义愤悲悯，无不真诚动人。

以上脉络勾勒近一个世纪以来，海外华语世界的青年如何投身时代风潮，又如何以文字铭刻身心的历练。这一脉络却往往被文学史所忽略或简化。近年有关陈映真、郭松棻等人的事迹逐渐得到重视，他们的主要作品也先后在大陆出版。但还有更多的作者和作品有待发掘。"海上风雷"系列即是希望呈现其中的精彩部分——那些青春岁月的冒险,那些激情与怅惘的故事,不应被历史遗忘。

二十世纪六十年代末的美国各种运动此起彼落,一批自台湾、香港留美的学生也纷纷投入其中。一九七〇年台湾外海的钓鱼岛领属权突起争议,一夕之间蕞尔小岛成为海外民族主义运动的象征。除了前所论及的郭松棻,刘大任(1939—)更是当时的领导人物。他们感时忧国的激情与执着,不啻是"五四"精神的延伸。不同的是,"五四"热血文人的极致是文学退位,革命先行,而刘大任等人却是经历了政治洗礼后返璞归真,以文学为救赎。

保钓之后,刘大任以一种宛如自我放逐的姿态远赴非洲。赤道归来,他开始提笔为文。他的作品或痛定思痛,或云淡风情,但字里行间总潜藏一脉不甘蛰伏的心思。他写亲情友情的乖违,吉光片羽的启悟,举重若轻,无不是拼贴历史碎片、检视前世今生的尝试。小说成为一种谦卑的、反观自照的方法,一种无以名目的行动艺术。《浮游群落》(1982)中,刘大任回顾上世纪六十年代就读台大时所经历的"情感教育"。在白色恐怖的氛围里,在美式文化的洗礼中,一群血气方刚的大学生面对现实藩篱,摸索乌托邦的可能,却上下求索而不可得。他们呐喊,他们彷徨。一切悬而不决,一股虚无的感觉悠然升起。这本小说不啻是刘大任为一代台湾留美学生写下的前传。四十年来家国,当年的激情与壮志烟消云散,老去的作家有了此身虽在堪惊的惆怅。

相对于刘大任的传奇经历,张系国虽然亲历保钓,毕竟保持相对客观立场。时移事往,他一样不能忘情当年保钓经验——一群海外留学生最后的青春印记。张系国的《昨日之怒》(1978)名为虚构,其实此中有人,呼之欲出。他的风格堪与刘大任形成对话。刘大任现身说法,以今日之我自剖昨日之我,张系国则以旁观者姿态细数当年人事。俱往矣,只有感时忧国的情怀始终如一。

一九九五年,台湾剧场工作者及报导文学家钟乔(1956—)的小说《戏中壁》,演绎"台湾新剧之父"简国贤(1917—1954)制作演出话剧《壁》的始末。一九四六年初,简国贤自日本学成返台,与民间讲古先生宋非我组织"圣峰演剧研究会"搬演《壁》一剧。这出戏讽刺国民党接收台湾后的社会乱象,赢得观众共鸣。"二·二八事件"后,简国贤加入共产党地下组织,四年后被捕处死。二〇一三年,简国贤的姓名被中华人民共和国镌刻并镶嵌于北京西山无名英雄纪念广场。

钟乔追随陈映真与蓝博洲(1960—)的"革命考古学",以文学及剧场形式挖掘、回顾简国贤的创作及死难。他理解述说受难者的血泪不难,述说血泪的"难以述说"性才难。已经发生的无从弥补,我们唯有借着不同的形式,不断尝试重组记忆,才能够铭刻历史的创伤于万一。《戏中壁》出入过去与现在,幻魅与真实,充满前卫色彩,却也是不折不扣的伤逝文学。

二〇二〇年,台湾作家朱嘉汉(1983—)以《里面的里面》引起文坛瞩目。这部小说聚焦台湾共产党创始者之一潘钦信

（1906—1951）的故事。潘钦信一九二四年就读上海大学时即加入革命活动，后奉命组织台湾共产党；"二·二八事件"后他潜赴大陆，一九五一年病逝上海。相较于同为台共创党者谢雪红（1901—1970），潘钦信的过往早已湮没。朱家汉抽丝剥茧，将潘极戏剧性的政治生涯公之于世，也同时揭露一桩家族秘密：潘钦信正是作者的舅公。

《里面的里面》以真实的历史为舞台，拟想潘钦信消失前的踪迹，以及他所预留的线索，有待后之来者的破解。朱嘉汉追寻被抹去的痕迹，聆听沉默的声音，思考那不可思考的事物，最终以虚构重新建构历史。"若只是口述历史或挖掘真相，就只能挖到'里面'，而我试着把被掩盖的遗忘挖出来，小说才能'比里面更里面'。"

"九州生气恃风雷"——龚自珍在十九世纪登高一呼，号召变革，启动中国现代性的先声。从杨逵到陈映真，从王啸平、威北华到刘大任、张系国，多少豪情壮志以及随之而来的艰难考验，铸造一代又一代的传奇。上下求索，路阻且长，不变的信念是对文学正义与行动的坚持。借着"海上风雷"系列，我们重新检视革命历史版图，见证他们的青春之歌。

纪念激情催促下的飘泊和动荡

给杰英、晓柏、晓阳

序曲

胡浩出门时，天色将暗未暗。他在公馆的零南号始发站上车，差不多绕完半个台北，赶到东方出版社门口下车，已是华灯初上了。

衡阳街骑楼下，逛夜市的人群摩肩接踵，熙来攘往，好不热闹。在沸腾的市声中，胡浩不由得也有了几分兴奋。他看了看腕表，才七点十分，离约会时间还有二十分钟。而且，他想，何燕青也不一定守时，遂放慢了脚步，抱着杀时间的心情，从容浏览起百货商店一方方各具匠心、争奇斗巧的橱窗设计。

一路溜达，往西行去，胡浩心里却念着小陶和阿青的事，小两口最近不知闹什么别扭，无论干什么、上哪里，总有意无意拉他做伴。他根本不想做电灯泡，然而两个人好像少了个电灯泡便混不下去。他不明白自己为什么要扮演这种窝囊角色，但他似乎也由不得自己。尤其是阿青，她出的主意往往不容人更改。就像今晚，公司要她拍一部一分钟的广告片，还得补几个空镜头，卖的既然是"夜来香"牌子的香水，胡浩便建议拍几个夜台北霓虹灯下人影双双、暗香浮动的镜头，于是小陶便分配到背摄影机的任务。他呢？本来推托说要赶八点钟的系务会议，但阿青说：

"去你的系务会议，你一个小小助教有那么重要？主意既然是你的，你就得亲临现场！"

跨过博爱路，人潮益发汹涌。骑楼下一长溜摆满了地摊：算命卜卦、五颜六色的廉价首饰、老鼠丸、蟑螂药、香烟摊、旧书报杂志、擦皮鞋……一个连着一个，对街还有进行黑市金钞暗盘交易的银楼，正是生意鼎盛的时刻。胡浩索性避开拥挤的人群，站到骑楼边上欣赏街景。一根蓝色的光管，扭成钢笔的形状，忽然一灭，又闪出"伟佛金笔"四粒红字。再过去，是"铁达时"的广告，白亮的长针指着"4"。胡浩开始后悔自己的荒谬建议了，也许他就此失约，让那小两口自己去解他们的结……

胡浩蹲在路边的旧书摊旁边，漫无目的地翻着一堆过时的时装杂志。一本两年前的 *Seventeen* 里面，有件黑白两色的连衣裙洋装，他忽然想象阿青穿上它的模样，不自觉地从荷包里掏钱付账，把杂志一卷，塞进牛仔裤口袋。正待踏开步往中山堂走去的当儿，前面骑楼底下忽地一阵骚动，人群像躲避疯狗一样，火速分开，挤向骑楼两边。就在那裂开的一道口中，跑出来一个神色张皇的年轻人，一面横冲直撞，一面却口沫横飞地大声呼喊：

"蒋总统万岁！中华民国万岁！……"

胡浩没来得及反应，几个穿制服的壮汉已从后面掩至，美军皮靴踏在水门汀劈啪乱响，霎时间，周遭的闹市全停了摆。一条大汉奔到那青年面前，一巴掌打在他嘴巴上，左手肘猛向他的腰部一顶，只听见他"哼"了一声，两腿一软便蹲在地上了。等胡浩恢复意识时，一副闪亮的手铐已经"咔嚓"一声卡上了那青年的手腕。胡浩忽然觉得全身的血液往脑门子直冲，他发觉自己正抓住那个大汉的手臂，听见自己的声音在说："光天化日之下，你们怎么……"自己的衣领已经被那个大汉粗壮的手一把提了起来，他感觉呼吸困难。有人在他肩膀上一拍：

"老弟，少管闲事。什么光天化日，马上就天黑了。"

不知何时，街边已驶来一部中型吉普车。等胡浩喘过气来下意识地拉扯自己的衣领时，穿制服的人已经簇拥着上了车。在逐渐远去了的车厢里，胡浩觉得那张惨白的脸，仿佛在哪里见过……

孙中山纪念铜像隐在夜幕笼罩的阴影里，脸上还是那副"革命尚未成功，同志仍须努力"的表情。铜像远离通衢要道，在经常举行重大政治集会的热闹广场上占不到一席之地，它倒像一座香火冷落的山神庙，睥睨着人间的繁华灯影。也许是刚好坐落在离电影街不远的僻静处所，四周的灯光也不怎么明亮，久而久之，铜像竟成了情人们约会的地点。

陶柱国背着一台十六毫米电影摄影机，三脚架打横搁在腿上，坐在台阶上抽"新乐园",他夹烟的手还在微微发颤。十分钟以前就在他眼前发生的事,现在还冲击着他的脑袋。那张在半昏暗照明下看起来尤其苍白的脸,虽然有些变形,却清清楚楚,就是他大一英文课同班的那个丰原人廖新土的脸。那张脸突然从中山先生的铜像后面跑出来,跟刚好掉头探视的陶柱国打了个照面。陶柱国看见他惊恐的眼睛和扭曲的嘴,一时还想不起他的名字,那人便斜刺着向中山堂前混乱的车流里冲去。横过广场,中山堂一侧的警察总局门口一时警笛大作,接着便有几条黑影朝他坐着的方向奔来。陶柱国本能地抱紧摄影机,往台阶的角落处挪动,眼睛却盯着那人脚步慌乱地在穿梭来往的各种车辆中寻他的生路。那群大汉奔到台阶上,像警犬一样四处乱嗅,有人往中山先生肃立着的铜座上面爬,居高临下,四处张望。在汽车喇叭和刹车声乱响的方向发现了那人的踪迹,立即发声大喊,一群穿制服的人迅即朝着高处那人手指的方向扑了过去。陶柱国背脊一阵发凉,从口袋里摸出一支烟点上。

他记得,大三那年开学后不久,有一天,整个校园里忽然到处贴满了红红绿绿的标语海报,连大王椰子的树干都像过年一样。那个傻呵呵的胖军训教官,也逢人就诉说着"巩固领导中心才是复国之道"一类的话。当然,像这种谁也无可奈何的政治问题,除了一些神色紧张的职业学生之外,谁也不想理会。可是,第二天,校园里的标语居然给人撕了个七零八落,气氛紧张得好像又发生了一个"五·二四"事件[1]。谣言在课堂里、走廊下散播着……有人说，校长已经被请到某机关去谈话。有人说，这是同情当年"自由中国"和反对党的漏网地下小组的行动。也有人说，这根本是某机关一手布置的圈套，昨天天一黑，校园各角落里已经布满了便衣，只等有人动手，便当场逮捕……当然，谁也没法证实任何一种传说。不过，陶柱国却听说，那个一道上过英文课的廖新土，确实便从此失了踪影……

何燕青跳下她的三枪跑车，此时才七点一刻。她把车子推到看管车棚的老头子面前，领了块车牌放进皮包里。时间还早，她脑子里盘算着，或许从延平南路拐到中华路一带去转一圈，看能不能选中一两个设计得比较精致的霓虹灯作素材？或者干脆让小陶做模特，借两盏灯到胡浩家里去拍几个特写，剪接一下，配上广告词，不就可以交差？还可以捞几个模特费，大家乐一乐！她一手晃着皮包，嘴里哼着"Smoke gets in your eyes"，眼睛往灯火辉煌处逡巡。刚刚走过警察总局大门口，迎面驶来了一部大摩托车，开车的人好像喝醉了酒，歪歪扭扭，从她身旁不到一尺的地方切了过去。"死鬼！"她回头骂道，是

---

[1] 注：1957年3月20日晚11时，美军顾问团上士罗伯特·雷诺在其位于台北阳明山的住宅门前，无故将任职于国民党"革命实践研究院"的少校军官刘自然开枪打死。5月23日，美"军事法庭"宣布雷诺枪杀刘自然系"误杀"，并以"罪嫌不足"判雷诺无罪，予以释放。此事引发了台湾民众大规模反美暴力冲突，史称"刘自然事件"或"五·二四反美运动"。

一部深蓝色八百马力的哈雷，竟然冲到警察局门口的人堆里去了，那堆人一时慌了手脚，四处奔逃。何燕青下意识地加快了脚步，往延平南路急急走去。就在这时，她的腰部竟然被一只男人的手搂住，半挟着她大步往前走。惊慌中，她抓起皮包朝旁边那人的头上脸上猛打，那人嘴角搐动，讲不出话来，手却抱得更紧，几乎是拖着她往前跑了。她一时脱不了身，拼命用硬底的半高跟鞋往那人的膝盖处一阵乱踢，那人一松手，她便乘机向延平南路飞跑过去，隐约听见警察局前面骚乱的人群中传来呼喊的声音：

"那个疯子跑了！那个疯子跑了！"

接着是一片凄厉刺耳的警笛声。

夜莺

夜台北有一股说不出的荒凉，一股说不出的压力，弥漫在灯火氤氲凄迷处。在无边的黑暗逐步鲸吞的这个了结着忙乱的世界里，有一些生就夜行动物敏感触须的生灵，正逐渐苏醒。在万华，香火缭绕的龙山寺前后；在圆环，经营着灯红酒绿的屋宇内外；在蜡黄肚皮的市营公共汽车蹒跚前行的狭窄拥挤的延平北路；在大桥头，在美国顾问出没的中山北路，在游人星散的新公园树影里，在沉重灰暗的火车皮一节节拉过平交道的中华商场左右；在西门町，霓虹灯的总效果代替了晚霞，椰树高楼剪贴在人造光明的燃烧图里，笼罩在一圈浸染夜空的桃红光晕之中，像皇冠一样，展示着某种说不出的魅力，某种说不出的文明。

尘嚣在闷热的空气里浮沉。一种宣告，一种召唤，在灯火氤氲凄迷处升起。

然而，闹哄哄的夜台北，不知从哪里，也不知什么时候开始，涌来一股说不出的荒凉，一股说不出的压力。坠入其中的一些夜行动物，像包裹着一层无形无色的薄膜，像一只望得见外面却看不见透明薄膜的苍蝇，开始郁闷，开始不安，开始盲目地冲闯，开始无意义地挣扎，而终于无可奈何……

夜台北有一股说不出的荒凉，一股说不出的压力，像慢性腐蚀的药水，在小陶的内里聚集。

十点不到，小陶背着一台沉重的十六毫米电影摄影机，拖着两条在夜市里漫无目的地逛了一个多钟头的腿，一级级跨着楼梯，走进"夜莺"。

掀开化学塑料的珠帘，长袋形的"夜莺音乐咖啡厅"里烟雾弥漫。一屋子黑头发波浪翻滚，一律追随柴可夫斯基《1812序曲》的旋律摇摆，打击乐器敲响时，有人压低嗓门唱和，有人捏紧拳头挥舞，窗玻璃也跟着共鸣。

小陶窥定里间后排一个空位，侧着身子，扛着摄影机，在一排排廉价绿胶皮沙发之间的走道空隙中往后座移去。他注意到有人向他点头招呼，一副"你又来了"的眼色。他没有停留，直到他发现，胡浩同阿青，也落座在他就要去占有的那排座位里。阿青低着头，桌上一大杯龙井，茶色已淡到冲过两三次水的程度。桌面上摊着一排分镜头卡片，阿青正用一支黄铅笔拨弄它们。她没有抬头，也许因为屋子里闷热，一束青丝扎成一把马尾，微微翘在那里。在灰暗的光照里，小陶看不见她的脸，但感觉到她白皙而貌似温存的面孔上张布着执拗决绝的线条。小陶不自觉地停住了，他没有犹豫多久，胡浩恰好转过身来发现了他，一把将他拉下来坐在阿青旁边。

"夜莺"是近年来台北新开办的一间古典音乐咖啡厅。老板吕聪明，是楼下吕氏外科医院的继承人。虽然是医科高才生，但因为迷上了古典音乐，特地从日本进口了一套最新式的立体声设备，利用父亲二楼的产业，开了这间咖啡厅。名义上是开张营业的啡啡厅，实质上不过是以古典音乐的立体声设备为号召，吸引同好，倒像是个古典音乐爱好者的俱乐部。吕聪明的知音朋友，都是这个俱乐部的常客，就算是不相识的客人，成了常客以后，也都变成了知音。"夜莺"的场面并不大，胶皮的单人和双人沙发，一共摆不下二十张。音响效果，除了那套设备和那三百张原版唱片是台北市绝无仅有的之外，倒并不怎么讲究，不要说隔音板和地毯，连墙纸都没贴一张。尽管这样，每天不到傍晚，还是有一批头发留得老长老长、眼泡因为睡眠过多而肿胀着的年轻知识分子，老大不愿地爬上楼来，在负责收账兼换唱片的柜台小姐处要一张点唱单，填上他钟爱的乐曲，慢吞吞地找一个角落坐下，等他的贝多芬或肖邦一同来谋杀这一晚的生命。

左手抱着右臂，右手抱着左臂，小陶使劲抱着自己。他用力伸展他的右手，指尖摸到了连着臂骨的肩胛骨，他把坐在沙发里面的身子死力往左转，中指指尖扒着肩胛骨的边缘往前伸，他几乎摸到了突出的脊椎。退伍还不到半年，他发觉自己的脊椎骨又突出来了。当兵的那一阵子，每天除了早餐一个大馒头外，小陶至少干掉六碗饭，入伍训练三个半月，他的脊椎骨便像懒虫一般缩进背脊弯里去了。现在，脊椎骨像冬眠醒来的蛇，爬在背上。当兵的时候，他一天给阿青写一封信，不知道为什么，或许是他的四肢与大脑分别在两个世界里生活，四肢在烈日下烤炙、发汗，一天天变得黝黑、精壮，大脑却在军纪和口令声中发蒙昏睡，每天唯有想到阿青，才能保持清醒。清醒使他痛苦，他享受他的痛苦，他躲藏在他的痛苦之中，像藏身在一副墨镜后面，享受一丝别人窥不见他的某种快意。

他在他的快意中给阿青写信，不论是课堂里的步兵操典还是凤凰树下的三点瞄准，他只是抱着他的活页夹给阿青写信，给每天的信编页、编号，贴上"限时专送"的红签条，送进草绿色的大邮筒里去。到这里，一天便到了终点。其余的时间，他恢复纯四肢生存的状态，傍晚点名，熄灯号响，他的脸色麻木，动作迟钝，从脑髓到脚跟，一律听任口里有哨子的人摆布……

不知谁点了一首斯特拉文斯基，"夜莺"从十九世纪的幽怨华丽一步跨入二十世纪的荒诞离奇。阿青拟好了她的广告片，把设计卡一股脑儿收进皮包，端起桌上的茶一饮而尽。杯子放下，阿青向旁边靠在背椅里浑身上下没一寸舒服熨贴的小陶看了一眼，随手把自己的空茶杯往他前面一推。应该招呼服务生来添水，小陶知道，但斯特拉文斯基吵得他心烦，他没有动。这样僵持了几分钟，阿青解开她的马尾，一遍又一遍，用一把大号牛角梳，将几乎成为实体的浓浓发香，一阵阵送进小陶和胡浩的鼻道。胡浩叫来了提着一把铝开水壶的小妹。

斯特拉文斯基的现代轰炸解除了警报，"夜莺"突然有一阵寂静。嚣闹以后的寂静，往往是空虚的假象。这一点，小陶经历过，就像他入伍以后的第一个放假的礼拜天，关了整整一个月的上千名精力无从发泄的大孩子，在引擎已然发动的去了篷盖的十轮大卡车上，高歌狂啸。卡车队在营房外面的烟尘里消失时，偌大的营房，忽然虚脱了一般，只剩下凤凰树下的光影满地里摇动。

那是个极美好、极晴朗的台湾中部的礼拜天，蓝天里连一片云影也找不到的礼拜天。早饭吃完，大家换上笔挺的外出服，皮鞋擦得油黑，领扣、皮带环闪亮，下巴颏刮得发青，脑子里全是女人，女人的面孔与女人的身段。全连集合检查内务，三个人没有过关，被罚禁足留营：胡浩、吕聪明和他。阿青约好在台中公园的茶棚底下等他，而他却被那个满脑子只有纪律的副连长看管着，在那么美好的晴空下，坐在小得荒唐、专门制造坐板疮的板凳上擦枪，擦那支第二次世界大战以后就再没有上过战场的老枪。那时候，要是那支烂步枪里面真有子弹，他一定把那个满口湖南土腔的副连长射杀了事。然而，到底是学医的吕聪明有办法。午饭以后，吕聪明把副连长宠养的那只鼠灰色的母猫弄到手，悄悄地在副连长的窗口外面坐下，那母猫的脖子给吕聪明用手轻轻抚摸，已经软瘫了一半。然后他在通条上抹了些唾沫，徐徐掏弄它的生殖器，那丑猫不久便得了滋味，躺在吕聪明腿上，身体扭曲着任由摆布，发出一阵阵昏乱的歇斯底里的春鸣。副连长屋里忽然有了动静，小陶听见他拉裤带、吐口水的声音。副连长前脚跨出营门，他们三个人立刻翻墙跑了。

阿青早已回了台北，那以后，几个礼拜，小陶收不到她的信。那是他们第一次闹别扭,时间也拖得最长,一直到大假,小陶回了台北。那天晚上,圆山饭店漫天放烟火,小陶同阿青相拥在圆山桥下的情人椅里,吻到嘴唇差不多出血。

那以后,他们时好时坏。别扭闹多了,热度也相对减低。不过这一次的别扭,小陶觉得有些异样,他不但不生对方的气,连自己的气也不生,他只是觉得闷,他不着急,他仿佛想一直就这么闷下去。他不知道为什么会这样,或许是因为恰好看见廖新土那张被追捕的鬼一样惨白的脸,或许不是。或许是因为这一屋子烟雾弥漫的空气,或许是因为斯特拉文斯基,或许也都不是。

他七点半不到就在约定的那段台阶上坐等,胡浩七点四十分到,阿青足足晚了半个钟头,那倒也是常事。他们跟着阿青走,她找定了地方,在成都路。他们在夜市人群中架起了摄影机,闲人立刻围了好几重。胡浩里里外外忙着,先把镜头前面碍眼的人请开,又怕人群堵塞了交通,竟当起了临时警察。阿青等小陶一样样架好,从脖子底下掏出计光表一量,她说:

"把镜头开到最大。"

小陶遵命开到最大,她又说:

"不行,这卷底片速度不够,上次放你家的那一卷带来没有?"

"你事先又没说要!"小陶才说完,阿青从镜头后面抬起头来,小陶看见她的牙齿轻轻咬着下嘴唇,他立刻知道应该马上扯些别的话,然而他犹豫了一下。只犹豫了那么一下,阿青愣着,捏着计光表的手一松。"那就不要拍了。"她说,转身便

浮游群落

从人堆里走了出去。小陶想冲着她后背叫"我这就叫车去拿！"他没有叫出口，他只是觉得尴尬。他在人群的围观中卸下摄影机，一件件装回背包里。

九点钟左右，夜台北正进入高潮。成都路和西宁南路几间大电影院的周遭，被出场和进场的人群一层层堵塞着。新生戏院对面，几十家唱片行各放各的音乐，声量压倒一切。弹子房、酒吧间、成衣铺、冰果店、奖券摊……到处人声沸腾。大大小小南北口味的各色餐馆里，晚宴还未散席，宵夜生意已经接着上市。夜台北如果是一座五方杂处的剧场，灯光通明的西门町便是它重点演出的舞台。然而，走在这座舞台中心的小陶，却是一名没有分配到台词、也忘了自己身份的角色，在照耀得只让他觉得刺眼的灯市人潮里流浪，然后，在他第一次有意识地问自己究竟要走向哪里的时候，发觉自己已站在"夜莺"的楼下。

小陶坐在那张不怎么软的沙发里。阿青从头到尾连看都不看他一眼。他灌下了几杯茶水，现在，肚子同脑袋一样发胀，他固执地闷着，两条腿越伸越长，终于伸过面前的茶几底下。他点的唱片现在开始放了，是柴可夫斯基的《悲怆》。他听《悲怆》时总不自觉地寻找最舒服的姿势，但"夜莺"的座位，根本就不是为听柴可夫斯基设计的。经验告诉他，如果坐得舒服，就听得见柴可夫斯基流血的心；坐不舒服的时候，只能看见满脸眼泪的柴可夫斯基，那简直比不听还难受。小陶迷上柴可夫斯基还不过是近几个月的事，他一向只喜欢格调华丽、技巧又出神入化的东西，像《水上音乐组曲》，像帕格尼尼。

正是因为对帕格尼尼入迷，小陶才交上胡浩这个朋友。胡浩是他父亲的得意门生，现在是他父亲的助教。胡浩虽然专攻历史，却常到哲学系旁听。大四那年，小陶选了一门怀特海哲学，那是堂冷门课，连旁听的胡浩在内，才五个人选课。那个教授，在学生的眼里，连怀特海的英文都解不清楚，上课一半时间在回忆他的哈佛时代，另外的一半时间，也不过是背诵二十年前编的一本讲义。不过，学校的风气，尤其是文学院，的确就是这样，除了两三位被捧为神明的大师型人物外，其他的教授，都或多或少被大家视为粪土。因此，在本系的学生看来，这样的课，居然还有人来旁听，便毋宁十分诧异了。

有一天，上课钟响过十分钟，教授还没出现，系办公室的秘书小姐也没有收到请假通知，大家在课室里等得颇不耐烦。小陶站到窗前去抽烟。那是个杜鹃花盛开的春日，小陶脑子里没有一丝一毫怀特海，望着草坪上坐着的叽叽喳喳的外文系女孩子，小陶不期然地哼着帕格尼尼《第一小提琴协奏曲》的主旋律。接着他听见身后有人附和着他的拍子，两个声音夹着口哨，几乎合奏一般演唱了完整的第一乐章。等小陶回过头来，教室里只剩下那个他平常觉得长相一点也不哲学、从来懒得招呼的胡浩。

那天，他们都没去上认识论，却跑到"夜莺"泡了一个下午的帕格尼尼。

跟胡浩比起来，小陶显得很稚嫩。那是小陶再怎么认为自己潇洒也否认不了的。在专攻明史的父亲的严格管教下长大的小陶，除了当预备军官那两年的时间，算是混了点社会经验之外,他是个百分之百书香门第出身的幻想家。胡浩正好相反,从十三四岁起,便跟随革命遗族子弟学校一路从南京混到台湾,然后又一路靠送报纸、做家教混到大学毕业。然而,这样的两个人,却成了莫逆之交。

除了帕格尼尼,他们还有波德莱尔。生活在草绿色制服和金属笼子的世界里,小陶居然还写了不少波德莱尔式的短诗,在胡浩和他的一批穷朋友合办的同人刊物《布谷》上,陆陆续续发表了。那几年正是"横的移植"甚嚣尘上的时代,小陶因此也颇享有几分诗名。不过,胡浩却不是个纯移植家。除了他的专业论文,他拿手的是加上了现代气味的"语丝体"散文,而他真正的乡愁,却是枕头底下常年压着的一本散文集,沈从文的《湘行散记》,以及水崖边吊脚楼子里出没的大奶子颈脖肥白的妇人。

小陶的预备军官生涯其实过得挺不赖。靠着阿青的父亲打了几通电话,他便给"分发"到何师长的步兵预备师里当少尉排长。何师长是个热衷于拥有"儒将"雅号的人物,因为不是黄埔嫡系,又险些卷进"孙立人事件"中,大概也意识到预备师的少将师长已经是自己事业的顶峰了,所以每每喜欢调集几个稍有文名的下属风雅一番。小陶虽然算不上师长办公室的入幕之宾,但因为阿青的关系,早就是师长家里的座上客,服兵役的一半时间是在扮演着副官的角色。部队里的任务,在连长的默许与鼓励下,小陶顺理成章地交给了行伍出身的副排长照料,自己却每逢周末假日,穿着那套略显宽大的外出礼服,坐在师长的专用吉普车里回台北探亲。自然,除了在那座败落的庭院中如僧道般度日的父母身边打个转以外，假期全是在新小区一幢新建大楼中的那层铺上了桧木拼花地板、处处显露何燕青现代艺术设计才华的师长公寓里度过的。

小陶与阿青的恋爱，虽然有何师长夫妇的包庇，但进行得却不怎么平静。脑子里乔装着波德莱尔的忧郁，胸腔里模拟着帕格尼尼的华丽，小陶对女人的事，除了书本上的一些传闻以外，几乎一无所知。带阿青出去的时候，小陶的本能只告诉他随时随地注意她的情绪变化。在当兵的那一年多的时间里，小陶用厚厚的情书和奉献一切的心情把自己和阿青牢牢地结成一个任谁也解不开的死结，终于把先后围绕着她的几个若即若离的男孩子淘汰出局。然而，等到小陶退伍回到台北以后，才发觉以为有了一个爱人便有了一切的自己，实际上除了习惯于每天环绕着阿青的生活而生活之外，已经失去了原来属于自己的一切。帕格尼尼的华丽音符失去了魅力，他开始喜欢上柴可夫斯基的《悲怆》……

夜台北有一股说不出的荒凉，一股说不出的压力，随着灌进肚皮的廉价茶水，在小陶的内里鼓胀。

夜里十一点半左右，算是"夜莺"对外营业高潮期的分水岭，纯听音乐的人大都起身付账走了。医院值完了班，吕聪明回到他自己的"窝"。他带回来一瓶酒，一瓶地道的三星白兰地。他走到小陶的座位面前。

"告诉你一个消息，"吕聪明的声音有意放低，"听说今天晚上，衡阳街抓人……"

小陶没有什么反应，他正努力钻进《悲怆》的慢板里去。胡浩却从邻座伸过手来攫住三星白兰地。

小陶的耳朵是两扇没有开关的接收器、一座不设防的城市，他没有办法拒绝音波的侵袭。柴可夫斯基纠缠不清的音波撞击着他的脑门，他的身体被音波充满，然而他没有被充满的感觉，他反而觉得全身到处是空隙，每一个空隙都有什么物质在里面穿梭、刺激、撩拨、震荡。他同时还得听胡浩同吕聪明声量故意压低而更显刺耳的无聊争论。他们的声音，同柴可夫斯基搅成一团，把仅余的一点点愉悦也赶除净尽。他知道他们谈的是中山堂前面的事件。胡浩讲话的口气，与其说是愤怒，不如说是兴奋，因为谁都知道这是无可奈何的事。但也许就因为他刚好撞在"事件"里面，他不得不兴奋，又不得不被吕聪明那种无可奈何的腔调激怒。这样的争辩不会有任何结果，像以往多少次的争辩一样，除了把卷入的人弄得稍稍兴奋以外，不会有一丝一毫结果，小陶知道，因为他经历了太多次。今晚，他唯一能做的，就是不参加他们的争辩。然而他也无法拒绝声浪的侵袭，他不能像阿青一样，花五元钱，泡一杯茶，欣赏茶叶下沉的姿态，抚摸温热的茶杯，柴可夫斯基替她按摩，朋友们坐在周围，她安全，她温暖，她花五元钱换取这一切，这一切让她安心，她利用这一切，给她的老板设计香水广告。小陶感觉他肚子里有一股气，但他只能窝住它、压着它，同时却又感觉它在时时威胁着向四处扩散。

吕聪明在辩论中始终维持不温不火的冷淡语调，听起来像满不在乎又像无可奈何。胡浩终于按捺不下他那湘西汉子的憨脾气。

"总应该做点什么事情,干他娘!尹老说过,'这样的政权不垮,是无天理!'尹老是个靠文艺批评吃饭的教书匠,他的职业是解剖人的脑袋,你他妈的也是个玩解剖刀的,为什么连这样的响屁也放不出一个?"

"有什么事可以做?说来听听。"

"你说你去看过老廖,你说他们给他脑袋上电刑,为什么不早讲?为什么不写出来?全部给他妈的掀出来,掀出来,让大家瞧瞧,这是哪门子的三民主义、民主宪政?"

"写出来又怎样,去哪里发表?登在你那个破杂志上,送你老兄一道进去,尝尝脑袋通电的味道?"

一连串的问号,吕聪明的嘴角上漾着一丝冷笑。

"有种就写出来,我姓胡的给你刻钢板,一个字一个字刻,老子一个人一个人去发,全给他掀出来,这样搞法,我操他妈!"

"真的要我写?你想掀指甲、坐老虎凳?"

"老子反正只身来台,大不了一人做事一人当。这口气吞不下去,妈的,今天看姓廖的那个样子,恐怕拖不了多久了。闹出来,至少让他们碍手碍脚一点,连个泡都不冒,就白白没了,太不值得。"

他们本来是压低声音谈论,胡浩的声量却越来越失去控制,连身体都坐不稳,半站起身,像要往什么地方冲去。吕聪明双手抓着他的肩膀,把他塞回座位里。

"连人家为什么被捕都没弄清楚,就要玩命?你这条只身在台的命也未免太不值钱了吧，老兄！"

"撕标语有什么不对？那种违宪的标语，谁不一肚子火，堂堂'国立大学'，让那群狗糟蹋成那个样子。我只恨当时没来得及去撕，还是姓廖的有种……"

"他们早就准备抓他了，只是找不到借口下手，标语不过是个圈套，做好了，让你这样的人往里钻罢了……"

"不论怎么说，没道理用撕标语这样的口实抓人，撕标语犯了哪一条？你去《六法全书》里找出来给我瞧瞧。"

"我也没说他应该被抓，我只是说，何必去做傻瓜，往人家布置好的圈套里跳。"

"要他妈的每个人都像你这个王八蛋一样，做聪明人？大家明哲保身，乖乖做缩头乌龟，正好，妈的，那岂不是个更大的圈套……"

不知是被胡浩的连珠炮刺激的，还是肚子里积攒的三星白兰地作祟，吕聪明的声量也提高了一节。

"谁要做聪明人，干他娘，不做傻瓜也不一定非做聪明人不可。你只晓得老廖有种，他干嘛要去撕标语？为了维护你那本《五权宪法》？我看你……"

胡浩一点也不生气，相反，他心里倒有点高兴。姓吕的说话带刺，证明他不完全是无可奈何。无可奈何不要紧，只要不是百分之百。

"那他到底为什么？他们说他是反对党的地下小组……"

吕聪明几乎笑弯了腰，笑得几乎像哭。胡浩给他弄得有点坐立不安，他知道吕聪明一向喜欢作弄他，但他又觉得这不是个可以开玩笑的话题。

"我以为你只是个政治傻瓜,现在才明白,你实在是个政治白痴!"

"可是,大家都这么传的。"

"所以嘛,你差一点上了那个圈套不说,现在根本就进了另一个圈套,居然自以为是……"

"你说什么?难道老廖不是反对党,难道他真疯了?"

"老廖一点也不疯,他头脑比你清楚太多了,他为什么去撕标语?还不是为了你,为你们这种傻瓜去撕,把你们这种傻瓜激怒起来,他才有搞独立的本钱啊!"

"老廖是'台独'?"

"所以我说你是白痴,进了人家的圈套还不自知。"

胡浩突然像从火热的太阳下给扔进了冰水里,所有的愤怒和兴奋,原封不动,结成了冰块。他不知道应该怎么反应,大概他的表情真有点像个白痴。吕聪明转过脸来看他的时候,倒确有几分感动。他那张脸,尤其是头颅两边放射状的头发,很像山叶钢琴店里摆设的贝多芬石膏像。吕聪明自己的脸上只有无可奈何,胡浩恨不得一拳打在他那张无可奈何的脸上,让他尝尝《第五交响曲》头四个音符的滋味。但他只是苦笑了一声,脸上的肌肉一下子松了下来,不久,他的脸上仿佛也刻了四个字——无可奈何。

夜台北有一股说不出的荒凉,一股说不出的压力,在小陶的内里扩散。想起自己又过了一天,除了中山堂前那几秒钟的震荡，这一天也同每一天一样，完全在昏昏沉沉的状态中过去了。他只知道昨天阿青叫他今天做什么，今天要他明天做什么。从退伍回来，已经半年多了，他不想找事做，也没想过什么其他计划。他父亲倒不时唠唠叨叨，逼他申请自己当年母校的奖学金。他听多了也未置可否，他觉得自己也很忙。阿青总有忙不完的事，虽然有时陪她逛委托行也可以消磨一个晚上，然而他似乎并不觉得着急。何况，阿青的画家朋友们开画展的时候，他得写半哲学半文学的评论；阿青的电影界朋友有作品上映时，他得从导演生平写到国语片如何向国际市场进军。而且他偶尔还发表他那些波德莱尔风格的短诗。这些活动似乎给他在台北的文艺界建立了某种名气，他偶尔也收到陌生读者的来信。他在阿青的朋友圈子里混的时候，总是会不期然地遇见一些眼光，那些眼光里，仿佛都写着"新锐""前卫""现代派"一类字眼。但是他确实不怎么飘飘然，每天都感到自己活在半昏迷状态中。除了，也许唯一让他觉得亢奋的时刻，就是每晚送阿青回家，在墙脚阴影里，他的舌尖给阿青的两排在黑暗里尤其美得让他晕眩的编贝轻轻咬着的时候……

今晚的小陶确实感染了某种说不出来的异样心情，他自己也不知道为什么。今天同昨天有什么不同，同昨天的昨天又有什么不同。他听柴可夫斯基，却一点悲怆的感觉也引不起来。反而，屡屡出现眼前的，是中山先生铜像下那张被十步以外的街灯照得发白、白得几乎鬼气森然的脸。

打烊以前，小妹照例来收茶杯。却在这时，楼梯处乒乒乓乓一阵脚步声，闪进来一批熟面孔，是与胡浩同办《布谷》杂志的那帮人马。冷冷清清的咖啡厅,顿时七嘴八舌热闹起来。吕聪明也突然精神焕发,丢开发闷的胡浩,他打发小妹回家,自己走到唱片间去,选了一首瓦格纳的 *Ride of the Valkyries* 放在唱盘上,踏着标准的阅兵式正步,回到大家面前。才不过几分钟,"夜莺"已经整个变了模样。胡浩拖着何燕青在拉开了两排椅子的空地上跳新疆舞,他圆而短的脑袋在粗壮的脖子上面使劲左右扭动,桂圆核一样的眼珠努力朝着头摆动的反方向挤送,何燕青拍着手,一头青丝绾了一个发髻盘在头顶,水蛇似的身肢围着胡浩胖嘟嘟的躯体旋转。刚上楼的一批人,正忙着抢夺胡浩的三星白兰地。吕聪明一跃登上一张茶几,高高举起双手,瓦格纳乐曲的雄壮场面恍如千军万马,从远处的高岗上横扫而下,脚底的大地在乐声中战栗动摇,吕聪明闭着眼睛,在节奏的顿挫处全力挥舞双手。他的眼睛紧闭,头颅仰天抬起,仿佛听见主宰知识文化、诗歌与战争的奥丁大神向它的女儿 Valkyrie 发出命令。Valkyrie 的马车从金光四射的太阳底下一跃而出,奔过漫天云彩,往远方的战场上疾驰而去,去那里拾起满地死难的英灵,载上他们赶赴奥丁大神设于 Valhalla(瓦尔哈拉)神殿的飨宴。乐曲在混乱中来到了高潮,长袋形的"夜莺"的全部空间被猛烈地鞭击、震撼而后充满。吕聪明的头发四散飞舞,双手挥向四面八方,他的手指全部张开,抓向空中,撕扯扭捏抽打而后团缩成拳,重重地挥向他眼睛看不见的风云雷电……

在混乱的闹声中,小陶悄悄起立,没有人注意到他掀开珠帘,他从暗淡的扶梯步落街心。大街上如今已是一片阒寂,只骑楼下一个卖臭豆腐干的小摊子燃着一盏电石灯，灯光闪闪烁烁，在微微吹动的风中吐着鬼火绿焰，发出"嘶嘶"的声音。小陶绕过新公园的边门，走上反射着幽明街灯的馆前街乌黑一滩的沥青路面，一路蹬蹬踢踏，往火车站行去。

空荡荡的黄肚皮零南公共汽车沿着空荡荡的大街奔跑，司机把放工前的最后一班车开得像个泥烂的醉汉，在每一个无人的站台绕上一个小小的弧线，又拉回街中间直奔。车厢里靠窗坐着的小陶，眼睛瞪着一路倒流过去的商店、街边招牌和电线杆木。他看见夜台北如今的确隐没在黑暗里了。奇怪的是，在热闹转为冷寂以后，残余的几盏灯光里，反而有些温暖的意绪。

同温层

小陶在暗夜中摸回小巷，除了鞋底偶尔带动碎石子的声音，周遭是一片宁静。这一带是大学教职员的宿舍区，这个时分，还是有几间夜读人的书房亮着。小陶的父母是严守生活规律的，屋子里全熄了灯。小陶从树篱缺口走进去，沿厨房外面的甬道走进后院，在廊庑下脱了鞋，回到自己的四叠小屋。他捻亮案头的小灯，发现桌上有一壶沏好的乌龙犹有余温，心里微微一震。母亲一向知道他有夜读的习惯，平日虽少不了唠叨他作践身体，但就寝前总不忘给他泡一壶茶，准备一碟点心。小陶抚着那把老家带来的紫砂泥壶，心里不由得细腻起来。他抽出稿纸，铺平，顺手写下一路盘旋在心头的两个字："出发"。

应该是"再出发"，小陶对自己说。

　　抽板烟的船长兀立左舷，
　　空气是盛满阳光的水晶。

同温层

他望着斜飞而去的烟丝下达了命令——
这是上等的贸易风,
还不给我升火张帆!

不错,是再出发的时候了。他不能再这么过下去,不能像一条寄生虫,依附在阿青的生活里。

但是,离开了阿青,他又怎么活下去?

从案前的窗格子望出去,他望见的并不是盛满阳光的水晶,而是一方深邃黝黑的夜空,混沌无底的夜空。望着这一方夜空,一方原始的黑暗,他的老问题又浮现出来。他算算,从自己开窍以后,这个问题便纠缠着他,像一个扎在他不随意志构成的内面组织上的活结,他越挣扎便系得越紧。他曾经发疯一样,到书堆里去寻找答案。有一个时期,他每天带两个便当盒去学校的参考图书馆,发誓要把那二十大卷的《西洋哲学名著选》读完。他一本接一本地啃,靠着一本《四用字典》生吞活剥,满脑子装的都是哲学名词,从泰勒斯到亚里士多德,从康德到尼采,他把那二十大卷烫金洋装书当作全世界真理的浓缩。他查生字、作摘记、画比较图表,一直把自己差不多搞到精神分裂。那段时期,除了一两名教授的课,他很少去教室,期末大考,他自动写长达百页的论文。教授们说他是天才,把中国哲学复兴的希望寄托在他身上。但是,实际上他早已心力交瘁。

坐在图书馆的阅览桌前,他的头脑已支不住自己不顾一切灌注进去的重量,头倒在书堆里,一闭眼便觉天旋地转,身子仿佛是空中翻滚的气艇，静止不了也靠不了边。最糟的是，即使在那样虚脱的情形下，那一方原始的黑暗依旧不时出现，解决不了也挥之不去。

就是在那个时期，他认识了那个长得一点也不哲学的胡浩。胡浩把他带进了音乐的殿堂，教会他读波德莱尔。他一下子从概念世界里跳了出来，发觉有另一种生活、另一个世界。在这里，他不用为思维的纯粹逻辑榨干头脑，在这里，概念拥抱感官和谐共存。他发现了保罗·克利，从克利的画里，他看他周遭的世界，发现了线条。从后期印象派的光影中，他看田野，看市街，看阳光下和阴影里活动的人物，他发现了色彩。从他新发现的线条和色彩中，他结束了自己幽闭的世界，开始走进生活，走进朋友圈中。虽然，那一方原始黑暗，依然不时浮现，像女人的月事一样，他不得不怀疑，自己患的究竟是不是周期性的忧郁症。直到他发现了阿青。

与其说他发现了阿青，不如说阿青发现了他。

阿青发现他是在前卫画会的一次发表会上。阿青提着她的徕卡照相机，找好了镜头位置和角度，却发现如果让镁光灯从四十五度角那个方向打过来，效果会好得多。就在那个四十五度角的地方，小陶站着。阿青说："喂！你帮我拿着这个。"从那以后，只要跟阿青在一起，小陶的手便很少空着，不是提着阿青的镜头箱，便是拎着三脚架。就是逛委托行或上电影院的时候，阿青也下意识地把手提包一甩，交给他，小陶也下意识地挂在自己的肩膀上。

躺在靠墙的单人床上，侧头看见的还是外面的那方夜空。或许是因为近黎明的天色愈发黝黑愈益清澄，或许是因为晨雾未起，小陶的视线竟可以一直拉到那方夜空的深底，躺在那里的，是四仰八叉的猎户座，仿佛就嵌在他的窗格上。

小陶醒过来的时候，觉得有些偏头痛，他习惯性地吞了两片阿司匹林。偏头痛让他想起了昨夜，他决定今天不管阿青，先去赴胡浩的约会，跟胡浩去尹老家喝咖啡，会会朋友。天色还不到中午，难得的晴朗，他决定一路散步过去。

在零南公共汽车的终点兼起点站附近，有一条平常少为人知的生僻小路。那本来称不上一条路，至今连市政府的官定地图上，也没给取个街名。然而那确实是条路，是多少年来无数人的脚步踏出来的一条路。路的终点，引向一座小山丘，山坡上，是穷人们约定俗成的乱葬岗。这几年，随着台北市社会经济生活的胡乱膨胀，这条小路的两旁已经鳞次栉比地出现了不少克难房屋，俨然成了一个法律漏洞之下的违章建筑区。

这是个南腔北调、五方杂处的小区，住家多半是流亡来台刚刚立定脚跟的外省人、退伍后到城市里谋生活的中年流浪汉、中南部乡下来台北打天下的失业青年……有的人家在肥皂箱拆出来的木条钉成的门上，贴着一副褪了红色的春联：

"年年难过年年过，处处无家处处家。"

预官役退伍后，胡浩接到了母校的助教聘书。他领出了父亲留下的唯一一笔遗产——抚恤金，在这片违章建筑里，从一个卖馒头的老山东手上，顶下了一间小木屋，这就是他的家。胡浩是个外表粗糙、心地细致的人。也许因为他是这个小区里少有的读书人，他的家，同别人的有着显著的不同。

在小屋的四周，他用细竹条交叉筑了一道矮墙，现在已经被蔓衍迅速的牵牛花装点成短短的一圈绿篱，绿篱上疏落有致地开着淡紫色的喇叭形状的花朵。绿篱围着一个小小院落，靠街是一排夹竹桃，如今也是枝叶扶疏，树巅常年缀着累累的粉红花。这一片夹竹桃倒起着一点隔绝作用，让篱外的行人不能随意窥视小院落里主人的生活，或许是做事细腻的胡浩当初也没有预料到的收获吧。小屋面街的窗户里面，是胡浩的客室、书房兼卧室三位一体的生活空间。厨房和洗澡间，则显然是后来补建的，靠着这间房的后屋檐，用杂木条顶着的一排斜置的石棉浪瓦下，便是了。从前窗下的书桌后面看出去，窗格里有摇曳的竹叶。那是胡浩迁入这个从他有记忆开始的第一个完全属于自己的"家"以后，便处心积虑地四处搜寻、刻意培植成活的几丛凤尾竹。那竹叶的形状与姿态，是胡浩看中的郑板桥水墨画中的那一种。胡浩的门联，也同他的四邻颇不一类，他的瘦金体也有几分功力，写的是：

"鸡声茅店月，人迹板桥霜。"

但横批却是只有他的一班朋友才懂的三个字——"同温层"。

同温层里面，一个个旧肥皂箱相互重叠构成的书架最为醒目，几乎贴满四壁。除此以外，他的书房就是面窗一张旧门板打横摆在两个卡片柜上架成的书桌。卧室的全部设备是一张上面悬着常年不收的绿色军用蚊帐的大号绷子床。小屋的前门开在左侧，进屋便是客厅，三张藤圈椅围着的中间摆了一个当茶几用的电缆轴轮，朝上的轮面，有一个三寸直径的炮弹废壳，是个具有看不见烟尸的良好效果的巨型烟灰缸。这屋里最豪华的设备大概要算是那架电唱机和一厚摞原版唱片了，大都是从回国的洋人家里收来的二手货，但也有几张违禁品，是香港侨生给他偷运进来的"宝贝"。

黄昏以后，当同温层亮着灯光时，胡浩总不缺几个朋友在这里，总有几瓶福寿酒，一大包盐煮花生。有时候，兴致高，胡浩会从厨房碗柜里端出来一碟切得细细薄薄、摆得花瓣般美观的卤味拼盘。胡浩的浪子生涯不但没把他惯成名士派，反倒把他训练成一个善于调理自己生活的专家。他那双粗粗短短的手调制出来的清蒸鲫鱼，算是一绝。那上面匀匀整整一层葱花，大小相若，白绿相间，连善于烹调的女人也不得不叹服这个貌似粗俗的湘西汉子的刀法。胡浩交游甚广，人缘极佳，在朋友圈里颇得几分好客的名声。

深夜，同温层的灯光倒也亮着，只是没有平日的热闹气氛。客人只有一位，布谷社的另一名主将，在台北县一所中学里教书的林盛隆。电唱机转动着，放着的音乐是胡浩的"宝贝"之一，糅合了浓重绍兴戏曲风味的《梁山伯与祝英台》小提琴协奏曲。两个老朋友面色凝重，谈话进行得并不舒畅，电缆轴台面上既没有酒也没有菜，上方的蓝色灯罩下，聚着团团烟雾，两个人蜷伏在藤圈椅里，猛吸"新乐园"。

"这件事，我帮不了忙！"

胡浩终于打破沉默，说出了他的决定。林盛隆点点头，沉思半响才冷冷地说：

"一点也不意外，我完全可以理解你的外省意识。"

"什么外省意识！这是原则问题。"

"去你妈的原则，"林盛隆没把烟头往炮筒里丢，却弯身塞到他的木屐底下一脚踩灭。"你的原则是不折不扣的大汉族沙文主义，跟下达'二·二八'屠杀令的沙文主义，不过是五十步笑百步，干你娘的原则！"

林盛隆站起身，捡起掉在椅子旁边的夹克，准备出门。胡浩一把拉住他，把他推回圈椅里。

"等等！"他说："第一，你不能骂完人立刻走为上策，开溜；第二，钱是小问题，我这里至少还有几件东西可以上当铺。但是，姓廖的是干什么的，你自己搞清楚没有？"

林盛隆按下突发的火气，上厨房扭开水龙头，咕嘟咕嘟灌了一肚子水。手背抹一抹嘴，回到了客厅，他没坐回藤圈椅，点上一支烟，往下一蹲，像聚众赌"夏巴拉"的三轮车夫一样，坐在自己小腿上，两只大脚板，十根脚趾头，平平整整，趴在那一对高脚木屐上。他深深吸一口烟，把烟硬逼进肚子里去，半天半天，才从鼻子里喷出细细淡淡、好像真正被消化过了的一长缕白烟来。

"好吧！既然你要彻底搞清楚，我就彻底跟你谈一谈。我们先不谈老廖的窝囊事。就谈谈阁下……"

"谈我？这跟我有什么关系？"

"关系就在你，在你的脑袋里。我最近读了你发表在那本庄严的学术季刊上的大作。不错，你的考证和史料搜集的功夫，用不着我来赞美，自有捧场的人，自有高高在上的人奖掖提携。老友，我为你的锦绣前程鼓掌称庆！但是，作为一个老友,我却为你悲哀。别的不谈,你的研究题目是'东厂'。好了!谁不知道'东厂'是干什么勾当的,你生长在这个时代,活在这个地方,却从遥远的金元王国的学术殿堂里,借来一套'客观而又脱除价值判断'的方法学,把臭不可闻的'东厂'勾当,解释成'政治控制'程序的一个必要措施,又巧妙地把'政治控制'归纳为一切'官僚组织'自然属性的一个共相。我且问你:你写这篇论文是为了什么?为你留洋镀金铺路?你知道,他们会轻易放你这种只身在台的人出境吗?你不如死了这条心吧!你他妈的从南京逃到广州,从广州逃到海南岛,又从海南岛逃到台湾来,你还要逃到哪里去?你他妈为什么不想一想,你的命运是跟什么连在一起的?你倒会写清高漂亮的文章,你的文章有一丝一毫咱中国台湾人的血肉意识吗?……"

林盛隆的声调,平静而没有火气,像窗外无风无雨、人声渐杳的深夜,语气却一步紧一步。胡浩的脸也跟着一步步绷紧,他觉得很不舒服,很不愉快,脸上像给人浇了一桶糨糊,林盛隆的话,像风一样吹过来,脸上的糨糊凝结干硬,也许是抽多了烟,喉咙里一点唾液也分泌不出来。

"我父亲是日本军阀武士刀下的冤鬼。老廖跟日本人的关系,除非你讲清楚,否则的话,对不起,不管你怎么说,他一家人就算全饿死,我也只好背你说的沙文主义黑锅!"

林盛隆突地跳起,右手抓着木屐往台面上啪啪猛敲。

"姓廖的一家人差不多死完了,'二·二八'时候给你们阿山宰光了。他现在疯了,每天在监狱里喊总统万岁。就算他叔叔在日本搞'台独',跟他又有什么关系?跟他家剩下的唯一——

个十六岁的妹妹又有什么关系？你要让他们送她去北投，好让你那批狐群狗党诗兴大发以后去嫖吗……"

其实还未入秋，晚上天气突然转冷。气象台说有一股寒流自大陆北方向东南移动，锋面已接近台湾海峡。两个老朋友吵到深夜，喉咙都嘶哑了，仍然蒙着一张被睡了。天快亮的时候，胡浩从床底下的樟木箱里抽出一床破军毡，给蜷伏在一旁的林盛隆盖上。从樟木箱的夹层里，胡浩摸出来一枚金戒指，悄悄塞进林盛隆挂在蚊帐顶上的夹克口袋里。

胡浩再次张开眼睛时，屋子里已没有了林盛隆的踪影。

茶几上炮弹壳底下压着张纸条——

"戒指拿走了。如果他们成功，将来的共和国里，少不得有你一名荣誉公民！"

胡浩点上他起床后的第一支烟，顺手把那张字条烧了。他今天没课，约好了小陶，去赴尹老的咖啡座谈。但小陶却来得特早，两人胡乱解决了一顿，趁时间还早，半路上在南昌街便下了车，摸到牯岭街去逛旧书店。

这一带的旧书店，不知什么时候发展起来的，近年颇成市面。朋友们一个带一个，不久都成了这里的常客。逛旧书店是一门学问，胡浩常说：外行人，金子摆在眼前也看不见。老手的话，不但版本、价格心里有数，甚至培养出了一种直觉，一堆堆小山样的破旧书刊里，眼睛一瞄，保管挖出好东西来。

这门学问，小陶还不怎么在行。不过他也有自己的搜索对象，主要是旧俄的翻译小说。像他收藏的一套文化生活版的屠格涅夫丛书，便是在这一带搜来的。还有一本巴金译的克鲁泡特金的《我底自传》[1]，上个月才搜到，虽然是香港盗印本，小陶却视为瑰宝。倒不是因为它是禁书，主要是克鲁泡特金这个人物，把他看旧俄小说累积起来的许多不可解的疑团，都给照亮了。尤其是民粹主义者、大斯拉夫主义者、虚无主义者一类的辩论，小陶始终摸不清楚他们争论的重心。克鲁泡特金一生的道路，仿佛一条贯穿珍珠的金线，把十九世纪后半段俄国知识界的各种活动和思潮，串成了一个整体。小陶现在搜索的对象，便是依着这条线索，往后寻去。他隐约知道，俄国共产党人的理论，是在同当时的一批无政府主义者的辩论中发展起来的，然而，他不清楚，他们彼此的论点究竟有什么不同。而且，他听人说，他父亲一辈的知识界，似乎第一流人物都留在那边。不是有人说，巴金的名字就来自克鲁泡特金和巴枯宁吗？那么，朋友们私底下悄悄地传阅着的三十年代里，那些被人们当作私藏一样神秘地透露着、交换着的问题、思路和行迹，其根源之一，怕不就在那更遥远的时代和更渺茫的国度里？

一来到牯岭街，小陶的思绪，便像烟一样不可捉摸地袅袅升腾，眼睛却在除了天花板以外到处堆砌叠置的破旧书刊里搜寻。胡浩却只是匆匆转了一圈，便说在"文林"订了一本书，约小陶回头在那里碰头，匆匆走了。

胡浩其实也不是真正的版本学家，他近来也在悄悄发展着某种兴致。那间取名"文林"的旧书店，在街尾转角处，一

---

[1] 注：《我底自传》系巴金在1939年出版该译著时采用的译名。

浮游群落

个十分不起眼的所在。老板是位退伍军官，可完全不像个行伍出身的人。玳瑁眼镜架子，用棉线绑着断腿，许是常年在霉湿的书堆里混生活，他像一棵厌恶强光的植物，连说话的声音都细瘦苍白。然而，他对胡浩这个老主顾，却分外热情，总主动找他搭讪，有好东西，一定给他保留，而且取价不高。上次见他，胡浩想找一本普列汉诺夫的《艺术论》，老板说，你何不早说，上个月才出去一本。今天见面，老板还是摇摇头，"这种东西，可遇不可求，"他说。"说不定什么时候就会出现，要点是，不能心急，反正有了一定给你留着就是了。"胡浩觉得有点扑空，懒懒地翻着旧杂志。书店的古董东西倒不少，过去也是他翻拣的对象，但自从迷上了这个新机密，现在也不怎么留恋了，何况，一部扫叶山房的《明诗综》，也在千元以上，他也只有翻翻的份儿。说来也巧，胡浩这个新秘密，其实还是从故纸堆里翻出来的。就是为了写那篇"东厂研究"，有一次，他无意中发现了一本郭沫若的《甲申三百年祭》，趁机把南港傅斯年图书馆里的郭沫若著作读了个遍。但是借多了这种书，还是怕惹人注目，总担心暗中被人打个小报告。这才开始把阵地转移到牯岭街来，他的兴趣也逐渐从古代走向近代，从历史走向社会，但真正开始同这个老板建立交情，却还是近半年多的事。他们的交情是从陈伯达开始的，也许是看到他的眼光总是往三十年代那类禁书里钻吧，有一天，那个植物一般的老板，竟然从柜台里面的抽屉里，悄悄摸出来一本小册子，陈伯达写的《近代中国地租概说》，摆在他面前。胡浩没有还价，便塞进了他的雨衣口袋，匆匆走了。幸好，那个下雨天，书店里一个人也没有。以后再来的时候,只要四周无人,胡浩便靠到柜台边上,等老板悄悄地摸出一些"违禁品"来。今天,胡浩身上没带多少现钱,普列汉诺夫虽然没有,别的东西却有好几本,尤其是那本厚厚的《西行漫记》,胡浩一看到封面,心就控制不住地跳动起来。

老板看他犹豫,索性急起来,全部塞在他手里说:

"下次再付也一样,老主顾嘛!"

胡浩平素不太喜欢欠债,手里的书却又舍不得,正在为难,不想老板破眼镜片后面的眼睛突然闪着光彩,脸上的表情仿佛有点难为情,又仿佛是盘算了很久一直没有找到合适机会开口的样子,他那细瘦苍白的声音,听起来像个腼腆少年第一次鼓起勇气跟思慕已久的女孩子讲话,有点羞涩又有点颤抖:

"光看没有用的,我们应该组织起来!"

胡浩先好像没听懂,愣愣地望着老板,老板立刻双手握住了他抱着一包书的手臂。胡浩觉得有股热血往上冒,但脑门子里立刻又有另外一个声音对他耳语:"小心!"他立刻想到该怎么脱身。就在两个人都僵在那里的时候,小陶跨了进来。胡浩立刻借把书转到腋下的动作挡开老板的手,接着说:

"麻烦你记个账,下次一块儿算吧!"

他们叫了一部三轮,往尹教授家去。路上,胡浩拆开那包书,递了其中一本给小陶:

"喏,送本哲学小书给我们的哲学大师。虽然没什么大道理,却是我念过的哲学书里最有用、最不卖怪的一本。"

小陶一看,是本抗战期间的典型印刷品,毛边纸一般发黄的书页，字迹模糊，装订粗陋，但字里行间，仿佛给以前的主人仔细啃过，到处画着小小的红圈圈，封面上印着："大众哲学——艾思奇著"几个陌生的字。

迟到了半小时，尹老屋里已经有五六个人。论战似乎刚揭幕，师母的咖啡还没端出来。

尹老一向很少插嘴，咬着烟斗听着。高谈阔论的多半是学生或学生的朋友。

新潮社的大将柯因，话正讲到一半，看见胡浩、小陶进来，暂时收起谈锋，等他们找定地方坐下，柯因接下去又说：

"你们来得正好，林盛隆怎么没有来？"

"他有事先走了。"胡浩不安地看看四周，他看见《布谷》的基本成员之一叶羽，半躺在藤椅里，一副无可奈何的样子。他旁边是《新潮》的诗人洛加，倒是随时准备加入战斗的模样。方晓云是音乐系的应届毕业生，她也写小说，音乐上虽然苦练古典，小说却是意识流一派。看见胡浩一搭腔，她知道又有新的高潮，立刻进厨房帮师母调咖啡去了。柯因的对手本来是布谷社的超现实派诗人图腾，无奈图腾总是吊儿郎当，柯因觉得他滑溜溜的，永远无法把他钉死在一个问题上谈。

"我们正在谈这一期的《布谷》，说得明白点，是《布谷》这一期发表的林盛隆的论文。现在。胡浩兄既然在这里，我请你当面跟大家说明一下，林兄的那篇大作，是不是代表你们的新方向？"

"我刚刚不是说过了。什么新方向、老方向，咱们的方向只有一个——维纳斯小姐的屁股。你和我不都是从那儿拱出来的，你和我还不是一辈子乖乖地往那儿拱回去？"

尹老的眼睛闭了一下，嘴里"喳吧喳吧"地吐着烟雾。胡浩知道柯因吃不下图腾那一套，他只得出来解围。

"《布谷》是本同人杂志，每个同人都可以保持自己的意见。林盛隆的文章既然是用他的笔名发表的，自然就不是社论了。不过，他提出来的问题，倒想听听您的看法。"

"也好！"柯因把坐在身子底下的两只手抽出来，抱在胸前。平常，每到他采取防卫时，便把双手当凳子坐；到了发动攻击的时候，就双手抱胸。

"第一，我认为这篇文章的整个姿态就是不可原谅的无政府主义。用三十年代的办法来解决六十年代的问题，这就是一个时代错误，不可原谅。第二,六十年代的起步点是什么？在座的每个人都知道，我们反对的、扬弃的恰好就是三十年代的浪漫梦呓。这几年来，好不容易累积了一点点成绩，西方的东西才学了一点皮毛，又走回头路，拿出社会良心这一类老掉牙的玩意儿来，林兄的用意何在？你们布谷社难道就没有讨论讨论？"

"说得好！"洛加在一旁鼓掌，他其实是最受那篇文章干扰的一个，他甚至以为那篇文章批评的对象虽然没有提名道姓，但矛头所指，自己仿佛首当其冲。

"看看《布谷》这一期的其他创作，有哪一篇是沿着林盛隆的方向走的？我看真正符合那个标准的，恐怕倒要去《军中文艺》里面找，不是又有现实又有道德基础吗？"

"你们明明知道林盛隆不是这个意思，何必一定要一口咬死他！"叶羽重复的是胡浩和小陶没进门以前的论点，他知道自己说得很没有力量，他希望尹老出来说句公道话，尹老却只管"喳吧喳吧"吸着他的烟斗。

胡浩知道这个问题不容易谈，好在这里都是相熟的朋友，他只好硬着头皮，且想且说：

"我虽然不是百分之百赞成老林的意见，但也不见得有那么大的反感。原则上，我不反对移植现代西方，尤其不反对移植现代西方里面有深刻反省能力的东西。但是，无论我们怎么看，搞创作的人沉迷于形式、技巧而不去探讨西方现代文艺后面的社会政治背景，我以为这不是一条健康的路。老林其实只提出一个问题：我们自己的立足点在哪里？我是个学历史的人，也许甩不掉我的历史癖，总觉得健康的民族文化，应该有一种绵延性，就这个观点而言，老林如果是想提醒我们回顾一下父执辈的道路，或许不是没有意义。鲁迅、茅盾如果不便提倡，沈从文、端木蕻良总可以吧？虽然没有那么浓重的社会使命感，至少是有立足点的，不像我们这几年，包括我自己在内……"

"咖啡来喽！"方晓云人在厨房里，耳朵却朝着外面。"每个人都打三大板，都是社会寄生虫！哪，不劳而获的朋友，请你们喝咖啡。"

胡浩本来还有一大堆话要讲，听方晓云的话里有刺，便打住了，借题喝咖啡，对垒的紧绷场面也暂时松散开了。

虽然喝咖啡的时候岔开了话题，大家心里都明白，谁也没有说服对方。柯因当然还有许多话要讲，他注意到林盛隆近来不再发表小说，而评论随笔，一篇接一篇，主要的立论，不论明暗，总是离不开那个主题。他想如果公开发表文字打笔仗，说不定会耸动视听，对林盛隆和《布谷》必然不利，对《新潮》和整个新起的一代，也未必有什么好处，他因此觉得最好当面谈。当面谈自然会有翻脸的可能，不过，柯因是从来不把这种事情放在心上的。另外一方面，柯因也想过，为什么从反三十年代文学观出发的这一代，竟然又有人回头去三十年代找出路呢？是不是暴露了我们的文学观里有什么内在的弱点？还是因为我们给三十年代文学所做的结论过于草率？柯因直觉这是个大问题，他目前还不能分析清楚，对于他尚未分析清楚的问题，他一向的习惯是绝不表露出来，要把它埋上一埋。因此他今天拿出来的，完全是敌意的一面，他倒真想借此激一激，看看林盛隆葫芦里的到底是什么药。他下意识里认为，林盛隆想些什么，胡浩不可能不知道。他耐心地等大家重新各就各位，拾起武器再一次发动进攻。

"胡兄刚才提到历史，我觉得很有意义。就让我们看看三十年代吧，三十年代如果在文学上还有一些成绩，这成绩是从哪里跑出来的？请问！是研究我们祖宗的遗产、吸收我们国粹的结果，还是靠了西洋或东洋的文化刺激？另一方面，近亲繁殖一定没有强壮的后代，这个道理很浅显。胡兄说可以提倡沈从文、端木蕻良。我觉得，要传种也要选些优秀强壮的亲本，拿沈从文或端木蕻良来代替徐志摩或朱自清，我看这个种不传也罢。而且，林兄的文章里也似乎不是这个意思，他强调的是植根于现实。好，怎么个植法？是新月派的植法还是创造社的植法？或者说得更明白一点，是普罗文学的那种方式，才算真正符合林兄所谓'植根于现实'的标准吧？"

柯因讲到这里，用目光严厉地盯着胡浩，想压迫他讲真话。但是，还没等胡浩开口，尹老却将烟斗抽下，咳嗽了一声，好像在清嗓子，等大家的目光不约而同地转到他那里的时候，才慢条斯理地说：

"这个问题，我看要好好地谈，放长了来谈，三言两语就做结论，不但伤和气，也妨碍我们把事情看清楚……"

柯因心想，老头子又来打圆场了。每次都是这样，刚要引蛇出洞，他就来打圆场。

"让我们先把问题厘清一下，免得在枝节上纠缠不清。我看，盛隆的出发点是好的。他要做的，是一种反省，说宽一点，他呼吁大家反省。反省什么呢？我们这个自拉自唱的文学运动就是他反省的对象……"

"还没有唱三天戏，就自己砸台子！"洛加忍不住插嘴。

"且慢，且慢。如果是真诚的反省，深入的反省，不但不是砸自己的台，反而可以为我们扩大基础。洛加的这种心情，我完全了解。我们可不可以从另外一个角度来看看这个问题？让我问问大家，《新潮》和《布谷》每期的销路是多少？销路是直线上升，缓慢增加，还是停滞不前？"

"不能拿销路的消长作为价值的衡量标准！"柯因还是抱胸说话。

"不错，一点不错。同人杂志扮演的主要是创风气的先锋角色，不能哗众取宠。但是，从整个社会的角度看，大家心里明白，我们的销路甚至不是停滞不前，而是在减少，销路降低说明我们的读者圈在缩小，说明我们的影响力越来越薄弱。大家再反省一下，这两年来，我们这个小圈子里有没有什么新面孔？"

"八大山人的画，从来也没几个人懂，这不能证明八大山人的画不对，更不能因此判决八大山人的死刑……"

尹老不理会洛加的自辩，径自说下去。

"我记得胡浩的家门口写了三个挺有意思的字——同温层，是不是，胡浩？"

说到这里，尹老哈哈大笑起来。他平常很少笑，笑起来却颇有感染力，柯因听他一笑，知道今天要逼胡浩吐露真言的努力，十之八九是泡汤了。

"别看我老头子老眼昏花，你们年轻人那种孤芳自赏、同病相怜的脾气，我也是看得出来的。但是，这三个字却也在无意中揭露了一线玄机。我们试着从远处看看这个景象：冰天雪地里一小群人围聚在一个角落互相依偎取暖。这难道是大家献身现代主义文学运动的初衷？我看盛隆的这个批评来得正是时候。我们不能说他是在拆自己的台。另一方面，别急别急……"见柯因要打岔，尹老立刻伸出一只手掌阻止。"我们一方面要确认盛隆的反省，另一方面，是不是一定要接受他开的药方，这是另一个问题。喏，我总算是跟你们所说的三十年代沾上了一点尾巴。就问题的这一面看，我赞成柯因，柯因说得不错，你怎么说的，柯因？"柯因不想说话，倒是方晓云替他说了：

"用三十年代的办法,解决六十年代的问题,是不是这句话?"

"对对!说得不错。我想我们不妨把盛隆的意见当作更多意见中的一个意见来考虑,更多的意见现在还没有出现,有待大家努力。这包括创作方面,而且,应该主要利用创作来体现各种想法。这话好像不该是我这个专搞评论的人说。不过,如果没有创作,我们搞评论的人就没有了食粮,都要饿肚子了。怎么样,柯因,你觉得我这个意见还算公道吧?"

尹老没等柯因表态,就站起来斟咖啡,师母也恰在这个时候送出来两碟点心,一碟麻花,一碟小芝麻饼,都是自家做的。尹老立刻招呼大家吃点心。小陶一直坐在角落里听,尹老好像送芝麻饼过来时才发觉他的存在。"怎么?平常话蛮多的,柱国,今天怎么没听见你讲话?"小陶被他说得不好意思,抢过芝麻饼来帮忙招待。众人也陆续到窗台边的柜子上添咖啡。小陶听见图腾又开始跟柯因抬杠,他说"要表现就表现到绝对。我现在通知你,过几天我要搞一个作品发表会。我的作品已经准备好了,从王大娘的裹脚布、月经带到最现代的弹簧奶罩。奶奶的,到了这一步,看谁还能超越俺!"

尹老在每个小圈子里闲聊了一阵,心情好像一个老石匠,在自己的屋子里浏览一圈,把一块块遍体棱角的石材悄悄打磨一遍,才放心地回到自己原来的位置,提高喉咙对大家宣布一个消息。

"刚才提到新人的问题,"他说:"我最近倒有一个发现。"

一屋子的人都用期待的眼光看着他。

"你们都认得那个在报上写文艺人物专访的余广立。"

胡浩点点头，他记得那个北方面孔、挺热情老练的老余，然而，老余怎么会是新人？

"前两个礼拜，他带了一个人来看我，叫罗云星，四维罗（羅），白云的云，明星的星。刚从美国回来，新玩意儿懂得不少。"

尹老的烟斗又开始冒烟了，好像在苦思怎么用最恰当的词句来形容他的新发现，他望着袅袅升起的烟雾出神。

"我这个人有那么一点第六感，我直觉他是我们一类的人物，可是又不完全跟我们一样。你们有谁会过他没有？"

图腾说见过他一次，是在上个月新风画会的发表会上。

"你的印象怎么样？"尹老连忙问。

"印象？"图腾的嘴本来有点歪，如今更歪得厉害，"咱们是玩票的人，人家是玩真的！"

"你说得一点不错！"尹老一掌击在自己的大腿上。"到底是诗人，一针见血。我觉得他有点什么不同，气质不同，图腾说得对，他是玩真的。这话怎么讲呢？这孩子的年纪其实跟你们差不多，我跟他其实也只见过一次，可是我总觉得，他的那种气质，那种看问题、分析事情的办法，跟你们都不太一样。谈过一次以后，我有那么一点感受，趁今天谈到'反省'这个问题，说出来给大家听听……"

柯因知道今天不可能谈出什么结果来了，只好耐着性子听尹老胡扯到底。他想下次一定得把这个老头子支使开，当面要林盛隆摊牌。

尹老还是在努力介绍他的新发现。"直觉告诉我，这个罗云星是一股新的力量。他会给我们这个小小的'同温层'带来一些新风气,我的金口'预'言,说到这里为止,天机不能泄漏太多,你们自己去印证印证……"

尹老的话最后是以半神秘半开玩笑的姿态收场。话题也终于转移到与林盛隆的"反省"不相干的问题上面去了。但是,表面上,一场风波暂时平息了,心底里,那个问题还留在那里,留在每个人的心里,尤其是尹老。自称沾得上三十年代尾巴的尹老,他见过一些世面,他知道,当这一类问题开始进入这批年轻人的心里,世界再也不会同以前一样了。他只能暗中默默努力,希望他们不要爆发得太早,然而,他也知道,任凭他再努力,该爆发的还是免不了要爆发。他便是那样一半怀着惊喜一半怀着恐惧地看着不时来他这里走动的这批眼睛里藏不住一粒沙石的青年朋友。

《新潮》一行人告辞出门,走在巷子里,柯因对洛加说:

"我最恨假共产党,强词夺理不说,还要装出一副underdog(弱者)的可怜相,让别人同情他的廉价人道主义。"

洛加说:"不能那么便宜他,要么大家索性抖出来谈个清楚。有笔仗打,我一定支持。"方晓云一路踢着碎石子,听了他们的对话,忽然停住脚步,她说:

"不能做缺德事,你们如果要这样干,我立即退出《新潮》。"

尹老送客出门的时候,暗中拉住胡浩的手,暗示他留下来。等全部人都走光了,尹老沉下脸对胡浩说:

"你不用替他挡,他要干什么事我会看不出来?你回去好好跟他说清楚：他要继续写小说，我每天跟他在文学菩萨面前烧香，他要是不自量力，要搞政治，咱们一刀两断，叫他以后不要再来见我！"

小陶在回家的路上，弯到校园里去散步。从那两排大王椰子树的中间，可以看见西天一片绚烂的晚霞。"要不要给她打电话？"这个问题从下午喝第一杯咖啡起，就一直在他的脑子里盘旋。"要不要给她打电话？"他默数着这几个字的音节，重复着，一遍又一遍。不久，这几个音节仿佛变成了电话号码在胸中回响。一部自行车从他身边踩过去，链条擦着挡泥板，发出规律的"奇里卡拉"的声音，踩一圈便"奇里卡拉"一次，渐远渐渺，终于也变成了她的电话号码。他发觉自己来到了文学院花圃旁边的水龙头底下，旋开水喉，把脑袋送进冰凉的水流中。昨夜的诗句顿然回到脑海——

　　这是上等的贸易风，
　　还不给我升火张帆！

小白船

同林盛隆相交虽久,到昨天晚上,胡浩才发现自己从来没去过老林的家。昨晚,像往常一样,老林突然出现,谈到投机的时候,又突然告辞。胡浩的直觉告诉他,老林的行踪里仿佛有些飘忽不定的因素,不过他始终猜不透。临走前,老林异常严肃地告诉他,要给他介绍几个志同道合的朋友,要他今天下午上新店他家去找他。

胡浩想了一夜,去还是不去?他始终拿不定主意,翻来覆去,闹到天亮才迷糊睡去。醒来时,满眼是白花花的太阳,是个深秋难得一有的好晴天。天气决定了他的心情,这种天气,他无法继续窝在同温层里。他想在这样的太阳底下,坐上那列小火车,穿过郊野,往波光粼粼的碧潭去。他想到有机会认识几个新朋友,想到可以在摇摇晃晃的火车上理一理最近发生的一连串事情……他忽然发觉自己已经坐在车厢靠窗的座位上了。

望着窗外流动的风景,小陶与阿青的事情首先来到他心里。阿青他不担心,她有她自己的路,她知道把自己摆在哪里,她知道如何走她自己的路。问题是小陶如今出现在她的路上,给拖着走。胡浩比谁都清楚,甚至比阿青都清楚,迟早,她会觉得小陶累赘,她不得不处理小陶。他担心的是小陶。

车上没有几个乘客,整节车厢空荡荡地显得很轻,仿佛被谁猛推了一把以后,朝着前方漫无目的地乱闯。胡浩望着窗外,他现在什么风景也看不见,火车几乎是贴着这一带密集的住宅和厂房的围墙奔驰。胡浩感觉座位底下铁轮转动摩擦的规律音响,机械地连续不断地抛出了一个个滚动坚硬的音符,一个个铁球甩出去,碰到砖墙又弹回来,一片廉价金属互相打击碰撞的杂音之后,火车喘着气穿出了狭窄的空间,在开阔的田畴上滑行起来。小陶终归要长大的,胡浩想,这一关如果过不了,谁也帮不了他。

风景拉开以后,郊野远近散置的农舍、阡陌和防风林像围着某处的一个无形的圆心,变成巨型风车上挂着的绿色沙盘一样,缓缓旋转。

那么,问题其实还不是小陶,倒是自己,他自己到底要干什么?他曾经对自己说过:"娶一个健壮唠叨的女人,生一窝调皮捣蛋的孩子,在这块土地上生根!"讲是这么讲过,无奈事情总是朝着更复杂的地方发展。更无奈的是,只要事情发生了,他的脚步也就顺着那个方向踩了下去。像布谷社,本来是图腾、叶羽几个人闹起来的,他只不过是凑热闹,可是闹到现在,差不多大小一应杂务都揽到了自己身上。就像小陶与阿青的事,他本来也只是劝劝架,做做调解人,现在,两个人的事，彼此不谈，都来跟他谈。离开了大坪林的火车，也许是站距拉长了，开始加足马力，在离新店溪出山口不远的冲积扇上冲刺。胡浩听见不远处的七张平交道上，截断交通的警铃声"当当"地敲响。他忍不住问自己：今天去赴老林的约会，是像以往一样被无奈地拖下水呢？还是出自自己的选择？右前方已经出现了新店溪的河堤，河对岸可以看见一片野林，在如此萧瑟的深秋，还在阳光下发出一抹苍翠光彩，远山也是一片绿。这是块好地方，胡浩的心里仿佛也在生长着某种力量。应该为这块地方做一点事，不能让那些不讲理的恶势力横行无忌，不能让老廖这样的人在暗无天日的牢狱里苍白、发狂。胡浩从窗外收回了目光，手里捏着的一张车票，不知怎么早已被自己揉成了一小筒卷纸，他小心翼翼地把它舒展开，步上站台，向剪票口行去。

林盛隆的家就在狭窄的长街上一家中药店的后面，隔着骝公圳水渠，依山坡盖了一间小屋，便是林盛隆的房间。孩子大了，中药店的后进厢房太过拥挤，林老板才想了这么一个变通的办法，既花不了多少钱，又可以把儿子放在身边。胡浩走过一屋子的中草药味道，穿过后进暗黑的甬道，跨过小木桥，跟着林盛隆进了门。

"这位是我的老朋友胡浩，我们的新同志。"

胡浩一眼瞥见吕聪明蹲在书架前面翻书，听见林盛隆的介绍，立刻站起来握他的手。"小子，"胡浩心想："原来一直在跟我玩捉迷藏。"但吕聪明却紧紧握住他的手，他这句话竟讲不出来了。看吕聪明的脸，一点"无可奈何"的样子都没有，他不由自主地觉得心里有股暖流通过。

坐在床上的两位，个子一大一小，这时也走了过来。

"苏鸿勋"，首先过来的人报了自己的名字。胡浩多肉的手被捏在大个子的手掌里，觉得自己好像个小孩。

"我是王灿雄，听老林讲过你很多次，一直没机会见面。廖新土是我表哥，为他的事，我要特别谢谢你……"

林盛隆向胡浩简单介绍了苏、王两位。苏大个是一位机械工程师，在新庄附近的一家日资工厂里做技师。王灿雄是个小学教员。师范毕业后，当了三年充员兵，如今分发在板桥教书。

"吴大姐今天居然迟到了，我们先随便聊聊，等她到了，一起谈。"

胡浩想问老林，这几个人，背景那么不同，怎么走到一块儿来的？但他是第一次参加，不好意思开口问。林盛隆忙着给胡浩倒茶。小屋依山傍水，只有六叠大小，两边没有邻居。吴大姐是十分钟以后到的，林盛隆给胡浩介绍完了，便开始做报告。胡浩看王灿雄在一本拍纸簿上作记录，心里又不免有点忐忑。不过，他还是没开口。

"胡浩今天第一次参加我们的讨论，有几句话，我想先谈一谈。"

林盛隆谈了一下在座每个人的出身背景，简单介绍了每一个人的觉悟过程。这些话，当然都是为新加入的胡浩说的，然后他要胡浩做自我介绍。

在第一次见面的人面前解剖自己，胡浩觉得有点尴尬。他眼睛瞪得大大地望着大家，发觉五对眼睛也对着他，五对望着他的眼睛里，仿佛流着一股殷切的期待。"他们真心想知道我，我的潦草的过去，我的愚蠢的梦想。"胡浩在心里对自己说。他忽然想起他们那个流亡学校的同学，在海南岛的战争阴影里，在穿过巴士海峡逃亡的军舰上，那批给命运的锁链绞在一起的同学，如今各奔前程，在社会的巨大手掌扑击下，各自蜷伏在聊以寄生的不同角落里的同学。就在那个学校被强迫解散、他们被强迫分发的前夜，他们就是用那样的眼光彼此对望。胡浩尴尬的心情一下子融化了，他对视着围绕他的这家人一样的眼光，把那些埋藏在心的最里层、从来不想跟别人谈的话，一件件，一条条，越来越不想保留地说了出来。一面说，一面觉得与刚开始讲话的感觉完全相反，好像脱去了一身笨重的冬衣，整个人反而觉得轻松、自在了起来。

吴大姐接着胡浩的话，开始分析。她说她第一次碰到林盛隆的时候，几乎不相信自己的眼睛。她一直以为他的人必然跟他的小说一样苍白、一样绝望。她本来是想来点拨他一下的，没想到他的理论水平已经那么高了。"可是，为什么理论上早已寻到正确方向，行动上还是那么落伍？"她说，"个人的力量是微小的，尽管有要求进步的愿望，没有集体，迟早还是会迷失……"吕聪明、大苏、王灿雄也都一个个发言。特别引起胡浩注意的，是吕聪明的"台独"动向报告。他家里有亲戚在东京，两边常有些人来往走动。吕聪明说，一直到现在，他们还在拉他入伙，要不是碰到老林，他也许已经参加了。

林盛隆最后为胡浩的加入做了一个简短的理论总结。他从每个人的彷徨、苦闷而终于发展到自发觉悟的这一事实，开始分析大家共同的社会基础。王灿雄的笔记上记下了这么一段：

◎ 社会走向资本化：资本快速累积形成；现代无产阶级产业大军出现；农业经济让位给资本工商经济——引起社会结构变革（阶级分化，生产工具变革，生产关系不能不变）。
◎ 社会结构变革→阶级关系两极分化。
◎ 城市小资知识分子（徘徊、动摇、分裂）的两条路：
一、官僚集团、财阀和新兴布尔乔亚暴发户的帮闲帮佣？
二、与日益壮大的普罗阶级相结合，为他们的利益奋斗！
◎ 此外没有第三条路！！

听着老林的雄辩，胡浩觉得自己方才经过一番清洗的内层组织，现在有新的活动有力的什么东西不断流进来……同时，小屋里烟雾越积越多，到了呼吸困难的地步。在吴大姐的提议下，大家同意休息十分钟，把门窗打开，活动一下筋骨，然后再开始学习。

今天的学习轮到苏大个主持。大苏留着所谓的西装平头，下巴颏刮得发青。他的手从套头毛线衫的V字领伸进去，把藏在衬衣口袋里的学习大纲掏出来发给大家。大苏的字体十分娟秀，跟他的身材颇不相称，一手地道的工程字，即使通过复写纸，仍然像铅字印刷。他给大家介绍"老三篇"，尤其着重在《为人民服务》这一篇。大苏讲话的声音也跟他的身材颇不相称，他讲话很快，但是很细软，给人的印象，恰好与吴大姐相反。胡浩有时闭起眼睛听,吴大姐讲话却有些男子气概,她的国字脸和两条浓眉,也给人刚性的印象。大苏特别挑出一句话来配合今天,"我们都是来自五湖四海,为了一个共同的革命目标,走到一起来了。"他详细发挥了这一句的精神,引起了林盛隆的一番议论。林盛隆从大苏那里接过话题,问大家:"我们共同的革命目标是什么?"他没有等大家发表意见,就开始分析台湾的革命形势。他说他现在逐渐有这样的看法,并要大家回头好好讨论一下。他认为,从国际形势看,台湾不可能脱离中国的革命而自己另起炉灶——台湾革命是中国革命未完成的一部分。但是,台湾也有它的特殊性,有它的具体条件,这就是五十年的日本殖民统治和二十年的国民党统治。结果是台湾人与祖国大陆之间产生了隔阂,一条鸿沟,这是事实,不能不加以严肃考虑。因此,他的结论是,历史的错误,导致了台湾革命的特殊地位和曲折性格。台湾必须经过两个阶段的革命:目前是暴力夺取政权,即民主革命;社会主义革命则是人民建立政权以后的事。所以,……他开始用眼光征求胡浩的同意。……其他的团体也是一股不可忽视的力量,是一个重要的同盟军……

胡浩却没有吭声,碰到这个老问题,心里还是免不了有些毛躁。可是,心里荡漾着一股温暖,他也不想破坏丝毫,因此更加毛躁起来。吕聪明却突然从墙角的那张矮木凳上站起来。

"不同意,太危险了,不同意。"

林盛隆要他讲明白一点。吕聪明开始在屋子里来回走,右手摸着后脑勺。

"我们的力量这么小,凭什么去领导他们?"

"凭我们理论的正确性。"

"这只是讲起来好听,实际一合作,立刻会给别人吃掉。"

"目前根本不产生实际合作的问题,只是我们在摸索方向、展开工作的时候,要在理论上确定怎么对待他们。"

"这就更危险。理论上应该同他们的理论斗争,而不是改变自己的立场去争取同盟军……"

"但是,不能不正视七十年的分离发展,七十年,整个岛上的每一个台湾人的血液感情,都产生在这七十年里面。"

吕聪明不讲话了,林盛隆又把眼光转到胡浩身上。胡浩现在毛躁得更凶了。他觉得不能让林盛隆的最后一句话变成今天的结论,否则他今天不后悔,以后一定会后悔。他于是结结巴巴地开始说,他对理论懂得太少,希望踏踏实实做点事情,为在这块土地上生活的人。他知道他讲的是心里的话、老实话。他感觉自己的嘴唇有点颤抖,颤抖的感觉停留了一下,他忽然有了勇气。他说,他知道理论很重要,他以后一定跟大家多听多学。不过,根据常识判断,除非是为了计划一件具体工作,或者是为一项工作结果做检讨,否则的话,理论谈多了,恐怕容易成为空谈。林盛隆觉得胡浩从这个角度看事情有一定的好处,但是他心目中有没有想到什么具体的工作呢?胡浩说,我们这里,每个人都有不同的社会关系,老吕在医院,吴大姐在教会,苏鸿勋在工厂,王灿雄在学校。如果我们每个人都努力在自己生活圈的周围注意结交志同道合的朋友,努力了解我们所生活的不同社会圈子里人们的思想感情状况,也许再聚在一起谈的时候,就知道每一个人在各自的生活圈子里应该做些什么事情。林盛隆却很不以为然,他说这样的做法等于取消主义,一个革命团体如果还没有通过讨论学习,建立一个一致的理论观点,决定自己的方针、路线、政策,在思想统一之前,便匆忙展开工作,这个团体迟早会垮掉。他认为目前的任务是加紧学习,先把组织健全起来,然后在统一的理论指导下展开统一的行动。吕聪明表示不能同意这个看法,于是,新的一场辩论又展开了。这一次的主题是:先理论还是先行动?有人主张,理论和行动应该同时进行。又有人认为,理论和行动好比是一个整体的两面,过去的理论造成现在的行动,现在的行动又造成以后的理论,这是一个正反合的辩证过程。还有人认为,理论和行动应该像一个不断上升的螺旋,由低级阶段向高级阶段不断提升、不断发展……

胡浩回到家的时候,已经接近夜半。推开门,地上有一封信,一张便条。信的内容是:

布谷社的朋友们:

为了不辜负午夜碧潭上空的中秋月;

为了不愿见到下期《新潮》上出现公开论战的文字而让亲者痛仇者快;

为了不忍独享我们准备的香鱼和金门高粱;

请参加礼拜六的野营会。

请与本社社长杨浦联络,安排一切。

新潮社 敬启

胡浩再拿起那张便条看,是阿青的粗犷字体,用广告笔写在裁成三十二开的绘图纸上:

"姓陶的避不见面,怎么办?"

代替签名的,是个一笔画成的哭脸。

* * *

火车最后几节留在站台以外,到站后,乘客鱼贯向前行,走到有站台的地方下车。他们三个人却朝着相反的方向走,直走到车尾。小陶径自跳下梯子的最后一级,离地还有三四尺高。一落地便沿着小径独个儿向防波堤走去。他没有回头看,但他知道,阿青必然要挽着胡浩的手才下得了车。胡浩既然要做好事,故意把她找了来,就让他好事做到底。

小径穿过调车场的铁道后,开始出现一些坡度,旁边还有人家。高大的果树挡着夕阳,防波堤就在左前方,已经可以听见浅滩上奔腾的水声。他们穿过来的地方,是碧潭拦水大坝的下游。

"看哪!有莲雾。"

阿青惊喜地喊着。小陶停下脚步,看胡浩就近找了根竹竿往满树鲜红欲滴的累累果丛里胡乱敲打。

阿青用她的发巾做成一个小兜儿,把落在地上的莲雾一粒粒拾起来。一群白鹅,突然从屋角闪出,领头的一只,长脖子贴着地面,张开翅翼,斜刺里冲过来,胡浩拿着竹竿威胁也毫无吓阻效果,一群鹅全大声吼叫,低头冲锋,吓得阿青甩了莲雾,掉转头就跑,本能地躲进小陶身后。鹅群后面跟来的是屋主人。

人赃俱获，小陶没有话说，掏钱赔罪了事。不过，阿青到底还是捧着她的莲雾走了。这一带的河堤离河床还有一段距离，中间隔着一片草地、一片浅滩。草地上搭着十几个帆布营帐，一群童子军正在营地里兴奋地忙碌着，生火的生火，砍柴的砍柴，有人在水边淘米、洗菜，有人在篷帐周围挖水沟。落山的太阳就在河对岸，贴着山丘的柔和曲线，照耀着这一群快乐的小动物。小陶仍然维持着和阿青的一点距离、一点矜持，不远不近地走在前面。胡浩却大口咬着捏得出水的新鲜莲雾，一口一个。小陶心里有过一点冲动，他想回头跟阿青讲他第一次来这里的一些经验。那时候，这一带到了晚上，溪水上还有人点着灯捞捕香鱼，现在，据说直潭以下已经没有了香鱼的踪迹。小陶回不了头，他听见阿青故意带点放浪的笑声，他回不了头。

从草地边缘，他们爬上了骝公圳的进水闸口。月亮还没有露脸，晚照正好，碧潭宛如一盘翠绿色的爱玉冰。从这里一路上去，堤上堤下已有不少游客，连拦江一湾的吊桥上，也比往常拥挤。在蛇笼这一边的深水区，有几个碧潭游泳队的选手，两手扶在木板上苦练踢水，往上游浮去，脚边一团小水花，划开一个人字形的水波，逐渐把"人"拉大。胡浩快步跑到小陶身边，"帮我拿点东西。"话才说完，他立刻把外衣裤和鞋子脱了，从防波堤上一跃下水。抬起头，他冲岸上发愣的小陶叫道："营地见！"

"游泳裤居然早就穿在身上，计划得倒是周密。"小陶心想，阿青已到了身边。胡浩的泳姿很笨拙，腿脚倒是蛙式，两手却是轮流侧身往前爬，什么姿势都不像。然而，也有一定的韵律，一蹬一划，竟渐渐远去了。小陶收拾起他的衣物，裹成一小包挟在腋下，赶到她后面。

"阿青，这里坐一下，我想跟你谈谈。"阿青仍然往前走。

"谈什么谈？你不是不要看见我吗？"

"我要想一想，我心烦。"

"你心烦，活该，我才不心烦，耳根清净点，求之不得！"

小陶不知道该怎么说下去，他有那么多话要说。这些天来，不只想过一百次，如果再见到阿青，一定要彻底谈个清楚。现在，阿青不是在等他开口？他却不知道从何说起。

"你想清楚了？想了这么久，总该有个结果了。"

小陶快步赶上阿青，拉住她的手。

"坐下来，我有话跟你说。"

阿青甩开他的手，她也没有坐下来，她好像在仔细挑好走的路走，一下子踩着垫脚石上了堤顶，一下子又跳下来，走在堤旁鹅卵石砌成的便道上。他提议划船，她不作声。问她要不要到街上冰店里休息一下，她也不作声，她只是不快不慢地向前走。小陶知道，阿青不过是在保护自己，她不知道他要讲什么，她不会给他一个舒舒服服的机会，让他说出她不愿听的话。他在便道上赶上她，走在她旁边，她立即跳上堤顶，堤顶很窄，只容得下一个人直行，他不得不留在下面，或跟在她后面。他知道，这样的姿态下讲他心里的话，他一定显得可笑，然而，阿青不给他别的机会。

"我想了很久，你知道，在我心里，你比什么都重要。可是……"

他说"可是",她立刻知道他在说那件事,她不想听。

"我知道你现在忘不了,我本来想一走了之。也不是一走了之,也许我们需要一点时间,我出去读几年书……"

"这就是你想出来的结果?"

他不知道她这句话是表示什么,生气?如果是生气,也觉得还有一线希望。但听起来,更像是不屑。他们走过吊桥桥头,游客从各处涌上来。他们仍然沿防波堤向上游走去。这一带的防波堤就筑在新店后街的边缘,堤下是鳞次栉比的瓦屋顶,瓦片让防台砖压着,屋顶是现成的晒谷场,到处摊着切成条的萝卜干。堤右边的沙石地上搭建了临时的茶棚,赏月的人们,泡壶茶,围着板桌吃月饼。水面上的交通,今天特别忙碌。外地来的女学生坐在包租的大游船上,沿岸浮过,一路唱着歌,惹得小船里的男孩子,免不了故意泼些水,逗起一阵阵快乐的喧哗,送上岸来。

他清楚记得,那天正是双十节,到处响着爆仗,大晴天,空气里仿佛也有一阵阵喧哗。他立在中兴大桥圆环旁边的骑楼下,游行的队伍,拿着旗子和标语的人们,一批批走过他面前。他的后面,门上挂着"泌尿科诊所"的白漆招牌。十分钟以前,那个密医从挂着白布的手术室走来跟他说:"没事了,不过,她身子很弱,让她休息一下,过一个钟头来接她回去好了。"游行队伍里,有人带领着呼喊口号,他听见人群有气无力地响应"……万岁!……万岁!"半小时以前,不知道那个花柳科医生用的是钳子还是手术刀,从阿青的子宫里刮掉了那个不请自来的小生命。他站在二楼候诊室的窗口往外看，楼下，喊口号的人群懒洋洋地绕着圆环行进，太阳照着花花绿绿的旗子，隔着一层玻璃，他望着喧哗的空气里懒散然而快乐过节的人群。

现在，他站在堤上，望着水湄，喧哗的人群快乐而懒散。但他知道，任凭他怎么努力，再也不可能恢复到以前，再也无法让阿青忘掉这件事，虽然那完全是她的决定。然而，这种事，尤其对于女人，就像皮肤上的刺青，一旦刺上以后，再也不能轻易洗掉。他想跟阿青说："跟我结婚，我们从头来过。"但他也知道，这又何尝能解决问题。他知道她终于会离他而去，现在，她也许不能，终究有一天，她会走开，带着她的刺青，走到与他完全不相干的地方去。想到这一层，想到失去她，想到没有了她的生活，他有一种莫名的、悲惨的感觉，几乎近于恐惧，近于黑暗，近于那一段在日记本上呐喊着、追寻着原始答案的走投无路的日子。无论如何要抓住她，不能让她飘走，他对自己说，不管是怎么走：结婚、同居、维持现状，让她折磨，向她屈服，随便她，随便她做什么，或不做什么，只要让他在一旁陪着，受苦也好，然而陪着。

但是，这样又能拖多久？结婚？她会说："这话你也不是第一次讲，结了婚又能改变什么？"他知道，什么都改变不了，主要是，那一点感觉变了。自从那件事以后，身上有了刺青，就不可能跟以前一样，像剪枝处理盆景，主枝折断，虽然还是照样生长，却再也不是以前的样子了。为什么不能像以前那样过下去？他不明白，他要她说明白，她自己也不明白，一年了,她更没有办法让他明白。她只知道事情变了,感觉变了,他老是留在原处,她看见他在下面的某处痛苦,但帮不了他,她走不开,丢不了他,也拉他不上来。

越往上游,人烟也越稀落。湖面的喧哗留在脑后,在背后沸腾。前面,开始听见新店煤矿轻微、均匀的马达声。他们由防波堤缺口走下河滩,机械地爬上渡船,机械地上了对岸。从岸边的竹林里,他们找到一条小径,夜虽然还未降临,竹林里却有些昏暗,腐烂的竹叶薄薄地铺在沙地上,下脚便微微陷落。不久他们便失去了小径的踪迹,转眼四顾,竹竿连着竹竿,竹叶剪着竹叶,全看不见尽头。阿青依旧领前,见到有人踩过的路径便跟下去,结果总是走不了几十步,便断了踪迹。天色虽然已经昏黑,小陶还是看得见她的身形。他突然猛步向前,拉住她的右手往回一带,左手舍下了腋下的包裹,按住她的腰部,他猛用力,把她使劲按倒在地上。她的身体挣扎着,嘴被按进泥沙里,发出模糊不清的声音。他感觉她的身体在地上扭曲、游动、抽搐。他用身体的重量压着她,空出手来揪住她的头发。他看见她的脸,她的脸因为紧张而突然发白,因为死力左右翻滚躲避他而沾满泥沙,他们在泥沙里纠缠打滚,他终于吻住了她,她嘴里有泥沙的粗砺感觉和腐烂竹叶的淡淡酸味……

他们躺在那里,呼吸停匀、精疲力尽。阿青只是啜泣,她一句话也不说,只是轻轻啜泣,不知道是因为受到这突然的袭击,觉得委屈,还是因为剧烈震荡后的自然反应,她自己也分不清楚。她不知道自己该愤怒,还是该轻蔑。小陶无法理会她的感情，他知道自己已被彻底打垮，完全虚脱，躺在那里，连手指都不想动弹一下。然而，竹林里这时候却变得明亮起来，天早已全黑，但竹林的枝叶明显地露着剪影。他仍然背天俯卧在地上，然而，他仿佛并非躺在地上。林子里有一层幽光，他的左右前后，整个林子内目所能及的地方，全泛着一层幽光，好似镀上了一层暗灰色的发着银光的珍珠粉，他和她便飘浮在那一层磷火似的银光里。在他身旁，一株老竹直奔而上，千万把轻轻颤动的小刀形状的竹叶中，居然停着一轮中秋月，鬼魂一样放着冷光。他们继续一动不动，躺在那里，阿青的抽泣渐渐变为微细的呼吸。竹林外，仿佛不远处，传来一阵男女合唱的歌声，是小陶熟悉的一支歌，一支儿歌，他知道是谁在那里唱歌。四下里十分幽静，歌声穿过竹林，仍然依稀可辨。

> 蓝蓝的天空银河里，有只小白船。
> 船上有棵桂花树，白兔在游玩。
> 桨儿桨儿看不见，船上也没帆。
> ……
> 飘呀，飘呀，飘向西天。

小陶躺在地上，听着林外传来的儿歌，仿佛听见了自己的葬歌。他知道，他和阿青之间，如果原来还剩下一丁点希望，现在，也被自己的手完全捏死。死亡原来并不那么可怕，竟然还有些美好，一切都很宁静，没有痛苦。如果这就是死亡，他现在愿意迎接它，让它君临一切。阿青坐起身，用手指梳拢她的头发。她现在一点也不神经质，仿佛什么事也不曾发生过，仿佛在说"这又能证明什么？"小陶看见她的发上沾着一些腐烂的竹叶，闪着微光。原来是腐烂的竹叶发出的荧光，整个林地里，四面八方，原来都是这种腐烂的竹叶发出的荧光。

* * *

"好！注意第二个'飘呀'有三个音符，是米索拉，不是米拉，"方晓云对着围绕着营火的一群大孩子说："要不要学第二段？调子同第一段完全一样，只是歌词不同。"

"歌词朗诵一遍吧！"

"等一等，我拿支笔抄下来，免得唱的时候尽顾着去想……"

胡浩仍然穿着游泳裤，坐在火边的大石头上取暖。虽说才十月中旬，入夜后光着膀子毕竟有些凉意。柯因、杨浦、洛加、林盛隆、图腾、叶羽、吕聪明……十几个人的脸都通红一片，也许是因为映着火光，也许是因为金门高粱。方晓云见她的朋友罗沙玲取了纸笔来，就开始朗诵，她每个字都咬得很清楚，标准的京片子，第二遍开始，她的朗诵里面加进了音乐的旋律。

渡过那条银河水，走向云彩国。
走向那个云彩国，再向哪儿去？
在那远远的地方，闪着金光，
晨星是灯塔，照呀照得亮。

新店溪到了这一带拐了一个大弯,每年水位高涨的时候,河道分两支通过,雨季过后,主流缩回原来的河道,支流则干涸成为满布磐石的废道。杨浦他们选了废道旁边的竹林为营地,在废道的石堆里筑起了篝火。火堆里煨着番薯,火的上方,吕聪明慢慢转动手里的铁棍,烤肉和香鱼的味道散布在空气里。空气里还飘荡着歌声,一遍又一遍,大孩子们轻声合唱。歌声未歇,竹林里冒出来两个人影。

"好呀!躲着大家,到哪里亲热去了?"

杨浦面对竹林,第一个发现两人的踪迹。杨浦是最喜欢起哄的,哪里有了他哪里便冷清不了,他是个翩翩美少年,女孩子爱他,男孩子也爱他。

"我们迷路了!"小陶跟阿青在火边坐下。胡浩注意到阿青的脸色,他看见她的眼泡有些浮肿。

"迷路?鬼才相信。罚酒,罚酒!"

杨浦的劝酒是有名的,威胁利诱,撒娇耍赖,什么花样都使得出来。小陶推了半天,勉强喝了一杯,一股辛辣的热流,倒是把内里烫得很舒服。阿青却不用人劝,她甚至把高粱瓶留在手上,自斟自饮。

"人都到齐了,我们该谈谈问题了。"

柯因一直期待着这场辩论,这一场中秋野营会,他其实是幕后的主脑。在尹老家的那次聚会,其一是林盛隆本人缺席,其次是由于尹老的插手捣乱,什么结果也没有。从那次以后,他便仔细考虑,他直觉地感到,林盛隆这篇批评现代主义的文章有一定的危险性,这个破口一开,文艺界难免会卷入一场混战。他深深觉得，西方的现代主义，只不过刚刚被介绍进来，离生根发芽还早得很，别人的长处还没有看到多少，便又回头为"为什么而创作"的老掉牙的无谓问题去争论不休，实在只不过会让那批占据着文艺写作协会的保守派文棍们暗中额手称庆而已。他要布置一个环境，排除尹老的干扰，让林盛隆和受他影响的布谷社放心讲出他们心里的话，如果不能说服他们放弃这个不成熟的意见，至少，也要让他们讲出真话来，他不愿看到林盛隆用一些拙劣的、经过粉饰的词句去刺激别人产生某种与文学不相干的感情，用古老的道德掩饰创作上的无能。他讨厌别人戴着手套拳战。

林盛隆并不是无备而来。那天，胡浩离开后，他又和吕聪明和吴大姐谈到深夜。他们讨论了胡浩的反应，分析了胡浩的心情，觉得拉他进来是个正确的决定。胡浩目前有些急躁，这种情绪，不一定是坏事，但如果控制得不好，却确实会出事。吴大姐到底经验比较丰富，她在南京读初中的时候，曾经参加过一个地下读书小组的活动，内战的战火快要波及江南时，教会把她父亲疏散到台湾来，才断了与组织的联系。她虽然没有领导过小组活动，但她看过别人怎么组织、怎么领导，她觉得应该把坏事变好事。胡浩情绪急躁，是由于他的正义感，由于敌人的恶毒手段直接打击到了他的正义感，他要求行动，这是好的，应该引导这种情绪，为正义的事业做出贡献。吕聪明建议，何不就让胡浩在他的岗位上发挥作用，由林盛隆领导他，把"批判现代主义，让新起的文艺界重新落根于现实"的这项工作发动起来。林盛隆早已从胡浩处知道了发生在尹老家的那场争论，尹老的忠告，胡浩当然也已转达。他分析了整个事件，觉得这是一场重要的斗争。工商业在兴起，外国资本和本国的官僚地主资本正在进行大规模的勾结，整个社会结构眼见着就要产生剧烈的变化。资本家为了夺取利润，一面进行赤裸裸的剥削，同时也大批制造着自己的掘墓人。带有现代工业组织色彩的无产者，在逐渐形成一个为数日多、力量日益庞大的阶级，然而，他们大多数是来自农村的青年失业农民，在国内外的官、商联合压榨下，他们不仅没有自己的组织，而且连属于自己的阶级意识也尚未产生，如何与资产阶级掌握的庞大政治、经济力量对抗？在这个形势下，如何帮助他们建立自己的阶级意识，是目前刻不容缓的工作。小组讨论的结果，认为必须首先团结起文艺圈内有正义感、有初步觉悟的文艺青年，进一步联合所有反对或排斥官方文艺路线的作家、艺术家和知识分子，把整个文坛的"歪风""邪气"扭过来。"为未来社会的主人翁阶级开辟通路！"这是林盛隆在小组会议的总结中说的话。

　　柯因把问题提出来以后，大家的目光不约而同地汇集在林盛隆身上。林盛隆却没有立即答话，眼睛仿佛失去了焦点，在上下跳动的火光里失了神。他的耳际仍然回荡着方才的旋律，尤其是最后四句："在那远远的地方，闪着金光，晨星是灯塔，照呀照得亮。"他觉得自己的眼睛有点湿润。"如果我能够对你们坦白说出我心里的话，如果有一天，我们再也用不着这样捉迷藏……"他突然感到一种力量单薄、无能为力的孤独。他听见了柯因的问题，清清楚楚，但是他也立刻知道，一种直觉，他恐怕说服不了柯因，也说服不了他想说服、想团结的其他人。他只好把自己事先准备好的腹案拿出来，他一面讲，一面觉得连自己都说服不了。他批判现代主义，说这种思潮的根子是彻底反理性的。反理性的态度源自西方文明的衰微，源自世纪末的精神错乱……而我们是一个刚刚新生的古老民族，我们才刚走出农业社会的古老躯壳，有什么理由盲目抄袭别人的人格分裂症……他解释他写那篇文章的动机，不是为了埋葬现代主义，而是为了重新开拓它，让它有一张中国人的脸……

洛加和杨浦似乎倒很满意林盛隆的这种说法。尤其是洛加，他说他一向写东西就是为了追求这个，林盛隆说得很好，"中国面孔的现代主义"，这句话可以入诗。杨浦建议，像这样的大问题，以后应该多讨论、少发表。两个同人杂志实在应该多多同病相怜，千万不可同根相煎。烤肉的肉汁滴入火中，发出"嘶嘶"的声音。胡浩早已忍不住了，在灰堆里翻出红薯来啃。

柯因低头考虑了一下，他觉得就这样让林盛隆过关是不行的。暂时的妥协和解，只会带来更混乱的未来。柯因把双手抱在胸前。

"林兄的解释好像跟你最近发表的一系列评论不同，基本论调有些差距。文章批判的重点，是现代派作家的丧德和冷感；今天的话，却比较着重'现代主义'这个文学主张的缺失。两者虽然是一体之两面，但中间颇有差距。前一种论调是要求我们不要向外看，后一种论调只是呼吁大家向外看的时候小心一点，不要迷失了自己。作为林兄的读者兼批评者，我总觉得林兄的意见有点闪烁不定。林兄，今天在这里的都是自己人，你能不能公开一下你的最终意见？你的主张到底是什么？你觉得我们究竟应该怎么走下去，才有希望？"

"这样的问法不公平，"图腾从地上跳起来，"简直是在逼供！"

"不是我在逼林兄，而是林兄在逼我们大家，不是吗？"

杨浦看这样下去，火药气太浓了一点，立刻开始布置大家吃晚饭。烤肉卸了下来，香鱼炸好，每一条穿上一根竹签，胡浩早已将所有的红薯翻出来，堆成了小丘。大家七手八脚地拿东西吃，方才的紧张场面，一下子又变轻松了。就在这轻松的气氛里，图腾开始教大家唱山歌，他有一肚子的山歌，有些是他自己编的，大多数都是当年在大陆上听来，默默记在心里的，他的喉咙有点沙哑，还有一些川北土腔，他唱道：

　　山那边呀好地方哟！
　　山前山后好放羊。
　　你要吃饭得做工哟！
　　没有人替你做牛羊。

柯因三番四次努力要恢复大家谈问题的兴致，事实上除了他，再也没有一个人有这种兴致，连林盛隆也忘了初衷，沉浸在民谣小调里。不到夜深，他只好一个人回到竹林边上的营帐里躺下。从营帐开口处，他看见十几个东倒西歪的大孩子，在一条废弃了的河道上，围着一堆篝火，歌颂他们一知半解的祖国。附近，何燕青早已喝得烂醉，陶柱国抱来一堆空酒瓶，一个接一个，他递给何燕青。阿青捏在手里，也不讲话，傻傻地笑着，她用力把酒瓶扔向巨石，一个接着一个……

银色圣诞

由于寒流的侵袭，这一年的圣诞节竟冷出了一些往年没有的圣诞节味道。报纸上登了大屯山降雪的消息，还刊出了一张照片，一个穿手套系围脖戴尖尾巴粗绒线帽的小女孩，笑眯眯地握着雪人的手。虽然不是彩色照片，报纸的粗糙印刷又冲淡了黑白对比，还是看得出小女孩因冻得有点浮肿而益形圆胖的小脸上，洋溢着生命里头一遭玩雪的幸福微笑。

台北市湿漉漉的，下过几天细雨，仍没有减却这日益洋化的都市里迎接节日的气氛。敏感的商人早已加强推销攻势，满街上播放的都是圣诞歌曲。虽然政府明令规定这一天为民族复兴节，橱窗布置的主题却还是离不开洋蜡烛、圣诞红、耶稣诞生的马槽和白皮肤蓝眼睛的圣诞老人。平·克劳斯贝的《银色圣诞》又在二轮电影院重演，各处教堂的唱诗班，自然更是加紧排练了。即使是缺乏宗教感的台北市民，在这个戒严令管制下的战时都市，仿佛也可以听见天国降临的安琪儿展翅飞过的美妙声音，必然是去为即将自北极圈出发的圣诞老人的鹿驾所找寻的壁炉上挂着袜子的幸福人家的烟囱，摸索一条通路吧。

当然，谁都知道，这些期待降福的有烟囱的人家，大半聚集在北郊的天母。甫自美国返台，在南加州的著名学府里专攻了几年电影艺术的罗云星，便暂时寄居在这一地带。他的叔父罗俊卿是一位银行家。十年前，这一带还是阡陌纵横，水田中疏疏落落点缀着一些土庐茅舍。这位眼光锐利的银行家却已拟就了他的《天母开发计划书》。果然，在他的斡旋之下，又适逢美军顾问大批来台，这个计划由公私两家金融机构合作，变成了现实。罗俊卿不但因此事业飞黄腾达，他在这一地区投下的私人资本，也收到了丰厚的报酬。天母既是他事业的发祥地，他的花园住宅自然也建在这里。

罗云星是个事业心极重、活动力很强的年轻人，颇为他的叔父所器重。唯一让罗俊卿所不满的，或许就是他选择的行业。不过，深于世故的罗俊卿，倒不是个梗顽不化的人，他对电影虽然是门外汉，却也摸到了它在诸多文化事业中日形重要的趋势，尤其在电视台开播，当局明显开始关注这一新兴传播产业的发展以后。因此，虽然对自己侄儿的事业，有些不知如何因势利导的难堪心情，他还是抱定了"先观望一段时期"的初衷，任由云星自主地进行着自己不甚理解的一些活动。不过，对于云星返台半年来既不积极谋职，也不热衷于同他的社交圈来往，却费尽心力去结交一批不三不四的年轻艺术家一事，他最多只能尽量提供方便而已。所以，听云星提出要办一个圣诞晚会，他便带了妻女飞到日本的热海度假去了。或许，泡在热海温泉水里的罗俊卿，对于他侄儿安排事业前途的奇异部署，不得不打个小小的问号吧！不过，罗云星却绝非是一个任由性情摆布理智的等闲角色，这从他安排晚会的用心上，便可见出些端倪了。

首先，他从这半年来结识的一大批台北文艺新锐中，精心挑选出晚会邀请的对象。那些只知故作惊人状的人物，首先淘汰。他要拉拢的，是那些作品有些斤两或至少具有某种发展潜力的人物。其次，他绝不想办一个纯艺术的沙龙晚会。因此，他准备了自己制作的一部短片，还从美国新闻处的朋友那里借来一部纪录片《进军》。为了达到预期的效果，他还在心里布置了一个节目时间表。这个时间表大致如下：八至九点，喝酒、聊天，放披头士的反战歌曲；九至十点，放两部短片；十至十一点，他预约兼任某报记者的影艺评论家余广立来个improvised（即兴）的谈话，给两部短片来一段分析；十一点以后，他将设法掌握谈话的主题——如何以现代企业的创业精神和管理方法，把新一代的文化力量集中起来，在尽量不伤感情的形势下，把老一辈文化人的棒子接过来……

为了协助这个晚会，圣诞前一天中饭以后，罗公馆出现了一批骑电动车的年轻人。其中有以几何结构出名的摄影家刘洛，用水墨技巧创造出保罗·克利趣味的版画家邢峰，搞实验电影的罗沙玲和她摸索着无限音阶作曲方向的男朋友陆明声。余广立来得晚一些，但前两天罗云星已经同他在"明星"聊了两个钟头，好像意犹未尽，今天一早又打电话催他早点来。

晚会的布置其实不费多少工夫。罗云星从他叔父的酒柜中搬出了一批来路货，除了红牌钱宁行者、哥顿金酒和拿破仑白兰地之外，还有一桶生啤酒。啤酒虽是土产，桶却是罗云星从美国带回来的。他把啤酒桶架在客厅小酒吧的柜台上，一半镇在塞满冰块的赛璐珞野餐箱里。刘洛分配到给壁炉生火的任务，邢峰负责把墙上的古董字画收起来，然后就地取材，剪刀加无色胶带，换上了一批利用旧报纸、废纸盒加洋杂志制作的波普艺术作品。罗沙玲把十六毫米放映机架起来试片，小银幕自然也是罗云星自备的，是带了活动三脚架的那种轻便型，往小客厅墙脚前一撑便站住了，卷筒里抽出银幕，挂在顶端的铁钩上。罗沙玲开始还抓不住那架新式放映机的性能，罗云星走过来指点，她才明白跟自己平常用惯的老古董不一样，用不着战战兢兢地生怕把片子绞断，按按电钮，片子就自动装好了。陆明声忙着寻背景音乐，他同罗云星商量的结果，是选三部九十分钟的录音带，按次序放披头士、赛蒙和迦凡柯以及鲍勃·迪伦。余广立到达的时候，一切布置工作已大致就绪，大伙端了饮料，围坐在火炉旁边。炉火其实是个电热器，外观却像是烧红的柴火，一圈人的脸上竟也映着红光。陆明声轻轻拨着吉他，有人低声跟唱，是新上演的《仙乐风飘处处闻》的插曲——《小白花》。

　　罗云星递给余广立一杯"岩石上的钱宁行者"，带点得意的神色问他："老余，你看这个布置怎么样？"老余在屋子里转了一圈，用由衷赞美的口气大声说："看样子是小邢的手笔啦！真有一手……"说着说着，他慢慢踱到酒吧前面，罗云星给他的酒杯添冰块。"气氛很好，"他轻轻对罗云星说："就是有一点……"他讲话有时候慢慢吞吞，跟他北方彪形大汉的外形有点不大相称。罗云星催他把话说完。"就算我卖弄老资格吧。这些年在社会上摸爬滚打，我有一点宝贵的经验供你参考一下……""说呀！说呀！"罗云星并不是不耐烦，他确实想真心请教，坚持了几次，老余才慢条斯理地压低嗓门说话：

"这年头，哪个年轻人不想闯出名号来？问题是，大家只顾自己怎么出新招、求进步，忘了这还是个原封不动的古老社会，能不能接受？"

罗云星注意到老余话里的余味，但不知道，他到底是不喜欢这个晚会的布置，还是只不过同他这半年来拜见过的不少自认世交的人物一样，总爱借教训的口吻来表示关怀。

"有那么一批老头子，其实挺乐意奉送大家一顶'前卫'的高帽子。可这顶高帽子一戴，咱们或许还免不了喜不自胜，整个社会却从此戴上了有色眼镜看咱们这群人……"

罗云星用右手的食指在自己的酒杯里搅了两圈，冰块碰着杯缘旋转，发出一阵阵丁丁的声音。罗云星把食指伸入口中，舌尖上有淡淡红牌钱宁行者的辛辣。他说：

"哦？"

"可不是。这几年，我一直在为大家找出路，介绍咱们的新朋友出场，文章作多了，自己也给封上了一个'前卫记者'的名号，做人处世，反添了不少意想不到的麻烦……"

"不过，年轻读者不是都拥护你吗？有人眼红也免不了的……"

"年轻人？不错，可你不能一辈子都年轻，是不是？"余广立把化得很薄的冰块倾入口中，用舌头含着，往口腔四周运，滑溜冰凉之中，冰块逐渐融化、变小，终于被运到两排牙齿中间，一用力，"喀嚓"一声，老余等罗云星的反应，罗云星没有反应，他想，对方大概可以听得进去了。

"你听说过新风画会头一次开抽象艺术展的那档子事没有？五六年了，已经，那几位号称'响马'的人物，都三十出头了吧！可在这个社会的眼光里，还是十八九岁的一群异端。台北到底不是巴黎，我就觉得今晚上的这种布置、这种气氛，不要又是自己穷过瘾，加强咱们的幻觉……"

几个骑电动车的小伙子还沉浸在火炉冬暖与吉他和弦里。罗云星的心情却很快变了调，他口里说：

"好厉害呀！送你一顶高帽子戴戴，把你捧上天，捧到谁也看不到的地方去……"

心里却寻思着：这种事如果在美国，岂不正是成功的快捷方式？他突然觉得这不正是他早已陌生了的中国文化的魅力。在美国的时候，很少人玩这一套，久而久之，他也习惯了，虽然总觉得有点乏味什么的。现在，碰到这个，心里不免有点暖洋洋的，自然，跟火炉那边的暖洋洋，不是一回事。这个心情，他知道老余没法了解，因此他接着说：

"……今晚来的都是圈内朋友，而且，我倒有些'非前卫'的东西给大家瞧瞧……"

"这我知道，我提这些，只是连带想到大家今后的路子应该怎么走的问题……"

"正是，正是！"罗云星不住地点头，"今晚上要好好谈一谈。"他看见老余的酒杯空了,正要拿起钱宁行者,一转念,他绕道走进酒吧后面,给自己系上一条围裙,对老余说:"哪!我给你换一种酒尝尝。不瞒你说,在美国读书的时候,我还干过一年bartender(酒保)。"他开了一瓶哥顿金酒,就用瓶盖当量杯,随手夹来两个粗腰平底玻璃杯,每个杯子里钳进两方冰块,倒了两瓶盖琴酒,大拇指对着食指,熟练地一扭,两滴柠檬汁缓缓下沉,散开,像倒着升起的烟雾。

"你尝尝这个!"

余广立嘴里含了一口酒,他还不想囫囵吞下去,这跟高粱酒不同,那是赤裸裸的一把火往下烫,这一把火却裹在一口甜滋滋的冰水里。他含着这口温存,让刺激慢慢透出来。他喜欢罗云星调的这杯酒,他喜欢罗云星这个人,这个人有点刺激,然而,你看不见也摸不到他的刺激。他喜欢罗云星的衣着剪裁,喜欢他的举止言谈,喜欢他待人接物有那么一种特别格调,一种洋味加上贵族味的气质。这种气质让人难受,他轻蔑、抵制,然而他同时又觉得有一种不可抗拒的吸引,一种着迷。他喜欢罗云星两根手指熟练地绞出鲜柠檬汁的姿态,他喜欢刺激裹在温存里。这个人可以共事,可以合作,他慢慢咽下那口奎宁琴,用开诚布公的口气说:

"其实你回台的那条新闻,我早就注意到了。当时就有种感觉,那伙人又在使同样的手法了。这话一直没机会跟你讲……"

罗云星侧身倚在酒吧上,用在摄影机后面看镜头那样的眼光打量老余。他看见老余的浓眉,浓眉下是一对收敛了神采、

仿佛深藏不露的眼睛,他看见老余口袋上醒目地插着一支老牌金星水笔以及这支笔千丝万缕勾结着的社会联系。他说:

"你不讲,还算朋友吗?老实说,我当时也觉得有点不太妥当……出去一久,中国人的这一套实在摸不清楚。哪!老余,你知道我在海外拍了一些东西,我可不希望社会用那种眼光来裁判它们,虽然也并不是什么了不起的东西,总还算……"

"哪天咱们一道看看,筹划筹划。"

"策划公映的事,我们以后仔细谈谈,宣传方面,老兄可得大力帮忙了。"

"那还用讲!"余广立说,心里却想:"要看你到底给我派个什么角色了。"两人碰杯,一仰脖子,干了手中的奎宁琴。

新潮社的人马,包了一部出租车,准八点钟到。五个人,四男一女,虽属一帮,装束、打扮、气质却又很不一致。社长杨浦穿着最讲究,人字呢大衣,黑丝绒西装,雪白的箭牌衬衫配蓝底白点细丝领带。他一见主人便两手握着对方的手,一路寒暄问候。他是《新潮》的灵魂,风度翩翩,人缘好,他一到,整个屋子便有了活泼的气氛。陆明声放下吉他,拨开录音机开关,披头士的《黄色水潜艇》,算是给晚会揭了幕。

杨浦是出钱出力最多的台柱人物,他是灵魂,但《新潮》杂志的头脑却不是他,而是绰号大头的柯因。大头的头并不大,身材反比常人小一号,朋友们这样戏称他,毋宁是对这个脑子特别复杂敏锐的柯因表达一份敬意。《新潮》最轰动的专号,多半是他的主意,材料是他找的,重头文章也是他写的。在短短的几十期里,这份同人杂志销路虽然不广,却给文艺界、思想界打开了一面又一面向外的窗子。《新潮》的声誉,其实离不开这个一年四季永远一身黄卡其大学生制服的柯因的头脑活动。新潮社当然不只这五个人,然而,他们是核心人物。方晓云梳了个介乎学生头与赫本头之间的那种发型,上下一套青哗叽洋装,秀而长的眼睛黑白分明,给人一种秀丽、整齐、明快有力的印象,然而她的小说却层次复杂,近于晦涩,没有人知道内外这种矛盾是如何调和起来的,然而,它们却是统一的、和谐的,而且,还完完整整的那么女性。她跟陆明声、罗沙玲一对是老朋友,一进来便自然混在一堆了。新潮社还有两位,意象派诗人洛加和翻译兼评论家许英才。虽然都不过大学毕业,二十四、五的年纪,却已经是新一代文坛上响当当的人物了。

布谷社的人马,行动颇不统一,陆陆续续,差不多快九点才到齐。胡浩与林盛隆到得最早,他们是转了几次公共汽车才摸到这地方的。专攻日本文学的东北人叶羽和超现实派诗人图腾,同在士林的军官外语学校警卫连里当兵。从晚饭吃完,两个人一路鬼混了两个半钟头才找上门来。胡浩问他们到哪里鬼混去了。图腾说,一出门,便发现约好的黄昏小姐不见了,就开始到处寻她的芳踪。"后来,她叫我们在一堆狗尾草里躺着等,叫我们到一个头发掉光了的山头上去眺望,又叫我们把她一路逃逸甩在大街小巷里的秀发,一束一束地编结成一条黑丝绒一般的发辫,就这样我们一路编结着这位任性的黄昏小姐的发辫来到这里,才把一枚镶满了珍珠的发夹,别在她故意拒绝看我们的这一面面颊的发上。"胡浩说,放你妈的狗臭屁。三个人立刻围坐在生啤酒桶下面了。

小陶和阿青到得最晚。门一开,屋子里已是乐声奔腾,烟雾弥漫。罗沙玲看他们一到,立刻双手做了个喇叭状,大声宣布,各人赶快自寻一个安乐窝,要放"小"电影了。

第一部放映的是罗云星的作品《坟》。片子从旧金山唐人街花园角一张长椅上并排坐着晒暖阳的老华侨们的脸部特写开始。配音是访问老华工们的对答。中间切入老华工们一天生活的片段,住的是一个专门收容退休华人的破旅馆;老华工们的身世自述;加州大铁路上奔驰的 Santa Fe(圣达菲)火车。旁白开始介绍华工修筑美国铁路的简史。银幕突然全黑,然后,一个一个英文字幕出来:

> Lying under each mile of this railway,
> Is the body of a Chinaman!

《坟》放映完毕,屋子里的气氛很沉重,只听见轻微的咳嗽,比罗云星预想的要沉重得多。

趁罗沙玲忙着收片子,罗云星给大家介绍《进军》的社会背景和摄制经过。气氛从沉重变成严肃,严肃的气氛里面,一屋子的面孔上面和窸窸窣窣的小动作上,仿佛都带着一种矜持,一份敬意。

这是美国新闻处出钱制作的 Project,罗云星说。美国新闻处?林盛隆的脑子里立刻浮现一幅图画——钢筋水泥的三层楼前面悬着星条旗,窗户全闭,一律挂着普鲁士蓝的软百叶窗帘，底下伸出半截成年往外渗水且不断嗡嗡作响的冷气机。地毯上面，厚实贵重的柚木家具旁边，衣着剪裁适度、脸色庄重、举止小心体贴的仕女们悄无声息地来往，四周是一排整齐精美、装帧考究的英文图书文献。寂静的氛围里，偶尔传来电动打字机冷冷的、快速的、高效率的"滴滴答答"的声音……

但是，罗云星说，这个Project却是一批有理想的年轻电影工作者的集体创作。总策划是他的一位同学，所以他知道一些内幕。片长不到一小时，但动员了几十位摄影人员，每一个摄影员都得到保证，底片尽量用，无限制供应。片子拍的是马丁·路德·金博士一九六三年组织的华盛顿民权运动示威游行。金博士在林肯塑像前发表了他最有名的演说。罗云星认为，把林肯纪念堂作为向政府抗议的大会主席台，这不仅是绝佳的对比和讽刺，一定程度上，也活生生地反映了美国民主制度的一个层面。

林盛隆却想到一个古怪的问题："如果美新处愿意让一批有理想的青年人无限制地使用胶卷，这笔巨大的投资，谁是真正的后台老板？那么多没用上的毛片，是销毁？还是进了联邦调查局的档案？"这念头只在林盛隆的脑子里一闪，他没有出声，因为他很快便被几十万群众的大场面给刺激到了。到金博士铿锵有力的声音一浪高过一浪地重复呐喊着"我有一个梦想"的时候，林盛隆的眼泪禁不住夺眶而出了。

电灯一亮，每个人都用手蒙住眼睛，仿佛回不来现实世界的样子。赛蒙和迦凡柯柔和的音色在各人耳际徘徊、荡漾、按摩。罗云星到底不曾忘记自己的主人身份，立刻忙着招呼他的小班底，给大家添酒、递烟。三三两两，屋子里开始形成了几个小圈子的对话局面。何燕青帮着罗沙玲收银幕、整理影片、装箱。罗云星看了看表，才十点一刻。他想，不妨让大家消化一下，再把准备好的第二道菜拿出来。

《新潮》的人总是自己一个小圈子。杨浦和大家商量，要不要出一期介绍纪录电影的专号。他的眼光始终照顾着每一个人，但到要作决定的时候，却带着期待的神色望向柯因。柯因说，假使与罗云星合作，也许可以解决材料问题，因为他留意过，图书馆里除了几本过了期的 *Sight and Sound*，恐怕挖不出什么东西来。杨浦说，何不给罗云星做一次专访，同时请他解决材料问题。罗云星往地毡上一坐，立刻表示对这个主意很有兴趣，同时却想着余广立下午的警告。不过他还是顺着杨浦的口气说，他正在筹备一次公映，也许等这档子事忙完以后，可以一面批评他，一面把纪录电影这个新潮流作一次较完整的介绍。他答应立即托美国的朋友去搜集一批材料，并建议，最好能把纪录电影学派里面代表作品的图片找到，对读者说不定更有吸引力。柯因、方晓云等人一律点头表示赞成，杨浦也拍手、道谢，不过心里还是有些尴尬，他知道罗云星考虑的是他们这个杂志或许不够活泼，或许是销路太小，没有足够的号召力吧！

余广立、叶羽、图腾三个人凑成了一个小龙门阵。也许因为这三个人都酷嗜杯中物，也许因为年纪、经历类似，在周遭年轻一辈煞有介事的氛围里，他们仨形成一个小小的欢乐的孤岛。罗云星踱过来给他们添酒的时候，两个"顶头上司"正你一句我一句拿结婚不到一年的老余消遣取乐。图腾对叶羽说："临老入花丛，本来乐无穷，怕就怕力不从心，解语花也要得精神分裂症的……"叶羽说："那你不用担心，人家是什么人物，大江南北什么场面没见过，还怕驾驭不了'飞虎牌'[1]……"余广立哈哈大笑说："这洋酒是怎么的，才刚入胃就有点酸？"叶羽仍旧对着图腾说："难道这么快就有了？不过，还没听说过男人害喜的，也许是老夫少妻体贴入微，以至于感同身受也不一定，是吧？"老余说："别不是有人想儿子想疯了吧？"图腾这才转过脸来对老余郑重宣布："这个问题，咱们一向是超现实手法处理，十几年来，趁洗澡撂墙上的，早已儿孙满堂了，还用得着石器时代的办法，洞穴里进出吗？"

罗云星听到这里，脸上微微笑着，看见胡浩正要走向《新潮》那堆人里去，一把拉住他，拖到酒吧边上，"有件事找你商量一下。"罗云星料想，《新潮》《布谷》两个小杂志之间，不可能没有一点矛盾。《新潮》抢了先手，不要因此得罪《布谷》。同时，他想到老余下午的警告，不想让《新潮》把他塑造成一个"前卫电影工作者"的形象，更不想因此得罪公营电影界掌实权的一批人，他因此想到一个主意：让《布谷》出面开一个"国语片十五年的回顾与前瞻"座谈会。但是，胡浩坦白说："我们这个小杂志怎么请得动那些名牌导演？"罗云星拍拍胡浩的肩膀说："这个你放心，由我来办，只要报上多提几次，名牌导演就不能不重视。不过，"罗云星加强了语气，"目的虽然是检

---

[1] 注：飞虎牌，台湾地区自制的自行车商标，后泛指一切台湾制产品。

讨我们的电影文化,但不能太露骨,否则给人'请君入瓮'的印象,就不好办了。"胡浩赶忙说:"我们当然要尊重人家的……"他望着壁炉前面围坐在地毯上的一大圈人,半坐半躺,正顺序传着一只烟斗,陶柱国猛吸了一口,一股白烟冒起来,连这里都闻到一股奇香,比普通的洋烟浓烈十倍。林盛隆席地坐在壁炉前面的台阶上,轻轻拨弄陆明声的吉他,脑子里还盘旋着华盛顿波托马克河旁樱花树下人潮汹涌的进军场面。"哪一天,我们的街头上,觉醒的群众……"他沉浸在一种近乎乡愁的情绪里,手里不自觉地反复拨着几个和弦。没有人注意他拨的是什么,只有小陶,小陶连着吸了好几口烟斗,逐渐觉得有点"微醺"状态,头枕着手,顺势仰天躺下了,还听见林盛隆拨着的那几个和弦。他想起胡浩有一次说过,"五·二四"那一天,林盛隆曾经爬过美国"使馆"的围墙,如今他的箱子底下,还压着那天撕下的星条旗上的一颗星。他觉得自己正逐渐"高"起来,可是全部感官却仿佛给那几个音符吸引住了,林盛隆的和弦,不正是《义勇军进行曲》的最后三小节!

晚会的小圈子活动虽然冲淡了气氛,但如果太久的话,就会松散得无法收拾了,就在这时,罗云星请余广立讲话。想不到余广立的一番话却带来了一场不愉快的争论。这是罗云星这个筹划周密的晚会中的第一次意外。

这个意外,却是从罗云星自己的一句话引起的。罗云星在老余发言后应邀谈一谈美国 Off Hollywood 年轻电影界的动向,他就着重谈了一下纪录方式的电影潮流。然后,他说,以台湾目前的条件,这种电影方式的发展,大有可为。大家不是已经开始玩超八毫米电影了嘛！现在问题的核心是题材的选择，"拍纪录电影，题材选对了就成功了一大半！"

角落里，冷不防有人喊了一声"Bravo!"，大家的目光全往那儿集中，林盛隆放下吉他，站起来说：

"一点不错，题材才是关键。听我们的影评家解剖了半天，一句话也没提到今晚这两部片子的题材，老实说，我非常失望！"

余广立见来势是朝着他的，很委婉地说了一大堆请批评的客套话，不过结尾还是点了一点："林兄的意见其实也不免各执一端，大家又何必陷入那种'形式''内容'的对立僵局里去呢？"

"问题是，如果我们永远避开谈内容，那你刚才讲的那一套以纪录电影的形式救国语片弊病的高论，不又是空谈一场！"

"内容！内容！内容里变不出新花样的，林兄。"

老余大概感到自己给揪住了小辫子，讲话也不那么慢条斯理了。"早就有人统计过，人类七情六欲，加上种种复杂的人际关系，古今中外所有文学作品的内容，大概不过几十种类型。太阳底下无新事。死抓内容，结果除了有利于自己得出一厢情愿的结论以外，只能引起混乱。一句话，不是菜的材料好不好的问题，是怎么做菜的问题。"

"你这种论调是彻头彻尾的形式主义！"

"什么叫形式主义？林兄，请你给下个定义吧！"

"谈一谈也好！"林盛隆豁出去了，"这两部影片，大家看了很受感动，我个人很感谢罗云星给我们受教育的机会。但我不禁要问：我们为什么感动？为了哪一点？阁下从头到尾只绕着一个'HOW'字打圈子,这样谈,势必又把大家的思想拖回早已烂熟的老框架里去了。我们有了未来主义、野兽派、立体派、抽象派、波普、达达……还不够吗?这两部影片给了我们很多新东西,但总结起来,两个字就点破了——反抗!两个字而已。哪里有压迫,哪里就有反抗!不把'反抗'这两个字联系我们的生活,我们自己的社会、民族、国家、历史、文化一起谈,那就是白看了这两部电影。HOW字讲得再头头是道,能启发我们拍出、写出、画出这样的东西来吗?在我们这个社会里,知识分子只问HOW不谈WHY的行径,就是精神的手淫,就是形式主义。你问我形式主义的定义,是吗?这定义很简单,形式主义就是极力要剥除作品内容,而只从作品表皮上下解剖刀的批评法,就是默认了这种原则的创作法,就此时此地而言,就是思想阳痿、文化去势、知识分子行尸走肉的精神状态!"

老余听到这里,就自动坐下了,他接着又站起来,嘴唇颤动了两下,好像要说什么,忽然又弯身拾起矮桌上的酒杯,往酒吧踱去。一屋子的注意力,忽然失了焦点,大家默然。一时,屋子里只剩下鲍勃·迪伦的反战歌声和大麻烟迷人的香味。照原定计划,现在应该谈一谈文化企业化的问题,但罗云星觉得这个气氛有点不对劲,他考虑了一下,觉得不妨等一等,先找何燕青谈谈,了解一下目前广告界的一些新发展也好。就在晚会又将恢复小圈子谈话局面的当儿,柯因讲话了,他的声量不大,但每个字都咬得很清楚,给人冷静、肯定的印象。

"刚才的问题好像还没有谈完,我以为值得继续谈下去,"他说:"不知道林兄还有没有兴趣?"

林盛隆把大麻烟交给小陶,转过脸来说:

"听听柯兄的高见。"

"我的意见其实也没什么新颖,不过是个常识问题。这么说吧,如果我们说一件完整的艺术品是一个平行四边形,而常识告诉我们,平行四边形是由两条横线和两条直线构成的,因此,只看见两条横线或只谈两条直线,都不能说是抓住了这个艺术品的整体。形式、内容这种二分法的解析,我觉得不但无意义,而且早已过时……"

"你能不能说具体一点,什么平行四边形,又是直线又是横线的,谁说一定是个平行四边形呢,我如果说是个圆形,那不是又没有直线又没横线,怎么办呢?"叶羽说。

"我早就说过,让我来开个画展,从月经带到三角裤,全部登台亮相,叫作'绝对超越无限未来主义作品发表会',从此以后,谁也不用操心……"

"图腾,别捣乱,我倒真想听完柯兄的高论。"

林盛隆按住图腾的肩膀,硬把他拖到地毯上坐下。图腾大概已有七分醉了,刚坐下,又站起来,手舞足蹈:

"不用操心了,你们都不用操心了,等咱的作品发表会吧!咱就是终点,咱就是道路、真理、生命。你们都给我跪下,跪在地上哭吧……"

柯因没有理会,他的声音还是没有提高,一个字一个字,还是给人冷静、肯定的印象。余广立端着一杯他自己调出来的奎宁琴，身子靠着酒吧，注视全场，他观察屋子里人跟人之间的关系，脸上仿佛完全没有了意气。他其实特别留意罗云星。罗云星在全神贯注地听，但却背对柯因，他好像在听何燕青谈什么，还不时去给她添饮料，回来的时候，总是十分细心地用纸巾把玻璃杯擦拭干净，才递给何燕青。

"谈具体一点也好，叶羽兄，一个圆也可以分成两半。就拿今天晚上这两部电影来说。林兄的意见，要我们注意作品的内容，他说这个内容就是'反抗'，这就是这个圆的左半边。余广立兄的评论着重的是纪录电影的形式和技巧，就是这个圆的右半边。我的意思是说，如果一个艺术家只看到左半边或只看到右半边，就一定画不出这个圆来，只能搞出一个半圆……"

"阁下的分析，不也是简单的二分法吗？"

林盛隆特别加重了"简单"这两个字。

"……我只是先顺着两位的争论谈下来，让我把话讲完。看了今晚的两部电影，我也颇有些感受。毫无疑问，罗兄给我们带回来的东西值得我们消化一下。新题材和新的表现方法，引起大家一些感慨，不过是这么一回事。余兄呼吁我们吸收这种方法，林兄认为应该注意开拓这一类的题材，两方各执一词，我看这种争论是没有意义的。这样看吧，事情永远有一个用什么形式来表现什么内容的问题，关键是：任何人都不应该觉得自己掌握的是天下唯一的真理。林兄近来发表的评论文字，以及今晚的讲话，都给我这样的印象，表面上好像大义凛然，一脸正气，又有现实又有人道，实质上却隐藏着一种危机，说得透彻一点，是一种不容异己的法西斯心态……"

"好大的帽子！柯兄是不是觉得这几年来我们这个小小的文艺圈子搞得很有成绩？是不是以为我们有资格沾沾自喜，完全用不着反省一下，检讨一下？"

"每一个态度严肃的艺术家都在不停地反省和检讨，没有人反对这个，也没有人压制林兄发表你的评论，问题是，你不能宣称凡是不接受这种意见的人，便是精神堕落、人格分裂、行尸走肉！"

"如果我们确实是态度严肃的文艺工作者，就应该想一想这些问题——艺术家不是不食人间烟火的神仙或怪物。我们到底活在什么时代，活在什么地方？我们应该写些什么，为什么写，为什么人写？"

"你的意思是叫我们去写工农兵？"

"工农兵并没有阁下想象的那么肮脏！"

"也没有阁下想象的那么高贵！"

图腾突然又跳起来挥舞双手：

"绝对超越无限未来主义万岁！"

"月经带三角裤奶罩万岁！"

晚会进行到这里，已经大大超出罗云星设想的范围。可是，在这种气氛下，他也无法把原来构想的文化企业化计划拿出来讨论。他只得出来打圆场，余广立也帮着把图腾、叶羽拉到一边去，先减少一些火力。罗云星把吉他交给陆明声，他拨弄琴弦，开始低声唱，有点学路易斯·阿姆斯特朗的苍老沙哑：

Summertime, and the living is easy.

Fish are jumping,

and the cotton is high …

就在这时候,晚会的第二个意外事件爆发了。何燕青同小陶一晚上各自为政,偏偏这时又凑到一块儿。小陶的精神状态,也许是大麻烟的作用,也许是这场辩论的刺激,竟"高"出平常好几度。不知道他在何燕青面前讲了什么话,阿青脸一白,就往门口走了,还是罗云星急急忙忙赶出去给阿青送上大衣。罗云星回到客厅时,《新潮》全班人马已无可挽回地穿好了外衣,等着向他道谢、握别。

屋子里突然少了一半人,大家的情绪更加散漫起来,不知不觉间,变成了罗云星很不想主持的文艺沙龙气氛。超现实派诗人图腾,倒是很专心地品尝着罗云星叔父珍藏的那瓶"拿破仑"。

从关外流浪到关内,如今灌了一肚子台湾啤酒的叶羽,一向自称"站起来是一条,躺下就是一家"的这个东北大汉,已经把他百分之八十的家族横摆在地毯上,用他特有的男低音唱着:"扁豆花开麦梢子黄啊哎呀……"

是白光的《秃子溺炕》。

子夜弥撒

三轮车拉到忠烈祠附近,忽然下起雨来。说是雨,却连雨脚也看不见,只迷迷漫漫,绵绵密密,在夜空里织着一个柔若无力的天罗地网。雨丝冰凉闪亮,从目光所及的高度,针尖一般成群钻出来,随风兜进车篷里,沾在发上,黏在鼻尖、额头,布满一脸,裹住一团默默的闷局。车篷外,街灯泡在雾水里,浸染得略显浮肿。融化了的光圈,一朵朵,如失神的眼白,悬在细瘦电线把臂相连的一定间隔处。

　　到了圆山桥,车夫一手拉刹车杆,左手一带龙头,把车停在路边。他请车里的客人让座,从翻起的坐垫底下迅速摸出一件尼龙雨衣给自己披上。缘车篷开口扣上雨遮的时候,何燕青对车夫说:

　　"喂,你平常几点休息?"

　　"生意好就拉到天亮!"

　　"包你两个钟头怎么算?"

"看怎么包法，小姐，算三十块钱一个钟头吧。"

何燕青打开皮包，掏出一张百元大钞，递给他，说：

"喏，你把车子拉到前面一条巷口，去附近找个摊子喝两杯，过两个钟头再来送我回南京东路三段，怎么样？"

车夫跨上座位，顺着中山北路下坡，猛蹬了两三圈，车子便飞快地顺着慢车道一路滑去。他转到一条没有路灯的巷子里，车子靠墙刹住。隔了雨遮，他对里面看不真切的两个人影耸耸肩膀，转身径自走了。

木屐踩在碎石子上面，一步步，哼啷哼啷，渐去渐远，出了巷口，这静静的雨夜才变得完整。先只听见巷子外面大马路上偶尔飞过一部汽车，轮胎辗着路面的嘶嘶声消失后，车篷顶上忽然飕飕地砸下一阵雨点，穿堂风飘过，把隔壁伸过墙头的院树枝叶上凝聚的雨珠扫了下来。接下去，便只听见轻微的喘息。

小陶不知道自己是什么时候醒的，他甚至不记得自己是什么时候迷糊过去的，脑子里残留着一些零碎印象。

"我要走了。"阿青站在面前，薄薄的嘴唇抿成一线，脸发白。

"急什么，才开始呢！"他把烟斗交给别人，却又本能地站起身，脑袋轻飘飘地，他闭上眼睛。阿青的脸变成一朵白莲，他举起双手像个虔诚的教徒，捧着那朵白莲，整个身子腾空，随着白莲飘了起来，飘过一屋子的烟气，飘过五彩斑斓交错缤纷的灯光，白莲仿佛要脱手飞去，仿佛又牵引着他，他没有使一丝一毫力气，便跟着那朵白莲在完全没有重量的云雾缭绕的世界里滑翔起来。音乐仿佛有了形体，在他飞天般飘卷的衣带四周画出无数美丽的曲线。宁静、平和、沉醉、欢喜，一粒粒晶莹皎洁的水晶球，在祥云彩霞流动的空间里汇集起来，一座座宝塔、宫阙、琼楼、玉宇升起……一脉潺潺流动的清泉，在他并腿飞行的脚下，汩汩地冒出细碎洁白的浪花，如发动机一般，推涌着他，飞过去。白莲上升，他攀住，身子变成垂直，脚底有一股下坠的力量，回首，下面是深邃无底的黑暗，他开始旋转，然后他看见纷纷飘降的雨丝，落在灯光下，落进车篷，落在发上、鼻尖、额头，布满一脸，那是张发白的脸。小陶只觉得一片混沌，混沌里，仍然混合着音乐与色彩的残留。

他不记得阿青是什么时候开始哭的，他甚至不知道阿青的脸上到底是雨珠还是泪痕，更不知道阿青是什么时候停止哭泣的。他也不记得自己说了些什么，他只记得自己仿佛在为什么挣扎，他记住了那个挣扎的感觉，却不知道为什么，他记得讲了些话，他的话传进阿青的耳朵再从阿青的嘴里说出来，便完全走样了，他因此挣扎着。然而，阿青开始哽咽不语以后，他也停止了挣扎，开始从雨遮中间的一小方窗口望出去。车子靠墙，背对大街，他只看见一条光线黯淡的长巷，巷尾不知什么人家，阁楼上一面小圆窗，竟发出青青白白一圈冷冷的光。那幢房子的黑影，蹲踞在暗夜里，怪兽一般毫无表情，只圆睁着一只青绿色的眼睛，漠漠地侦伺着。

一饼发青的月亮也是那样，漠漠地侦伺着。那是去年中秋，他还在军营里，阿青先来了一封挂号信，没隔两天，他们在台中见面。从下午到深夜，他们在台中熟悉和不熟悉的大街小巷里流浪，阿青时而快乐时而生气，忽然满怀信心，琐碎地计划着他们未来的生活，话语里满是柔情，一下子又变得歇斯底里。在黑魆魆的台中公园树影间，小陶第一次看见那饼月亮，凄青惨绿，仿佛失去了形体，只剩下魂魄。

阿青终于从皮包里掏出来那张从报纸分类广告栏上剪下来的密医广告"解决青年男女疑难，信用保证安全可靠"。如果他知道阿青以后要生受那些活罪，也许他会倔强些，也许只要他倔强些，阿青就不会那么倔强。然而当时他只有力量追随阿青的情绪起伏，他没有力量承担，也没有力量不承担。他知道，十分清醒地知道，问题的症结不在那个不请自来的小生命，也不在于连带着一起要面对的那些事情：结婚、成家、就业、上下班、油、盐、柴、米……他知道，完全知道，阿青也不在乎这些，她要的是他的担当，要他为两个人的共同生活供给一点理由，只要有那么一点理由，有那么一点踏实的东西，她不会忽而冰冷忽而火热，一会儿横了心唯恐不够残忍，一会儿又问他喜不喜欢卧室用紫红色的天鹅绒窗帘。他知道，然而他只有力气跟着阿青的情绪，他没有力量扭转局面，他只看见幽灵一般的那饼月亮，泊在凤凰木叶合抱的港湾里，忧郁地侦伺着。

那饼月亮始终不即不离地跟着他们。在台中火车站前，他们包了一部野鸡车，车子选了靠海岸的纵贯公路往北开。穿越大肚山的时候，那月亮已经远远地浮在丘陵地的上空。野鸡车相当老了，司机一路赶时间，在起伏不定的丘陵地里颠簸摇晃，然而，阿青在极度疲乏下竟窝在角落里睡着了。车子过了大甲镇，从公路行道树的间隙中，可以看见月光下的西海岸黄沙滩，隐藏在那一带特有的大片木麻黄防风林外。那饼发青的月亮，依然故我，不时出现在炭笔素描画一般的木麻黄树巅，鬼魅似的树影随着车行速度飞快地倒退。那月亮看起来，好像一张毫无表情的青绿色的脸，穿山越岭，排开一切障碍，死命尾随不舍。有时候，那张脸又飘在海面上空，镜子一般，一动也不动，虽然还是发青，还是全无表情。小陶记得，那时候，在亡命似的奔跑着的汽车里，他曾经问自己：

"那个不动的东西究竟在哪里？"

长巷尾端，出现一列烛光。是准备挨家挨户去报佳音的队伍吧？一列人都穿着白袍，手持蜡烛。黑巷里一缕摇曳的白光，慢慢蠕动，小陶目迎着它，又扭过头来目送它缓缓流出巷口。

车篷外面，又包裹上一层层的黑暗。雨点，无声地落下，不为什么，没有任何意志，风起时便互相推拥着，飘扬一阵。偶然碰在一起，雨丝合成雨点，沿着新的轨迹继续坠落，落在无从选择的任何地方，或者迸散，然后消失，或者汇聚成流，然后消失。在一层层黑暗的包裹下，无声地、不为什么地运动，没有任何意志。

车篷里面更暗，小陶甚至连阿青的脸部都看不清楚。黑暗中，睁眼闭眼仿佛没有什么分别，但阿青的体温，她的发香，如今像开闸的水流，轰然驰来。小陶翕然张开双臂，黑暗中，他仿佛看见自己的心扉，一扇接一扇，如倒下来的骨牌一般，秩序井然，依次开放。不错，就是它，就是这个，那个不动的东西，就在这里，只要紧紧地拥抱住它、维护它、崇拜它，不

让它跑掉,这就是拯救,这就是一切。然而,黑暗中,他清晰地听见阿青冷冷的声音:

"你醒了?"

小陶没有十分明白这句话的意思,他只觉得自己现在就是那堵在闸后的水流,他有千言万语,然而,互相拥挤着,堵在闸门后面,什么也挤不出来。阿青把围在腰上的小陶的手拉开,握在她的两手之间,握得很紧,她说:

"小陶,"她的声音很轻,有一点颤抖,但很冷,"我想了很久,我们之间是没有希望的,不如早点分手……"

小陶只觉得清醒,难以忍受的清醒与不快。闸后的水流忽然夺门而出。

"你如果心里有了别人,尽管说,我绝不阻挠。"

"不是别人不别人的问题,是我们两个人之间的问题,你懂不懂,就是你跟我两个人之间的问题。"

"我不懂……"

"我知道你不懂,你从来就没有要懂过,除了你心里的问题,你什么都不懂,你根本就不想懂、不要懂……"

"那你要我怎么样呢?你到底要我怎么样呢?"

"我要你怎样?其实你心里明白得很,你知道我们这样只是在拖,没有一点希望,没有一点好处,你只是自私,你不愿做的事,让别人做,你……"

"我不找你,过不了几天,你又让胡浩找我。我说结婚算了,你又说解决不了问题。我要走,你又不让走!"

"你为什么要让我找到你?为什么不索性失踪,永远失踪？为什么要逼我来解决，你应该解决，为什么要逼我解决？难道一定要有个别人，你才死心？"

小陶知道这样吵下去，一定又会回到原处。他知道，等双方精疲力尽，又会拥抱在一起，再制造一些火、一些热，再延续几天，然后，又开始争吵，互相撕咬，互相伤害，从碧潭那次露营以后，其实从退伍回来以后，他们就一直重复着这个过程。也许她说的没错，一定要有个第三者，一定要有个别人，才有希望。或者重生，或者永远死灭。他多希望自己是个外科医生，有毒瘤的话，一刀切除，死就死，活就活，用不着这样，说它死了，它又活着，说它活着，却又在死。他忽然想起晚会上的林盛隆，他说话为什么那么信心十足？他的信心是哪里来的？他希望自己也有那么一种信仰，他也跟着信仰走，阿青跟他走，何其简单，何其痛快。然而，他却只知道跟阿青走，随阿青的生活摆布自己。他知道阿青要什么，她要的东西，就是所有女人要的东西，就是所有人要的东西，就是它，一个活下去的理由，一种信仰，如此而已。然而，他什么信仰也没有。他不知道，他终究还是不知道，那个不动的东西，那个你迷失它不迷失、你慌乱它不慌乱的东西，那个一切围绕它动、它却不动的东西，那个打开一切闷局、解开一切死结、启开一切锁链的东西，那个不动的东西，究竟藏在哪儿？忽然，穿过这无垠广袤的深冬细雨，飘过这无边无际的沉沉黑夜，午夜的钟声响了。闷闷的、湿淋淋的钟声，仿佛来自天上，又仿佛来自水底。这时候，台北市各处的教堂里，子夜弥撒开始了。有万千虔诚的信徒，双掌合在胸前，眼睑下垂，跟随着风琴奏出的音乐，齐声歌唱赞美诗，颂扬救世主的降临。

就在这个时候，小陶忽然不顾一切，踢开雨遮，冲了出去。阿青来不及拖住他，她抢身跳下车，只看见小陶瘦长的身形，朝着巷口外面的大街，发足狂奔，嘴里却在不断大声呼喊："哈利路亚，哈利路亚，哈利……"

雨点密密打下来，阿青木立着，不久，在她无法控制肌肉猛烈抽搐的脸上，水珠像淌不完的眼泪，唰唰流着……

* * *

罗云星送走了最后一批客人回到屋里，已经十一点半了。他望望给糟蹋成一个大烂摊子的他叔父精心布置的客厅，长长吐了一口气。不过，他倒并不着急，先到吧台上找了个干净的大杯，给自己斟了杯双料的威士忌。

这一杯还没喝完，罗云星的下一步计划已经部署完毕。第一，他得给他叔父补回几瓶酒，顺便买一罐除臭香雾交给下女，这间房子明天得全部开开窗子，好好打扫一下，喷上香雾，再补上两打玫瑰；第二，晚上的这批人里面，他选定了几个，作为进一步下点功夫的对象。余广立，当然，这条线不能少，不过，这个人社会经验丰富固然是好，就是太老练了些，得防着点。杨浦也可以，头脑还算平衡，样子也拿得出去。还有何燕青，她有广告界的联系，这当然是个优点，她虽然也迷那些所谓的新玩意儿，却也能看到商业实用的一面，她可以。至于他原来的那个小班底，可以先放在一边，等架子搭好了，这批人自然一叫就到。想到这里，罗云星看了看窗外的天色，

"God，night is still young！"他说。他的圣诞夜还没有开始呢，他得给这个计划补上一个休止符。于是他走进厨房隔壁的小餐厅，给他在美国新闻处的朋友拨了个电话："Hi，George！"他的声音里面开始渗进一点那杯双料威士忌的味儿："Where the hell is the real happening……"

十五分钟以后，罗云星淋浴完毕，换了一套轻松的衣服，开着他心爱的红色 Alfa Romeo，出了门。

四条大汉臂膀勾着臂膀，脑袋左右摇晃，拉开了喉咙，一路大声唱着歌。在这一带花木荟郁、庭院幽深、高高筑起的围墙上插着碎玻璃、通着电网的高级住宅区里，伴奏的只有此起彼落的猗猗犬吠。这也不能减却四条汉子的兴致，一人一段，即兴拼凑出一首南腔北调的鸡尾小唱。胡浩唱："毛毛雨呀，下——个——不停……"叶羽接唱："满园鲜花开哟！不——能——开——怀……"图腾拨了个尖儿，调子提起来，他追求轻快的表现，捏尖了喉咙唱："香槟酒啊，满场飞，你是王八他是乌龟……"最后轮到林盛隆："双脚踏着伊都阿妈伊个丢唉呀台北市哟……"

从罗公馆门前那条小巷转出来，碰到丁字路口，迎面横摆着一条大路。大路其实也不宽敞，容得下两部汽车对开而已，许是近山，还略有斜度。山影确实不远，但隔着一帘蒙蒙细雨，如果不是半山上若隐若现露着灯光，没有人知道黑影里有沉默的山峦在守望。在丁字路口上，四条趁着酒劲放歌的汉子手拉着手，单翼螺旋桨似的划着圆圈，随后顺着大路的斜度，往下坡的方向一字排开溜了下去。

后面有一道强光射过来，逐渐逼近，到了四人身后，却忽然灭了。林盛隆回头看，是余广立推着熄了火的五十马力本田机车。

"怎么，形式主义批评家的机器失灵了？"

虽然是下坡路，余广立推着机车走，速度还是比人慢，不久两个人就落后一大截了。余广立放低声音，尽量靠近林盛隆的耳朵说："刚才说话太冲撞了，实在对不起。"林盛隆本以为他要继续挑战，刚才的一场辩论，语气是自己退让得少，他却先道了歉，因此有点不好意思起来。余广立接着说："真理愈辩愈明，难得碰见这么针锋相对、直言相谏的朋友。怎么样，就在前面不远，有我一个老乡开的一间小馆子，咱们上那儿再喝两盅，如何？"

林盛隆跨上他的本田后座，一会儿便赶上了前面的三条汉子。老余跟他们讲清楚了地址，声明由他请客，才转动油门加速换挡，一溜烟地去了。

小店的招牌是"北方"，朱红油漆涂在刷了白底的一块三合板上，一盏四十瓦光的灯泡，迎风摇头叹气，几乎照不亮那两粒斗大的隶书。店铺里面也很暗淡，屋子里泛溢着油爆葱花的香味儿，一共四张板桌，收拾得倒是干净利落，板桌擦得油亮，手臂撑在桌上，却沾不上什么油污。老板是个矮胖的中年人，兼掌厨、跑堂，大嘴一笑咧成一弯弧线，合上两弯眯成一线的眼睛，几乎变成了一个快乐的圆。

"怎么老不见啦，老乡？"

"可不是，我搬了家啦，搬中和乡去了。"

老板一面招呼，一面端来了一碟豆腐干，上面碎碎地撒着一层芫荽，腋下抽出一瓶特级清酒，捞起围裙，用里边擦着瓶口。

"生意还过得去吧？"

"就那个样儿，托您福。家里都好？"

"甭提了，回娘家过年去了，一去就是三个月，像没我这个人样的。"

"都一样，这里人就是这么个规矩。"老板朝后面歪了歪脖子，老板娘正埋首在后面桌子上拨着算盘珠子算账，"三月一小拜，五月一大拜，拜起来，十天半月，不见人影儿……"

余广立没搭腔，瞄了一眼林盛隆，见他并没什么不自在的样子，正嚼着干丝研究粉墙上贴着的一方方红红绿绿的菜条儿。

"林兄，介绍你尝尝地道的北方家乡味儿。老王，咱们先来一个渍酸菜炒肉丝，多搁点儿肥嫩葱白，爆一盘羊肉，再剥一碟蒜，待会儿还有几个朋友要来，今晚可要耽误您打烊的时间咯！"

"没问题，您尽管坐，我这儿从来没那种几点打烊的臭规矩。"

余广立从渍酸菜的泡制法一直谈到他的流亡生涯。出乎林盛隆意料，老余的语调，跟他在罗公馆里的完全不同。不但没有那种故作深思玄奥的评论家口气，连他的面孔也变得亲切起来。也许是这个家乡小馆子里暗淡暖和的气氛，把真正属于他本人的北方乡土味儿还原了也不一定，他想。

林盛隆开始真正感到一丝歉意了。尤其是渍酸菜炒肉丝上桌以后,仿佛那盐渍过的黄芽白里面,的确拌和着北方风雪的滋味,他肚子里的大蒜和黄酒,也起着一定的作用,辛辣火烫,似乎在抵抗千里冰封的大地冬寒。老余喝起酒来,也是个北方汉子本色,那种权当酒盅使唤的小茶杯,他一口就是一杯,不到一刻钟,两个人已经干掉半瓶了。

"十几年没喝二锅头了,"老余说。紫红色的宽脸庞上闪着一种光辉,眼睛里布着细细血丝,他出神地望着林盛隆头顶上方一无所有的空间。"那可比金门高粱还有劲儿……"林盛隆的内心迅速起着变化,他忖度着老余的过去,他肯定老余有一段过去,在此间日光下不能拿出来的过去。但老余却一味沉浸在乡愁中,用低沉的声音哼着:

> 我的家在东北松花江上,
> 那里有森林煤矿。
> 还有那——
> 漫山遍野的大豆、高粱。
> ……

林盛隆决心掏一掏这个人的底。他接着老余的腔调,一道唱:

> 哪年,哪月,才能够回到我那可爱的故乡?
> 哪年,哪月……

果然,老余是个过来人。

四九年以前，他在北平搞过"反饥饿、反内战、反迫害"运动。他说：

"老弟，今天那部电影里的那种场面，就教你激动得口无遮拦了？那种'进军'，什么玩意儿？松不拉搭的，仗着人多势众，挤队伍里赶热闹罢了。你知道当年北方十五六七的女孩子们是怎么干的！那队伍一站，水龙头冲不垮，雪亮的刺刀也吓不走，臂膀扭着臂膀，一卡车一卡车拉到黄河边上，机枪扫射完，一个个给扔进冰窟窿里去的……"

老余说他是五〇年进的监牢，整十年一天不少，才放出来。要不是因为当时年纪小，算了一名从犯，现在也不在这儿喝酒了。他将起衣袖让林盛隆摸，他的手臂与肩膀相连接的地方，的确与常人不同，似乎比常人多了一块，或许是臂骨还是肩胛骨有点畸形，无端端突出来那么一小块。

"一进去那个地方，"他说："他们有那么一种专家，三下两下便把你的膀子给卸了下来……你的嘴巴硬不是……你只能躺在地上，像一只断了腿的狗……"

老余的愤慨越大，林盛隆的歉疚便越深。老余的酒杯一空，他立马给斟满。

"你听见图腾跟叶羽那两小子今晚怎么消遣我的？"

林盛隆说他没听见，他的确没听见，他那时候觉得跟老余共在一个屋顶下都羞耻。

"他们笑我老婆跑了，不瞒你说，我老婆确实跑了，哪可能这么早就回去过年……"

厨房里，油锅滚烫，薄片羊肉一下去，哗嗤一阵翻炒，火星四处乱溅,火苗一下子窜进锅里,肉香一阵阵飘过来。

"你可知道我老婆为什么跑了?在里面的时候,每天早上五点钟,就那么准,就那么准!我就听见铁棍敲着铁栏杆,铿锵一阵响,那铁器相碰的声音,好像就敲打在你绷紧的神经上。如今一到那个时刻,我还动不动地从床上弹簧似的跳起来,她给我弄得精神紧张透顶,回乡下透口气去了。可我有什么办法,那时候,看守我们的那家伙,手里捏着那根铁棍儿,从牢房的一头迈向另一头,铁棍就顺手划过一根根铁栏杆,每个人都像弹簧一样跳起来,然后,进来一队宪兵,有人开始大声叫着名字……有时候,一天便拉出去十几个……"

林盛隆想说他实在为今晚那场"理直气壮"的口舌之争觉得愧疚,然而他却觉得说出来不免有些亵渎,他说不出口,他只得像老余一样,黄酒一杯杯灌下肚里去。

* * *

午夜十二点刚过,士林镇一座镶嵌着彩色玻璃、矗立着小小尖塔的哥特式教堂里,正响着庄严圣乐。一排穿着宽大洁白圣袍的少男少女,站在圣坛旁边。圣坛中央,神父像是进入催眠状态,节奏忽快忽慢,念着子夜弥撒的拉丁经文。教堂里,光线柔和,一排排座位前,人们随着仪式的进行,一会儿站起身,一会儿又跪下去。正当人们完全沉醉在这个庄严肃穆的仪式过程中,不知道什么时候开始,后面忽然站着三条衣着邋遢的大汉,手臂搭在彼此的肩膀上,竟一面往里摇摇晃晃地闯去,一面也如醉如痴地,齐声吼叫着一教堂上流社会的中外仕女完全听不懂的语言。这三条汉子不是别人,正是一路趁着酒兴逛过来的胡浩、叶羽和图腾。他们好像也是来分享这群上流仕女的幸福,放开嗓门唱着:"如果没有你,日子怎么过……"而且一遍又一遍、反复唱的就是妖姬白光的这两段名句。直到教堂执事招来一批孔武有力的工人,提了棍子给赶了出来。

串串红

连日来的淫雨终于止住了，屋子里虽然泛潮，到处生着一股霉气，屋外的天空却初见晴朗，迫人眉睫的云层，渐渐向上、向外、向四陲扩展，露出了云母色的一整片幽明苍穹，斜斜地、不经意地搭置在邻家屋角和院树的上方。这光景，落在小陶眼里，倒像是照相馆里人工打光的天幕，粗糙的漆画配上生硬的灯光，在他因长时间睡懒觉引起微微胀痛的脑袋里产生了虚假不实的印象。

房檐边的某处，许是年久失修，兀自滴滴答答淌着稀稀落落的水点。稀稀落落、点点滴滴，像勉强镇压住却又挥之不去的牙痛，仿佛完全没事了，不到一会，又落下一串。

早已是午后时分了，小陶仍是病恹恹地。这样病恹恹地了无生气地活着，已经好几天了。昨夜虽然没有呕吐，却又是一晚上翻来覆去地折腾，始终无法成眠，直到天色破晓，才昏昏沉沉睡去，不久又给父亲房里的闹钟惊醒。他躺在床上听完父亲每天千篇一律的早课：漱洗、早饭、磨墨、练字、一套杨氏太极拳，然后提上他用了几十年的牛皮公文包，拉开玄关的磨砂玻璃推门，走进渐渐有了人声活动的巷子里去。他继续躺在床上，听母亲洗完碗、喂完鸡、洗完衣服，提了买菜篮，关上玄关的磨砂玻璃推门出去。他问自己，要不要起床？他并不是起不了床，虽然昨夜的阿司匹林已经失去时效，牙痛又开始了一个新的循环。他应该起床再服两片阿司匹林；他应该把近来的诗稿改写一遍，誊好，给胡浩送去；他应该到学校办公大楼去一趟，至少前天晚上跟父亲大吵了一场以后，他曾答应父亲今天去注册组填一份英文成绩单的申请表；他应该去找一趟林盛隆，看看这个人近来日益显著的转变到底有什么秘诀，为什么原先只会酝酿阴郁和伤感的那个胸脯，如今却一丝暧昧都不能窝藏？他应该有做不完的事：尹老要给他介绍一个钻研中国近代思想的美国留华学生；他对俄国近代思潮的探索才刚起步；他答应阿青去美国新闻处找最新的设计图片，他的自行车后胎还在漏气，他应该修好它，骑了它去何家赔罪，他不知道那天发狂一般丢下阿青奔向雨中以后，她到底怎么了局的；他应该赶快收齐那批图片上何家去，寒流说不定还盘旋在附近，他应该带阿青去大屯山看雪……

他听见母亲买菜回来，端了一碗鸡汤摆在书桌上。他不想听母亲的关怀和催促，闭上眼睛假寐，便这样又昏昏沉沉地睡着了。

小陶坐在廊庑前，面对后院，他的双脚伸出廊外，懒懒垂下。雨虽已住，却露不出青天，阳光隔着重重阴霾淤淤地辐射。小院落里留下几汪渗不出去的积水，反射着灰淡不透的一角晦明。有那么一段时间，日影仿佛停止了移动，滞留在清洗如新的空气里，停泊在隔院相思树栏栅的枝柯叶隙，瞌睡着，留下一个小小的冬暖。

除了牙痛，除了浑身上下没有一寸舒服，除了前夜同父亲大吵遗留的不快，除了和阿青解不开的死结，除了因为不想做一大堆应该做的那些事情而引起的烦躁，还有睡长长的懒觉带来的缺氧和缺氧带来的头痛。除了这一切，眼前这小小的冬暖，实在已接近完美。何况，虽然觉得虚弱乏力，这病恹恹的感觉是好的，像逐渐放弃了抵抗意志的动物，这病恹恹的、昏沉微明的感觉是可以依偎的，是暂时没有了风浪也暂时停止了活动的港湾。何况，他心里明白，晚饭以前，这小小的冬暖不致被破坏，有整整一个下午，这寂寂的庭院将任由他独自依偎。父亲带走了他的生硬和压迫，母亲带走了她的唠叨和爱溺，牙痛交给了阿司匹林，头痛也在雨后庭院里轻轻拂来的接肤犹有寒意的风中被轻轻拂去……是的，小陶的不快，也许只剩下阿青，也许还有因为阿青而不断被唤醒的那深邃无底的一团原始黑暗，也许还有……然而，在这个如此接近完美的小小冬暖里，阿青，以及她所能带动的一切，仿佛也被一层软软的而且暖暖的薄纱一卷，裹成一个美丽的梦幻形态，渐渐滑出去，越滑越远，终于像切线一样，沿着邻舍屋顶上如微波般起伏的鱼鳞细瓦，不见了。

所以，小陶对自己说，没有了牙痛是好的，没有了阿青也是好的，只要没有了这一切，没有思念、没有痛苦、没有矛盾、没有情欲、没有……只要没有，那就是好的。何况，檐下的风铃如今竟似脆冰一般轻轻撞击。何况，不远处，不知在哪一条巷子里彳亍、卖杏仁茶的苍老呼唤，如今正在回响。更何况，隔着小院落，穿过对院整片潇洒的相思树叶，从伏在老墙上那株树皮斑驳、枝叶稀疏、等待春风重吐新芽的串串红那里飘过来的，不正是后邻那个一向短发齐耳、白衣黑裙、蝴蝶一样飞来飞去的小女孩练习莫扎特《小步舞曲》偶尔走板的钢琴敲出一串串叮叮咚咚的乐音！在竹竿底下新晾出且未完全拧干的兀自滴着拌和漂白剂味的衣服周围的空气中，一个个浑圆晶亮的五彩肥皂泡似的相互追逐着，不断地飘了过来……

这不就是幸福？小陶忽然感到一阵喜悦。难道一定要有什么意义，像他这么些日子里无谓地挣扎着、寻求着、痛苦着而终于一无所获地那样？难道一定要从满坑满谷的焦躁不安里牙膏似的挤出意义？难道一定要接受同温层里那伙人的自我判决，一定要像他们所说的那样：蹲在二十世纪的防空壕里，用同类的毛发和脊骨，烤自己的寂寞？难道一定久赌必输？一定要微笑、不朽、向坏人致敬、厚着脸皮占着地球的一部分？一定要尘埃散漫？伸直脖子变成长颈鹿以瞻望岁月？难道一定要瘦得的的确确成一把梳子，仅余牙齿与背脊？

难道一定如父亲所讲的那样："没有基本生活规律，学问不可能成就；没有事业成就，什么真理、信仰、思想，都是空谈……"

那么一切从律己开始，这就是他父执一辈的全部经验。他想告诉父亲，他鄙视这个，甚至不仅这个。他想告诉父亲，他抛弃了他们，他们整整一代，谨小慎微的一代，他已经把他们归入历史，失败的、不光彩的、没有起点也没有终点的逃亡的历史。他没有说出来。他的腹内绞痛，他冒着冷汗镇压那股如绳结一般越抽越紧的疼痛，忍受父亲的善意规劝，忍受被自己倔强的沉默激怒的父亲一反常态，拍着桌子强迫他跪在祖宗牌位前面忏悔。他冷冷地顺从了父亲，他不相信男儿膝下有黄金，他从来就不相信。双膝落地的时候，他一阵撕心裂肺地疼，在祖宗牌位下面吐得满地狼藉。

从童年搬进这个日式庭院开始，他便喜欢上了老墙上驮伏着的那棵串串红。老墙到了春天，不知不觉间便爬满了到处生着小小吸盘的常春藤，不知不觉间，串串红的枝头已一簇簇丛生着心形的绿叶。然后，总会有一天，当到了知了从树底泥土中带着柔软的衣壳挣扎着沿树干往上攀爬的季节，天空里忽然一丝云影也寻不到的那么一天，嫩葱一般绿油油的老树顶端，抽出一枝枝迎风摇曳的花梗，缀满花梗四周的是朝天椒一样大小的蓓蕾，终于在绿荫里藏满鸣蝉的时候，向外绽开鲜红欲滴的万千花朵，一串串迎着蓝天。

如果有所谓的幸福，小陶对自己说，让它就像自己心爱的串串红一样：时候不到，就静静蛰伏；赶上季节，就开他一个锦绣斑斓、漫天通红！

廊前的光线渐渐暗淡，向晚的天空转眼失去了那份云母色的光泽，黑暗像地面蒸腾起的水汽一般，从四面八方升起来，在苍穹顶端汇合，小院落里开始有一阵阵逼人的寒意，向廊庑前痴坐的小陶袭来。小陶本能地放下衣袖，指尖触到自己的皮肤，竟觉得通体似冰。他站起身，也许是坐久了，压死了血管的循环，头部竟然轻飘飘地有些恍惚。他站定身子，突然意识到这一天除了阿司匹林，什么东西都未曾入口，而现在，虽然理智上知道自己腹内空虚，感觉上反而胃中鼓胀，只是十分口渴，他想起了母亲出门前留在他书桌上的那碗鸡汤。鸡汤囫囵吞下去不到五分钟，小陶一阵头晕目眩，胃里翻江倒海，他急忙赶到厕所去，却身不由己咕咚栽倒在厨房地板上，除了刚刚喝下去的鸡汤已经发出一股酸味以外，他还隐约闻到一股腥臭，他发花的眼睛瞪着自己呕吐出来的黑褐色秽物，脑袋却已掉进面前一大滩变了色的血泊里，失去了知觉。

小陶恢复神智的时候，已经躺在医院急救室的病床上了。他第一眼看见的是母亲已经哭得红肿的眼睛，幸好她今天回来得早，若是耽误了急救时间，不知道会有什么后果。小陶觉得很虚弱，连开口讲话的力气都没有，他看见母亲的脸色，心里一阵酸楚。母亲叫他不要动，用湿毛巾不停擦拭他的额头，屋里其实并不暖和，他还盖着厚毛毡，虽不觉得热，周身却感觉有冷汗不停地沁出来。

在小陶的意识中，这实在是个相当荒唐的局面。前一刻，他觉得已经一只脚跨进了幸福的殿堂，至少，他看见殿堂里面神奇眩目、无以名状的一些美丽图像。这一刻，他的生命却悬在床边倒吊着的一红一白两个玻璃瓶上。手臂上插着针头，针头埋在胶布底下，两条透明塑料管从胶布下面拉出来接上一个乒乓球大小的半空玻璃管，血浆和食盐水便从倒吊着的玻璃瓶中以固定的缓慢速度滴进大肚子玻璃管中，然后，流过用铁夹

浮游群落

子控制着松紧度的塑料管，从针头流入小陶的血管。开始输血输液以后，小陶的脉搏和血压开始回升，逐渐脱离险境。然而，望着身旁六神无主的母亲，望着白色帷幕隔成的小小空间以及不时进出的一副职业面孔的护士小姐熟练得近乎粗鲁的动作，望着床边这一套装置，想到自己的生命如今系在两条塑料管上，他无论如何都无法理解自己怎么忽然变成这个样子了。

根据医生的初步诊断，小陶得的是上消化道出血。出血实际已经不止一天了，他吐出来的黑褐色液体，其实是食物、胃酸与淤血的混合物。奇怪的是，直到这一天，小陶从来没有任何严重腹痛的经历，为什么毫无预警便发展到如此地步？医生的推测是，他可能是十二指肠球部急性溃疡，本来已经被胃酸过度分泌侵蚀的肠壁，加上烈酒和阿司匹林的双重刺激，恶化了溃疡而造成大量出血，终因失血过多形成严重脱水，引起休克。医生问他这几天上厕所有没有黑便，小陶说不曾注意，他倒是有轻微便秘的印象，许是黑便积压所致也不一定。关照护士定时记录血压、测量体温以后，医生突然半开玩笑道："是不是有恋爱烦恼呀？"小陶苦笑了笑，母亲却急着想从医生口里获得一些保证，不过医生还是半开着玩笑说："肚子里有个洞，恋爱资格就给上帝暂时取消了，先专心补好这个洞吧！"

医生走后，小陶给送到重症病房去疗养。那是摆了八张病床的房间，包括小陶在内，八个病人都是从急救室转送过来的，都有自己的家属在旁照料。病房虽然比较宽敞，却显得有些乱哄哄的，尤其是晚饭后夜间值班医生还没有出现的一段时间。

值夜班的医生料不到竟是吕聪明，小陶觉得分外亲切。各病房巡行完毕，吕聪明还回到他床边陪他。小陶已经输完五百毫升血浆，精神恢复不少，但还是没什么力气讲话，吕聪明也不让他多开口，只是详细告诉他，他这场病的根源，其实不在肚肠，而在他的脑袋瓜里面。他说现在的理论认为，胃酸分泌过分活跃，跟中枢神经的活动关系密切。"不是有句老话说'心宽体胖'吗？这话如果用来解释溃疡症倒是有点道理的，你晓得三国里面的周瑜是怎么死的吗？"他问。"不是给诸葛亮气得吐血三斗而亡吗？""依我诊断，他得的病就是你这个病。大军压境，忧心如焚，气量窄小，忌才好胜，你看，周瑜吐血以前的中枢神经活动，等于给一个肉做的容器不停灌酸液，不要说是肉做的，就是铁胃也要穿孔了。"

小陶虽然知道他在指桑骂槐，心情上还是被搅得温暖了一些。吕聪明临走时又关照——现在落在我手里，你给我乖乖躺着。你负责你的脑袋，我负责你的肠胃。你失血我给你输血，你脱水我给你输液。明天起，我给你抽胃液，让你的肠胃尽量减少活动摩擦，创造止血生肌复原的条件。不过，你得把脑子里的龙头给我关紧，长期来讲，你得注意消灭你心中那个诸葛亮。

我心里的诸葛亮是什么？小陶想，怎么消灭他？阿青吗？其实阿青心里又何尝不埋伏着一个诸葛亮。他的朋友里面，谁心里不藏着个善用心计必置你于死地的诸葛亮？那么这诸葛亮到底是什么呢？是这个社会，这个时代，还是各人心里都深深潜伏着的一团缠不清也化不开的莫名黑暗？趁你一不注意，便冷不防地往你的肚肠上扎上一刀。难怪他老是心里隐隐作痛，尤其是黄昏前后，胸口老是有一股闷气要爆炸却没有出口。于是，到了黄昏便胸口胀痛的他们这一批在同温层里出没、患上了"精神流亡症"的朋友，不知为了什么，总是集中在向晚的天空下，蝙蝠一般盲目聚飞，仿佛在探索着彼此的脑波。他忽然很想找胡浩来聊聊。然而，晚上值班的白衣天使，比急救的那一位更加一副维护职业尊严的面孔，她说："有事情明天再给你办，医生吩咐，不准你胡思乱想！"

小陶隔邻的病床上，躺着一位患有严重心肌梗塞的老先生，呼吸的时候，喉咙里像卡着一口浓痰，随着鼾声一上一下。小陶虽然浑身不舒服，然而，他实在像一具精力消耗得一丝不剩的皮囊，竟然在这样扰人的节奏中，也沉沉睡去了。

厨房外，廊檐下，一股令人窒息的烟味。胡浩一手抹眼泪，尽力减少呼吸，一手持把破篾扇子猛扇煤球炉。这些天来，天阴雨湿，煤球泛潮，硬是同他作对，随他使尽力气，就是红不起来。忽然院子里传来一串清脆的铃声，他直起脖子朝外张望，见何燕青的三枪跑车停在夹竹桃下面，车把上面的铃还在滴溜溜尽转，人已经一掀布门帘跨进屋里。

"小陶怎么样？好点了没有？"

她没有搭腔，只一味翻看画报，半晌听不到答案。胡浩的头在通向厨房的那道纱门夹缝里伸着，眼睛眨巴眨巴仿佛打着问号。她抬眼看见那颗坚持着既不进来又不收回的圆滚滚的脑袋，半似挑战，半似撒娇，她笑了。

"我饿了！"她说。

127　　串串红

"饿了？那好办……"

脑袋立刻缩回去不见了，过一会儿，胡浩端出来两小碟卤菜，臂膀底下还夹着一罐双鹿五加皮。廊檐下过了一阵穿堂风，煤球不用扇，自己红了。

"今天算你走运，有人送了我两斤明虾，还愁一个人吃不了，留一半又怕过了夜不新鲜！"

阿青早已就着散溢小磨麻油香味的酱汁肚丝自斟自酌。唱盘上转动的是巴赫的《第三号组曲》，正好进行到第二乐章。现在，阿青肺里吸满的冷空气，好像随着G弦上的咏叹调，优美、平和、委婉地徐徐舒放出来。

厨房里，胡浩对着砧板，努起嘴唇细细地切着一盘姜丝。旁边一只海碗，酱油、料酒、味精、香油和糖拌就的调味汁里，泡着剪了脚挑了肠的水晶明虾。煤球已经红透，锅里的油冒过了烟，更加透彻，只留下纯粹的高温，只等下锅一刹那油星四溅、火花翻飞、惊天动地的那一声嗤嚓爆响。

向来，胡浩有一面做家务一面想事情的习惯。阿青不提小陶，他也不再追问。其实他早已去看过小陶，知道他的病情已经初步稳定。他知道阿青得到小陶入院的消息以后必然有过一番挣扎，他知道她始终没有去看过小陶。阿青和小陶之间的一些过节，他也知道。他明白阿青的委屈，他也明白小陶的苦恼。结合他俩其实是质地十分单薄的东西，拆开看，不过是一种感觉，一种寂寞以及一种被困住的急于突围的欲望而已。

然而，寂寞也许有结合人的力量，但在日益干涸的他们共同依赖的湖水中，除了相濡以沫，除了偶尔挣扎着绝望地腾

浮游群落

跳，还可能有什么进一步的作为吗？他望着油锅里逐渐由白转红的明虾，心中升起一股莫名其妙的自厌情绪。

同温层里的冷空气，如今掺杂着一股油爆葱花香的暖流，阿青本来想来这里大哭一场，也许是双鹿五加皮暗中起了作用，也许是葱花的香味，也许是G弦上的咏叹调，也许……她不知道还有什么，她现在只想抓着对面坐着的身形喜感的胖嘟嘟的胡浩臭骂一顿。

"看你吃的那副猪相！"她说："你就不能斯文一点？"

胡浩傻呵呵地笑起来，他知道阿青看见的不是他，而是吃起饭来西子捧心一样病恹恹的小陶，他一点也不觉得阿青有冒犯。只是他不知道，阿青眼睛里虽然只看见他厚厚的两片嘴唇，石磨一般，搅着转着，明虾便一只接一只给卷了进去，虾壳也干干净净地吐出来，在台面上砌了小小一座半透明的山丘。同时，阿青的心里却念着，能够不顾难看，吃成这样，不也是一种幸福？胡浩一点也不觉得阿青话里有刺，他倒是突然觉得有一阵自尊心被轻轻鞭打的快感，他借着这阵快感飞跃起来。他问阿青，记不记得沈从文的《湘行散记》里写过一条白燕溪？就是坐在竹筏子上沿溪下行，一路用竹篙敲打岩壁上悬垂的芝兰的那条白燕溪？他说我家乡也有条小河，虽然没有香兰可采，夏天躺在小船里，赤膊一条随水漂，剥菱角、唱山歌，岸上的柳条轻轻划过，麻麻痒痒地，比女孩子的头发还过瘾……

唱机上方的墙壁悬着一幅版画，布局很前卫，造型却像古老中国的民俗艺术，七八个竖着两条发辫的娃娃，发辫上扎了红头绳，一个顶一个地叠罗汉，刀痕朴拙，颜色却暗示着深沉包围下的小小欢乐，一副流浪汉过年的调子。

阿青的眼光从版画上移过去，在小屋四壁浏览一周，回到胡浩身上。她用小孩向大人下命令的语气对胡浩说：

"我要到溪头去玩几天……"

"溪头？"

"你去跟森林系交涉，我们要用他们的招待所。"

"森林系？"

"你不是有熟人吗？"

"有熟人？有——有有有……"

"明天就走，我烦死了……"

"明天，对对，明天就走……"

胡浩心里像乱草着了火，张口结舌着，不知该扑向哪里，记得不止一次，从背后望着阿青的胴体，心头也曾一度着火，很快就扑灭了，很快。他也曾经怀疑过，她不可能没有感觉，或许她天生就是个踩钢丝的，有一种维持平衡的本能？或许她只是贪图三个人之间这种既不能讲穿又不能装作懵然不知的紧张状态？脚底的钢丝颤动时，或许有某种兴奋？小陶怎么办？他受得了吗？但是，小陶也知道这不过是迟早的事。或许还有面子问题？去他的面子问题，这个年头还讲究什么面子。那她为什么，偏选这个时候？或许她只是委屈，想找个地方去排遣她的委屈？或许只是这样，没有什么别的意思？她不要怜惜小陶？尤其不要在他病中，在期待安慰的病中？或许她只是要整他？还是要整我？她或许是要整我，对了，她不过是要整我，该我受罪了,妈的,是该我受罪了……

然而,那一连串问号,却似散在各处的火苗,如今合成一片,无可挽回地燃烧起来了。而他居然一点也不觉得灼烧的痛苦,却是欢喜,胡浩整个人给卷进大片燃烧着的欢喜中。

巴赫的《第三号组曲》早已唱完,那张唱片还是老式设计,唱针划到底不会自动带停唱盘,绕着一条咬住自己尾巴的弧线,不停地转上两圈又回到原处,转上两圈又回到原处。

胡浩忽然惊醒,跳起来走到唱机旁边,把巴赫小心地装回封套里。对着一摞唱片,他拿不定主意,回头看阿青,阿青整个身子窝在藤圈椅里,脸上透着一层薄薄的红晕。乍一瞧,活像一枚开了扇的大胆袒露赤裸裸鲜红欲滴软肌玉肤的扁贝,两条腿修长匀称,膝盖处一弯两节,裹在剪裁恰好的斜纹哔叽藏青裤管里,柔柔地交叠着,沿藤圈椅的圆边一倚,仿佛滚着一道蓝边。她左手抱着双鹿五加皮,右手举起玻璃杯,对着灯光眯起一只眼睛望向手里擎着的一杯琥珀,然后,一只眼瞄准,她的右手缓缓回收,对准,将那一汪琥珀缓缓倾注进她仰面迎接甘露的口中,一头淡淡闪光的青丝,流苏一般,撒在椅背后面。

直到发觉牙齿咬痛了自己的嘴唇,胡浩才又惊觉起来,他问阿青:

"想听什么?拉赫玛尼诺夫?"

他知道阿青一向喜欢拉赫马玛诺夫,半晌,才听见阿青的声音从双鹿五加皮黏住了的齿缝中吐出来。

"随便,别给我愁云惨雾的。"

"《第二钢琴协奏曲》?"

"蠢蛋!告诉你不要愁云惨雾的……"

"帕格尼尼?"

说完胡浩就立刻后悔了。从前,三个人在一起,兴致好的时候,总是放着帕格尼尼。

阿青从椅子里转过身子,还未起来,重心一偏,几乎把椅子弄翻摔下地去。她忽然失去了控制,大声吼叫道:

"不要,不要,不要帕格尼尼!去他妈的帕格尼尼,以后都不要,永远不要……"

胡浩脸一下子吓白了,随手关了电唱机,他想,不能让阿青继续抱着双鹿五加皮了,然而,要夺过来是不可能的,他只得加快速度猛喝。阿青可并不那么大方,于是胡浩只好举起酒杯说:

"来!干一杯。"

"为什么?"阿青抱紧酒罐。

"为——为沈从文——为沈从文浮一大白……"

"不要!我不管你的沈从文。"

"哪?为——明虾——为我们的红烧明虾?"

"去你的!"

"猪吃明虾,为猪吃明虾干一杯。"

阿青忍不住笑了。

"好!猪吃明虾,浮一大白!"

"为'去你的'干一杯!"

"好!去你的,干一杯!"

"为——去他妈的——干一杯……"

"好！去他妈的，干一杯！"

"去他妈的帕格尼尼——干一杯！"

"好！去他妈的帕格尼尼，好，干一杯！"

一整罐双鹿五加皮，不久就空了。阿青两手捧着酒罐往嘴里倒，伸出舌头迎接最后几滴。她把空罐子扔在地上，其实她并没有扔，只不过心里仿佛意识到罐里已经一滴不剩，手指自然松开，罐子便滚到地上了。她想挣脱藤椅，上厨房去找酒，但浑身上下软绵绵地，站不起来。她看见胡浩歪倒在对面，也是软绵绵地一滩，她想胡浩看她自然也一样，她觉得很好玩，很可笑，她从来没有见过胡浩这个样子，傻乎乎地瘫成一团，完全放弃了他那套根深蒂固、自视为老大的本能，一副快乐任性的样子，笑眯眯的，很可爱。她吩咐他：

"喂！酒——没有酒了——喂！拿酒去……拿酒去……"

胡浩歪歪倒倒地撑起身子，两只手好像捧着一个大酒罐，他的脚步很轻，一下子便飘到了阿青面前。

"喏！酒……来了，酒……给我留点……"

想象中的酒罐捧到了阿青嘴旁，阿青也张开嘴，还用手抓住胡浩的手，不准他收回去，不准他那么小气。"喂！别猛喝，慢慢来！"胡浩挣扎着要抽回他的手，阿青的手居然那么有劲，他的身子反而被她拉着向前，失去了平衡，整个人倒在阿青身上。两人一面笑一面互相抓住对方的手，抢夺那个酒罐，终于从藤椅翻落地上。在那里，胡浩吻了阿青，阿青忽然停止了笑声，哭了，胡浩也哭了，然而，他们一面哭，一面还是相互吻着……那晚上，两个人都是第一次只想到对方而没有想到小陶。不过，他们其实也想不清楚，双鹿五加皮的后劲越久越足，两个人的身体，好像都有微微肿胀的感觉。天亮以后，胡浩先醒过来，一睁眼便觉得头痛欲裂，就在那好像裂开一条缝的脑袋里，却仿佛浮现出小陶惨白的脸，露在惨白的被单外面，在一间空无他物的惨白病房里。

　　病房里要到十点以后才渐渐静下来，探病的陆续走了，只剩下陪重症病人过夜的亲眷，忙着照料病人就寝前的琐碎事情。小陶的鼻孔里塞进去了一条电线粗细的软玻璃管，经过食道直通到胃，软玻璃管的另一端则接上一架抽取胃液和淤血的真空装置机器，只要胃里出现任何分泌物，那架机器就自动产生吸力，在软玻璃管里发出轻微摩擦的嘶嘶声响。小陶觉得自己的肠胃一辈子没这么干净过，而且是彻底的空虚。空空的感觉却很好，只是那条管子，虽然是软塑料，却真正是骨鲠在喉，他老觉得要咳嗽要呕吐，但医生关照，想咳的话立刻吞口水压下去。他这样死命顶住已经有几天了。

　　胃里抽得空空如也，脑中却无法装一架真空吸尘器。刚进院的头一天，在极度虚脱的状态下，他只有作本能反应的能力。几天下来，学会了如何熟练地应付这种新的生存方式，脑子里又开始不老实起来了。尤其是熄灯以后，病房里相对安静得多，思路断断续续，各种念头挥之不去，成了关不紧的水龙头，垫圈朽坏了，水滴零零落落，老往外淌。离开家才不过几天，已经很想念自己那间四叠半大的小房间了。推开小房间的纸拉门便是面对后院的廊庑，廊庑外，除了春夏之际，母亲偶尔在厨房外面的水沟旁边种上一架丝瓜、两行四季豆,除了老墙上恣意攀缘的常春藤以及他的串串红,仿佛空荡荡地一无所有。然而这只不过是表面的假象。串串红每到开春,就往往引来一群群黄绿羽毛、鸡蛋大小的金翅雀,吊着身子把尖尖的嘴喙倒钻进花瓣合成的圆筒形蜜囊里去。记不清有多少假日,他只是面对后院坐在廊前地板上,悬空两腿,手压在屁股底下,倾听那一群群忽来忽去的黄鸟翻飞穿梭、呼朋引伴的清脆鸣声。花季结尾常是一院落红,那群去而复回的小黄鸟也都不知去向。其实在母亲经常喂养鸡鸭的甬道里、绿篱边,不时也有木瓜、番石榴一类的秧苗钻出地面,虽然总是过不多久,还没来得及长成苗木,就给践踏得消失了踪影。然而,总是过不了多久,不经意的某一天,又有两株三株,顶着小小的子叶,爬出泥土向外张望。深秋天气也适宜在廊前独坐。台风季节来临前,往往几天闷雨之后,小院落里忽然爬满绿苔,绿苔上星星点点,铺了一层淡黄色的蜗牛蛋,几天晴天过去,也都不见了踪影。他在这个自生自灭、自灭自生的生态循环里,不知不觉,已经十五六年了,他那四叠半大的房间,从一枕一被一顶蚊帐外一无所有的大房间,如今已被书桌、书架、茶几、靠椅堆得几乎没有回旋余地了。是不是也像默默遵循着某种规律的金翅雀与蜗牛蛋一样,到了他自动消失的时候了呢?就此离开他这个已然熟悉的小世界?到哪里去,去做什么?他是被迫走上这条路,还是自己主动选择的?可是,归根结底,这一切有什么意义?这一切是为了什么?于是,他的思绪立刻停顿了,像以前的每一次一样,一到了这里,他的心里立刻升起一团黑影,具体到几乎可以触摸,而且在无可阻挡地扩大、加深,终至于吞没一切。

于是,他知道,唯一能拯救他的,还是阿青,即便是暂时的拯救。几天来,他极力避免想到阿青,只要这个意念一动,他便设法转移自己的注意力,虽然,隔不了多久,他的意识又不知不觉滑向了那里,就像他不能不意识到哽在喉咙里的那条不时嘶嘶作响的软玻璃管一样。几天都不露面,朋友们来访时也故作不知的表情,小陶不能不明白阿青的意思了。可是他还是不能不感到心口有一阵绞痛,一阵他自知凭自己的力量消灭不了的绞痛,既不是因为屈辱也不是因为被击败,而是不折不扣、毫不暧昧的肉体的绞痛。

病房里早已熄灯,隔床那位老先生却不太安分,还坚持要他的孙女儿给他削苹果。听不见老先生喉咙里含着浓痰的鼾声,小陶反而更不易入睡,仿佛失去了已经习惯的催眠曲,他的脑子越来越不听使唤。躺久了,整个腰背像生了褥疮,痒刺刺地痛,很不好受。但他又不敢随便翻动,弄乱了那条"生命线",又得找护士来调整。

"生命线"?一点也不错,小陶重又兴奋起来。问题就出在这里,为什么他的生命现在竟落在这样一条线的支持上?为什么让阿青变成了自己的生命线?从什么时候开始的?到底怎么回事?竟一步步走到了这里。

他望着屋角天花板上一团模糊的反光,或许是走廊上那盏彻夜不熄的电灯照在病房某处的金属平面反射出来的光,只要有人从走廊上通过,那团光影便闪闪烁烁地死灭一次,他脑子里忽然出现一个奇异的念头。转眼瞪住床边倒吊着的血浆瓶，他偷偷伸出一只手，从毡子底下摸过去，手指触到那根软塑料生命线，他用力把它掐紧。

认识阿青的时候，他才刚刚进入他的帕格尼尼时代。他记得最初并不觉得那么被吸引，然而那是校园里盛开深深浅浅的红杜鹃的季节，纸鸢在大操场草地上面的晴空里飘荡。最初约她出去，他完全不知道自己到底要干什么，他只是按照想象中恋爱应有的步骤去做。写情书的时候，他想到的是《少年维特的烦恼》，散步在阳明山满地落英的樱花树下，脑子里出现的是《罗亭》，见不到她，心里却浮现了《卡拉马佐夫兄弟》，甚至做爱的时候，也不能不联想到《查泰莱夫人的情人》。

然而，他现在却在为她受苦，她也在为他受苦，他知道，但不是因为得不到彼此而受苦，相反，却因为丢不掉彼此而受苦。他掐着"生命线"的手指微微震颤起来，血浆注满了整条玻璃管，注满了那个大肚子玻璃球，停止了流动，他微微觉得有些晕眩，他望着这套维持他生命的笨拙装置，暗淡光照下，充血的管道呈露紫色。他的手指剧烈震颤起来，他掐住了自己的生命线，现在，只要他坚持下去，明天早晨，人们就会发现他的床上躺着一个没有了生命的自己。他的生命如今就在他的手指之间，在他的一念之间。

他全身禁不住震颤，为了自己这一丝意念，但同时也感到一丝轻微的快感，自主的快感。

邻床那位老先生忽然剧烈咳嗽起来，仿佛有什么东西呛在喉管里，愈咳愈急愈短促，他猛地一把抓住在床边椅子上瞌睡的女孩。女孩一惊醒，发现他已经讲不出话来，两手猛抓自己的胸口，她一时惊慌失措，大声呼喊护士小姐。整个病房的人都醒过来了，然而噤着，没人讲话，只听见匆忙赶来的值班医生的命令声。强心针打下去了，没有效果。护士小姐急忙推来了氧气筒，把面罩按在病人口鼻上面。医生在匆忙赶来的两位助手的帮忙下，把接上电线的除颤器按在病人胸口。他叫一声"打"，心电仪上的绿色光点波动了几下，又平伏下来，他又叫一声"打"，绿色光点又跳动几下，等叫到第四次的时候，光点已没有了反应……医生将被单蒙在病人头上的时候，那个女孩凄切的号泣使整个病房里充满了恐怖。不久，那号泣声也随着工人推走的载了尸体的病床渐渐远去，消失在通向太平间的走廊那一端。

小陶眼角的余光望着身旁没有了病床也没有了那已经给他催眠了好几天的鼾声的空间，第一次发现他们原来都被安置在装好四个滑轮随时可以移走的床上。他又发现自己的手指也不知什么时候开始，已经松开了，血浆又恢复了单调、规律而缓慢地流动。他心里忽然升起一股膜拜的欲望，有生以来，从没有如此强烈，就在他觉得身边忽然一无所有的时候。

蓝色的灯罩

一月中旬一个阴云不雨的下午,新潮社的"大头"柯因腋下挟着一个厚厚的卷宗,到文学院大楼的助教研究室去找同社的许英才。

空气郁沉,草木萎顿,校园一片冷峻萧索,但是,依然一身黄卡其大学生制服的柯因,仿佛完全没有注意。他的制服里面多塞了一件厚毛衣而略显臃肿,半低着头,走路有点八字脚,目光好像集中在那双早该扔掉的半露大脚趾的回力牌球鞋上面。左右两粒脚趾甲,以规律的速度,轮流进入眼睛投射的光圈,他的脑波也似乎配合着这个律动,来来回回地思索着一些驱之不去的恼人问题。

卷宗里夹着的是一些英文材料,两天前杨浦从罗云星那里拿到了一些他随身带回台的电影书刊,交给柯因。连夜快读一遍,柯因脑子里有了些概念,他想找许英才谈谈,顺便交一篇稿子给他译。虽然眼前的一切动作是为了这件事,他反复思索的却不是这个问题。组织几篇文章给《新潮》出个纪录电影专号，其意义当然不限于宣传台湾地区的电影文化，这一点，柯因早想清楚了。从布谷社推出林盛隆火药味十足的一系列论文以来，他就一直在思考这个问题，几次因缘际会，表面上，似乎他在领头攻击，在围堵，目的像是要揭露出布谷社貌似正义实则混淆是非的一些伎俩，实际上，每次口舌之争，到后来，他自己还是把这一切纷扰归结到一个根本问题上——一个像台湾目前这样的发展中社会，有没有资格奢求文学艺术独立自主的发展？展眼看去，包括老一代和新一代的整个文坛，从基本学养到生活体验，全是半吊子人物，讲传统继承，然而有多少人踏踏实实、埋头苦干？又有多少人有现代知识的观照能力，从浩如烟海的故纸堆中整理出一套符合现代需要的体系？不错，"五四"以后，的确陆陆续续有了一些成绩，胡适之、顾颉刚、闻一多……或多或少算起了步，然而，这些成绩距离我们应有的境界还有多远？不说别的，新诗从"五四"到今天，闹闹哄哄快半个世纪了，能期待今天有人利用我们的古典传统开拓出艾略特这样的新古典主义吗？连诗的语言问题还没有解决呢！若是讲横的移植，三十年代有过十年左右各自为政的局面，也算起了个步，然而，国共一场内战，拦腰斩断了这一发展，今天又是个从头干起的局面。在这样一个从人的条件到社会的条件都处于半开化状态的地方，怎么看待文学艺术的自主独立？难怪林盛隆所代表的那种思潮会出现，缺乏自主能力的文艺，性格上有所缺陷，没有自足圆满的功夫，必然要求从旁的地方去开辟途径，求得满足，道德、功利问题自然乘虚而入……

文化要有一个生活的基础！柯因喃喃自语。也许，自从罗云星的圣诞晚会以来，他的脑子里便隐隐约约触及了这个问题的核心。文化不能靠别人豢养、施舍，它要有一个生活基础。不错，林盛隆不是说有个立足点的问题？但不是他所说的那个立足点，不是文学良心的立足点，只要有人从事文学艺术活动，良心从来不会缺少，这不是问题，问题是，对了，林盛隆不是说："我们不是不食人间烟火的神仙怪物"，也许罗云星带来的正是这个消息，文化事业如何自立自足，如何企业化？

柯因在文学院大楼旁边枯黄的草坪上坐下，卷宗一撂，两手后撑，两条腿平平地往外伸张，他望着直直翘起的两只回力牌球鞋破洞中露出的大拇脚趾对自己说：两个问题总结到自己身上就成了一个问题——《新潮》怎么办下去？

许英才正在死磕英文，准备托福。按理，外文系的助教考托福哪有什么问题。但许英才说：

"我考托福不是为了签证，是为了奖学金，一定要抢高分才行。"

柯因沉吟不语，半响，才把卷宗打开，挑了一篇介绍纪录片之父罗伯特·弗拉哈迪的论文剪报，交给许英才。不料一向爽快的许英才竟然面有难色地说：

"能不能考虑找别人？我这些天，的确时间很紧……"

柯因略略皱眉。

"杨浦要筹下一期的印刷费，到台中去找他父亲设法，一时还回不来。方晓云也在准备留学考试，她还认领了一篇。"

许英才知道，柯因讲话如果用的是这个调调，那就表示没有商量余地，他颇不情愿地收下了那篇剪报。为了减少尴尬气氛，他从书桌抽屉里掏出来一包花生米，半瓶高粱酒。他给柯因洗了个玻璃茶杯，自己就用漱口缸。柯因丝毫没有客气，自己拎起酒瓶斟了半杯。

"再过半年，新潮社大概一大半人都在美国了。"

柯因喝酒的样子活像吃药，原本紧锁的双眉几乎织成一条黑线。

"在美国也没有什么不好，"许英才的脸本来就不大，洋瓷漱口缸端起来几乎遮去了一半的面部，"我们走了，自然会有新人接棒……"

"我没有你乐观，何况我觉得，目前这个所谓良心的issue（问题）刚挑起来，不是很快可以解决的……"

"你还在担心？这个井底之水，闹不大的，了不起一场茶杯里的风波……"

柯因没有接腔，他平常为人一向沉闷，今天更是格外深沉。他从这个布置简陋的研究室向外望，玻璃窗不知多久没有清理，积了薄薄一层灰，窗格子上的油漆也裂开了网状纹。窗外的天色本来就灰淡，给积尘的玻璃一隔，调子更暗了。他忽然回过头来望着头发蓬乱的许英才，眼睛里闪着一线光亮。

"你见过罗云星这个人没有？"

"听人说起过，怎么样？"

"我觉得我们《新潮》就该有这样的人加入，才有希望。"

这一次轮到许英才望着窗外。他想到的却是上礼拜的《新潮》编辑会议。首先是出席的人少了三分之一，有几个已经去了美国，有几个正在赶办手续。接着是杨浦的财政收支报告。各人除了捐出稿费、倾囊相助以外，最后还是决议由杨浦去向他父亲求救。他记得那次会议上，柯因始终默默不语，柯因目前没有留学的计划，不错，但又能坚持多久？他走后这个助教位置已经预定给柯因接手，到时候压力自然会来，没有外国学位，要想在这里做点事情是不可能的，柯因到时候就会明白，他迟早也要去留学……

旧历年关前后，林盛隆混杂在办年货、送年礼、拜年贺岁的碌碌人群当中，各处走了一遭。空气冷冽然而晴朗，孩子们从学校里解放出来，呵着冻红的小手，在街头巷尾燃放花炮。林盛隆的心情也一样，冷静然而喜悦。

趁着寒假清闲，他计划多跑动跑动，主动联系，落实小组决定的一些具体工作。在环境许可的范围内，他想，只要有条件，就应该破除保守，积极展开工作，巩固成果。

他有时骑自行车跑，虽然寒风刺骨，但机动灵活，节省时间。有时候，距离太远，他不得不挤进过春节的人潮中，利用铁路局的加班交通服务。但即使在人声嘈杂、万头攒动的车站排长龙，他还是保持着冷静然而喜悦的心情，且不断自觉地细心检查自己：有没有急躁、冒进的情绪？没有；有没有因循、懒惰的思想？没有。

那为什么工作好像始终推不动？小组会开过这么多次了，大家的理论水平都有显著进步，要求工作的情绪也越来越明显，然而，"工作"这两个字，这个概念，却始终是个抽象的存在，仿佛这一关就是跳不过去，仿佛只能谈如何展开工作，却无法落实在具体的工作上。林盛隆常想，如果每天起床的时候，浮现在脑子里的不是联系着这一篇或那一篇文字里的哪一个特定的问题，而是联系着这一个人或那一项活动的具体安排问题，那他才能清楚地告诉自己：终于开始了。但是，目前的情况是，即使有具体活动的安排，也不过是设法安排下一次的小组讨论而已。仿佛努力了半天，始终无法投入真正的社会生活。而每一次学习，又总不免陷入一些纠缠不清的辩论，甚至于每一次辩论，不论什么问题，坚持意见的一方，总认为只有自己的意见才符合真正的辩证思维规律。这其实也不算是坏事，林盛隆想，小组学习生活应该民主，真理越辩越明，问题是：仿佛大家有这么一种倾向，越是遇到需要析理入微的问题，大家的热情也越高涨、越兴奋，也就越易于坚持己见，以至于互不相让、寸土必争。在烟熏气闷的为了春节增开的加班车里，林盛隆一点也不觉得两腿辛酸、空气污浊，一串问号从新店始发站就开始浮现，到万华终点站换等南下客车的站台上，还盘旋不去：关键在哪里？是因为小组成员的阶级本性有不可克服的勇于言而懦于行的弱点？如果不是的话，那是什么？是客观形势的困难太大，自己的力量过于弱小，因而相对显出了自己的怯弱？还是主观认识不够成熟，小组力量还没有达到从学习到行动、从量变飞跃到质变的程度？如果是的话，怎么办？对了，《怎么办》[1]，应该仔细重读一遍《怎么办》，应该

---

1 注：列宁的著作。

在出来以前……

然而林盛隆在一个礼拜以前已经通知了王灿雄。今天的会面本来完全不是抱着这些问题来的，原意不过是趁春节寒假，实地拜访一下每个小组成员，熟习一下每个人的日常生活环境，了解一下大家的学习进度，为下一次小组会议做些思想准备。问题既然来了，就不妨带着问题进行，车到板桥站，林盛隆双脚落地，心里已经有了这个决定。小王没来车站，林盛隆没有等，他知道小王不会料到他坐上的是加班车，路程不远，脑子里有个印象，他就顺着这个印象摸去。

一路上，林盛隆没有停止头脑活动。他逐个检讨每个小组成员的思想、生活和工作状况。

他要求自己从平常最不注意的地方想起，于是他首先想到苏鸿勋。苏大个是吴大姐通过教会工作发现培养的，他从小生活在贫困的军眷区，对民间疾苦有很深的体会，个头儿大、心肠热，理论水平虽然不高，但做事踏实细密，稳固可靠。他倒是很少跟人辩论，从不面红耳赤，总是静静地听。偶尔你也会怀疑他到底是不是会跟着大家一起走，讨论、学习的结论到底对他产生了什么影响。但多数时候，林盛隆发觉，自己只是把他的存在视为当然，也许正是因为他给人与他的身材很不相称的斯文安静的感觉，他的优点也就引不起自己的注意。一旦注意到这一点，林盛隆立刻想起了他的许多优点：凡是小组讨论做出的总结，如果是理论方面的意见总结，则下一次轮到他发言，必定主动反映这个总结意见；如果是属于行动范围的结论，他更是不声不响地就把事情做得妥妥帖帖。这个人该怎么发展？林盛隆几乎要责备自己的迟钝，这个人早已充分准备好了，问题不在别的地方，就在自己，在于自己未能及早察觉出他的优点，将他往具体的工作上引导带领。对了，王灿雄呢？他的情况何尝不也在一定程度上揭示了自己的迟钝。小王的上一辈，有好几个人在"二·二八事件"中牺牲，苦大仇深，一点不错！他的情况就是这四个字。但是，为什么自己竟被蒙住了眼睛，只看到小王悲愤的消极面，力量全使在如何转化他的"台独"倾向上，却忽视了如何启发他化悲愤为力量？

一发冲天炮在他背后的屋檐下发出呼啸，他驻足转身，望着迅速飞升的拖着一尾硝烟的爆竹在空中划出一道弧线，到了弧线的结尾，爆竹炸开了，一把纸屑纷纷下坠，林盛隆鼻子里有一股火药的香味。

刚刚走到小王家巷口，小王迎面而来。林盛隆掉转头，两个人一前一后，到了人多的地方，小王才快步挨到他身边。因为廖新土的关系，小王与林盛隆碰头，一向十分谨慎。春节假日，街头巷尾，到处是人，这个问题倒不难解决。人中藏人，两个人不约而同，信步拣热闹的地方走去。

小王有个情况向林盛隆汇报。大苏工厂里发现了一批有初步自发觉悟的工人！

林盛隆禁不住心脏猛烈跳动起来。"怎么发现的？""他们主动找上来的。""怎么可能？大苏难道那么不谨慎？""不是，他们开始是找大苏补习功课。"林盛隆立刻开始谴责自己，又落后于形势了。但是，这一次，他没有浪费时间去做任何析理入微的理论工作。他告诉小王：第一，立即转告大苏，没有弄清楚每一个人的历史和社会背景以前,不可以暴露自己的思想;第二,即使确定其中没有任何问题人物,也丝毫不能暴露小组的存在与活动;第三,小王应该设法搬到新庄附近去工作,找机会协助大苏把这份力量组织起来。大苏虽然仔细,到底是个外省人,生活上、语言上难免有隔阂……

忽然一串爆竹在他们的脚边爆开了,火星四溅,噼啪乱响,一阵浓烈的硝烟席地卷起,把周围的人群笼进了弥漫着火药香味的暗影中。

* * *

同温层灯光亮着,但不知何时起,却拉上了一层青花白底的窗帘。时间已过十点,四周的尘嚣渐趋沉寂,只不远处,偶尔传来汽车换挡加油的噪音。

屋子里面,三把藤圈椅上都坐了人,屋主人胡浩、常来的林盛隆和一位稀客——余广立。靠墙的电唱盘兀自转动,管弦乐的声音忽大忽小,然而,三个人的脸却朝向别的地方,身体一律前倾,耳朵尽量贴近茶几上的一台短波收音机。

一种陌生的语调,昂扬坚定,带着传道者惯有的激动感情,从发射着微弱红光的收音机里传了出来。

"中央人民广播电台……现在开始对台湾地区广播……"

接着是悲壮嘹亮的军号,演奏的是《义勇军进行曲》。胡浩的血液立即加速奔流,他先是觉得脊骨处一阵冷战,随后,整个胸腔不能自已地激荡起来。节目除了地方曲艺,还有一篇通讯,报道的是一个西藏农奴翻身当家做主的故事。最后是,前国民党第某师师长的侄子,向现任第一军团某部司令官的大伯父的喊话。

节目听完,胡浩关了收音机,提来热水瓶,给大家的茶杯冲水。三个人谁也不想开腔讲话,那个充满了强烈感染力的女播音员的声音,仿佛还在小小的同温层内回荡。有那么一段时间,沉默是金。古典音乐唱片还在转动,但没人听见那里唱的是什么。

终于,林盛隆打破了沉默。

"给你们报告一个坏消息。廖新土受不了狱中折磨,已经咬舌自尽了……"

胡浩的脸上有一种从遥远的失神状态回不到现实的凄惶神色。林盛隆继续平静地交代:

"……这个消息我今天才听到,实际上,他牺牲已经好几天了。他母亲今天上午到新店来找我。老廖葬在七张犁,下午去他坟前烧了一炷香。可怜,连块墓碑也没有,要不是他母亲陪同指认,我怎么也不能想象那一小堆黄土就是老廖留在这世间的全部遗迹。老廖父亲的坟堆就在旁边,大概多年没有添土,倒比新坟矮了一截。两代人的坟丘,一高一矮,这就是我们台湾人'光复'二十年的命运!"

"不能这么讲,老林,老廖的下场这么惨,谁心里也不好过。可是话不能讲得这么绝对,话讲绝了……"

胡浩忽然不知道该怎么接下去,"话讲绝了",是的,怎么样呢?他不晓得该怎么表达,仿佛觉得老廖的死跟自己也沾上了什么关系,然而他明明知道这种事怎么也跟自己扯不上关系，他因此觉得很厌恶，像混在一群小偷嫌犯当中被人审问一般。

"话不要讲绝？就不能这么活下去！姓胡的，无论从哪个角度看，都到了我们非做点事情不可的时候了。"

余广立仔细听着这段对话，他端起热茶凑在嘴边吹。一股白色蒸气飞快逸出杯缘，团在蓝色灯罩下。他说：

"林兄，咱们不要感情用事，现在是不是就到了行动的时候了，客观形势容不容许，我们自己又有什么力量？能不能听听你的分析？"

林盛隆好像早有准备，他掀开夹克，从衣服里面掏出来一个牛皮纸封套，抽出一摞文件，递给其他两人，一人一份。胡浩打开折成四叠的那份文件，见上面写着"台湾人民自救宣言"几个大字，下面的字密密麻麻的，是钢板蜡纸对付出来的油印本。他不耐烦地念了几句，便卷起来交还林盛隆。

"这个论调早领教过了，一句话，碍难从命！"

老林抓住他的手腕硬往回推，人几乎从藤圈椅里站起来。

"等等，等等，别人冒着生命危险写出来的东西，你至少给我好好读一遍再谈。"

胡浩只得坐下重读。余广立倒是聚精会神，仔细推敲着这篇《宣言》。看完一遍，他又翻到第一页，从头把整篇大纲在脑子里理了理，他没有表示任何意见，只说："好文章，好文章！"心里某处却觉得有些被触动。他看看胡浩，胡浩还是一副厌烦加凄凉的表情。他是在厌烦自己？还是在怜悯像他一样的所有外省人？余广立无从判断。林盛隆抽着烟，两脚跷在茶几上,眼睛望着灯罩透出的蓝光出神。心中的愤怒,像吸饱了水分的茶叶,缓缓张开、伸展,幽幽沉入杯底。

"老实说,"他的眼睛仍然凝望着上方,四十瓦光的乳白色灯泡嵌在蓝绢布的灯罩里,四散的光线,显得分外柔和,"我虽然比你们更能理解《宣言》作者的心情,理智上,我不能不反对他们……"

胡浩把看完一遍的《宣言》放在茶几上,这一次,他没有交还林盛隆。

"七十年的亚细亚孤儿,孤儿的血液在这里面流着。"
林盛隆手指自己的心脏,"我痛恨做一个失败的民族……"
"你不是一个民族,你是中华民族的一部分。"
胡浩忽然插进来一句。

"OK,OK,干伊娘,我不是历史学家,这也不是问题的核心。……总而言之,我痛恨挫败、屈辱、驯良、服从、归顺……这些他妈的混账王八蛋的字眼。一句话,你们给我作证,我拒绝败北。因此,我虽然尊敬《宣言》作者的勇气、人格,但我不得不反对他,因为他这条路,只能带给我们败北。咱台湾人已经失败太多次了,再也不能失败,再也败不起了……"

"问题是怎么立于不败之地?"

"只有一条路,老余,你应该比我清楚,只有一条路,就是这条路——"林盛隆右手食指笔直指着收音机,其他两人都没吭声,他接下去说:

"哪!我们不妨仔细分析一下。这里边的主张,到底有什么毛病?"

"书生论政!"老余说。

"书生论政也不一定非失败不可。多少国家都是书生论政论出来的。书生抓住了历史的主流,就能够论出些真理来,就能团结群众、产生力量、形成潮流。远的不说,你们有没有看过弗朗茨·法农写的《大地上的受苦者》?他抓住的就是黑色大陆上跃动的脉搏,他把'反抗'注进每一个阿尔及利亚战士愤怒的血液里,白种人以及他们的神,就不得不滚回老家去……"

"照你这么说,"胡浩手指茶几上的文件,"这岂不是台湾的法农?他也提出了'反抗',他不也有的是愤怒的群众?"

"姓胡的,你这个臃肿、颟顸的阿山脑袋瓜,终于提出了一个重要问题。不是有没有反抗情绪、反抗思想的问题,而是怎么反抗、反抗到什么程度的问题。这篇东西的问题就在这里,它的思想的极限也在这里。他看走了眼,他的分析不够彻底,他把问题看得太表面,他因此不能不犯错误……"

"你这种泛泛的指责还是不能让人心服,这些人的毛病,我看起来很简单:心胸狭窄,地方主义!"

"我看心胸狭窄的不是他们,而是你无意中袒护的那个压迫集团。真正的毛病在于他把我们头上的这个压迫集团看成了殖民主义者,他的眼睛只看见上层统治阶级的结构偏失,他的理论基本上是资产阶级民主派的反对党理论。只不过当前这个国民党反动统治集团的气量比一般的先进资产阶级执政党派狭小得多,除了少数几个花瓶摆设的尾巴党派以外,一粒沙子也容不下,这才把他逼上'反抗'的路。你们看,这条反抗的路走得通吗?"

"管他走得通走不通,弄乱了总比目前不死不活好,我如果同情他,就这么一点!"

"问题是他连弄乱的机会都没有。如果我今天当朝执政,好,很简单,我就让他出来组党,我只要在五院和各部里让出几个副座来,拉一批忠贞的台湾人去做官,照旧将一部《五权宪法》压在这批'反对派'和所有的群众头上,他们怎么办?我们台湾人又怎么办?在野多一个尾巴党派,在朝多几个台奸,台湾人就不愤怒了?六百万种田的,两百万做工的,五十万当兵的,管他是咱台湾人还是湖南人、东北人,就都服服帖帖、不愤怒了?"

"这才是问题的核心,什么台湾人外省人,统治者向来用的就是这种方法——分而治之!看历史就明白,元代、清代就是这么维持统治的。"

"历史家说得不错。不过,这还不是我要说的问题核心。他们也可以说,世界上,多的是一个民族分组几个国家的例子,你如果眼睛里只看见一个民族的发展史,就跳出来指责他们,对不起,那我又得老实不客气,封你一个大汉族沙文主义的雅号……"

"问题是——"老余听了半天,一直插不上嘴,他也不想加入争辩,但他更不想听任这些无谓的争辩漫无限制地延续下去,他于是把"是"字故意拖了个长长的尾巴,两个人转脸看向他。

"问题是,老林,为什么你就看准他们的主张一定带来失败?他并没有说台湾人只要争取做官的权利,他只说政府主要职位全是外省人的天下,而占台湾人口百分之八十的本省人,在权力分配上所占比例太小,足以证明这是个外来政权,不能代表全部台湾人民;而且他说,这个政权号称是全中国唯一的合法政府,可是实质上的有效控制地区,只有台湾。因此,从法理上看,这是个神话。'反攻大陆'这个策略,拆穿了说,压制岛内的作用甚于其他,本质上是个骗局。我觉得他这个分析是相当尖锐的,是可以起很大作用的,为什么你认为他一定失败?"

林盛隆猛吸"新乐园"。好像身体窝在那个蚌壳形的藤圈椅里久了,觉得太受限制,他双脚摸进木屐,立直身体,开始在屋子里来回走动。答复老余的问题并不难,他只是在考虑,要不要把话讲到底。一转头,他的眼光落在老余捋起了袖子的臂膀上,他忽然想到他的肩胛骨,终于下了决定。

"不错,这个分析的确很好,拆穿统治者的伪善,暴露它的真面目,终归是件好事。但是,我们现在的问题,不是要考察这个政权是不是合法以及它的代表性是不是有效的问题,这种问题根本不需要讨论。只要有压迫的事实存在,被压迫的人根本不要你这一套学院式的讨论,他们要的,只是如何反抗的答案。我们所要掌握的,是如何反抗才不至陷他们于更黑暗的地狱,失败带来的地狱……为什么这个主张一定会把我们领进这个地狱?这就是你的问题了,是不是?老余。很简单,第一,他分析问题,眼睛只看见上面,他的脑子里被资产阶级的国际法学所统治。他的大旗上也写着一个Justice(正义),可是，这是资产阶级国际法学范围内的Justice，我们台湾人以及你们那些卖馒头踩三轮的退伍士官，我们大家所要的Justice，是他们的字典里所没有的东西。你不能靠国际法庭的判决书，你不能依赖他们来主持正义。这是穷人饿饭、富人囤积的问题，你不能等他们大发慈悲来做功德、行好事，那是做梦。对付囤积，只有一个办法，饿饭的人团结起来！抢！"

"你说得倒容易，饿饭的人团结起来，谁来团结他们？"

胡浩忍不住又插了嘴，林盛隆仍然来回走动。

"说得好，历史家。谁？就是我们，你、我、老余，就是我们这些手无寸铁的书生。读书人是干什么的？除了做官帮闲，还有一条出路，梁山泊的吴用走的就是这条路，吴用没有用吗？有用得很！看你用在哪里，为什么人所用……"

"我看这些问题不必辩了，"老余伸出双手，好像要堵住两个人的嘴巴。"大家的心迹也表明得差不多了，这种争论，多了就是空谈，彼此信赖，交了心就行。老林，你不妨具体说吧，你总可以信任我们两个人吧？我是百分之百相信你们两个人的，茫茫人海，我从里面出来以后就一直在暗中寻找自己人，已经好几年了。你们不明白，一旦失了群，那孤单彷徨的滋味……"

"姓林的，你也不需要拐弯抹角说话了，刚才你说的这条路……"胡浩指指茶几上的收音机，"怎么走？"

林盛隆停止踱步，一屁股坐回藤圈椅。

"好吧！空话暂且谈到这里。具体的事，姓胡的，就从你这个不伦不类的杂志谈起。这个杂志到了彻底整顿、改变路线的时候了。横的移植也好，纵的继承也好，这些根本是风马牛不相关的。我们从来就没有好好反省一下，我为什么写？为什么人写？然后才有怎么写的问题。要决心弄清楚这些问题，就不能再浑浑噩噩过日子，大家应该聚在一起认真讨论。我建议你以后每个礼拜，选一个晚上或周末，把几个比较有良心、有正义感的写稿人找在一起，好好谈一谈，检讨检讨，这几年来，我们走的是什么路，今后怎么走……"

"只要不做汉奸……"胡浩说。可是，林盛隆立即又截断了他的话，而且，虽然是幽暗的灯光，仍然反射出林盛隆眼中的神采。

"改变《布谷》的方向，这就是我们当前第一件具体的任务。通过《布谷》，我们首先检讨文艺界，批判一些歪风邪气，把大家的步调统一起来，开创现实主义的新文风。这才是我们要布的谷。这件工作，姓胡的，一定要认真把它做好，你不是一直喊着不要空谈吗？过几天我会找一些材料，我们一道，仔细研究一下理论，把工作计划搞出来。"他接着面对余广立说：

"老余，你的身份和你的历史，都不适合参加这项工作。"老余点点头，没有评论。

"不过，你是过来人，这几年，你落单了，可能过得有点颓唐。我今天只能说到这里：在这个看似铜墙铁壁的地方，你我一类的人，还是有朋友的，不少人都在默默工作。现在距天亮，或许言之过早，但如果我们不做好准备，形势发展到一定阶段，就再也跟不上了。你上次跟我提到过，有一批当年的难友，现在虽然散在各处，不见得就都死了心吧？只要有仇恨，

蓝色的灯罩

就有火种，为什么不把这些人串起来？"

"你知道，我们这种人是最惹眼的……"

"敌人狡猾一倍，我们应该狡猾十倍！"

老余沉吟半晌，他抬头的时候，脸上露出坚定的表情，低声说：

"你说得对。从今天起，我这边应该立刻跟胡浩和《布谷》切断关系，我跟你单线联络。下礼拜，报社让我到南部去跑一趟，我会顺路去看看几个老朋友。这样吧，如果有什么结果，我们再商量下一步计划，人是第一重要的因素，先把人串起来再说。"

林盛隆挺身站起来，伸出手掌，余广立用两只手紧紧地握住，猛烈地摇撼着。胡浩的心里好像也通了电，一股热流，压迫得眼眶有些湿润。他不想让别人看见，匆匆从椅子里站起来，往厨房里跑，一面向身后嚷着："喂！都饿了吧，下点面条好不好？"老余说："不用麻烦了，我还得回报社露个脸，先走一步了。"

胡浩没有坚持挽留，林盛隆抱着老余的肩膀，一面聊着，送他出了门。两个人又在院子里商量了一会儿。胡浩将暖水瓶里的开水倒进锅里，拔开煤球炉塞，用竹扇猛烈地扇着，不大一会儿，炉火便炽旺起来，锅里的水也开始冒泡。他听见前院里五十马力本田机车启动的声音，不久，马达声渐渐远去。等林盛隆回到屋里，矮桌上已摆好两碗热气蒸腾的面条，每人碗里一大块水晶肘子，泛着油光。胡浩尖着嘴唇，就碗缘喝汤，发出嗦嗦的声音，他抬头问：

浮游群落

"你觉得他靠得住吗？"

"凡是下过水的人，绝没有回头的道理！"

林盛隆斩钉截铁地说。

两人在灯光下，一面吃面条，一面谈着最近的一些发展。林盛隆说，苏大个的工厂最近有酝酿工潮的情况，大苏因为工作关系与厂方经理部门接触多，知道厂主的意向，因为这个机缘，暗中透露了些消息给几个带头的工人，颇争取了些朋友。现在，王灿雄正在帮他筹备一个工人业余补习班。吴大姐通过教会关系，也发展了几个人。"这一点你大概想象不出，"林盛隆脸上今晚第一次出现轻松的笑容，"信教的人，一旦成为无神论者，比常人更坚定十倍！"各方面的工作都在飞速发展，吕聪明已经打入"台独"地下组织，今晚的这份《宣言》便是他弄来的，他发现"台独"中间也不是一成不变，有人也在向左转，假以时日，"台独"运动的内部转化不是不可能的……胡浩说，他反对的不是"台独"里面的人，他反对的是他们排斥中国、数典忘祖的倾向。林盛隆说，我们要有一个发展的观点。他举例说："你想一个被遗弃了七十年的孤儿，一旦回到家里，不分青红皂白便得给父母没头没脸地打了一顿，你叫他怎么认这个父母！"胡浩默然。

见胡浩沉吟不语，林盛隆又把话题转回来。他说，文艺工作其实是推动其他一切的基础，意识形态转化了，其他一切都会跟着起变化，放着一个这么重要的战场在这里，我们却始终懒散不去推动它。胡浩说《布谷》是个松散自由惯了的同人杂志，知识分子最难缠，每个人都以自我为中心，目空一切。

林盛隆则指出，我们做工作，应该善于分析，凡事一分为二来看。知识分子固然包袱重，心思复杂，但他感觉敏锐，有正义感，一旦发动起来，可以发挥巨大的改造社会的力量。胡浩说，我看不宜一来就搞形式主义的组织活动，反省、检讨、读书会，容易弄巧成拙，不如一个一个做工作，先把思想感情搞通，等大家有了自发要求再聚起来不迟。"索性人盯人，一个盯一个，你跟小陶交情好，你盯他，我去找图腾。"胡浩恰好嘴里含着一块猪骨头，一时语塞，他假装专心啃猪骨头上难缠的些许蹄筋，嘴角含含糊糊地说，"……还是由我来找图腾吧，他的脾气怪，只有我晓得他的毛病。"林盛隆笑笑，他想到朋友之间正在盛传胡浩夺了何燕青的事情，一方面觉得不便说穿，一方面又想，小陶的确也该长大了，吃点这种苦头，对他也未尝不是件好事，遂若无其事地应了一声：

"也好，就这么办！"

矮台上面留着两只大海碗，各剩半碗汤水，飘着点点油星，四只大脚丫跷在台面上。灯光里，香烟袅袅，成团成雾，在蓝色的灯罩下，结成了一朵小小的蕈状云。

红叶温泉

小陶出院以前答应了两件事，两件他心里很不想做的事。他答应吕聪明以后不再喝酒，至少不喝烈酒。吕聪明拿来他的X光胃片给他看，那是他差不多痊愈时吞了一大杯钡乳液拍下来的内脏图。吕聪明指给他看，十二指肠球部，有一点小小的变形，他说这就是伤口所在，如今结了疤，可以算是稳定了。但是，他警告说，十二指肠并不是没有复发和癌变的可能。通常胃酸过多的溃疡症，虽然癌变的比例很小，但统计比例低并不代表绝对安全。"戒除忧虑"，听起来像神话，又美丽又渺茫。

　　小陶的第二件承诺实际上也答应得相当勉强，不过他仿佛也无力抗拒。他的父亲一直不愿到医院来，觉得这个儿子不务正业、糊涂透顶。直到有一天，他代儿子申请自己母校的入学申请书寄到了，才上医院逼他签了字。

　　在医院前后将近一个月，输血三千毫升，食盐水无数，小陶还是给折磨得不成人形。这段日子里，几乎什么东西都没进过口，他觉得整个身体内部已经被清洗得一干二净，只是那条哽在喉咙的软塑料管、插在手臂上的针头，以及这些管道所连接的那些装置，使他觉得自己好像是生活在水族箱里的热带鱼，他活在一个由人工设备提供了最起码生存条件的世界里，干净、透明。玻璃箱外，不时有人走来走去，停下来看看温度，调整维持生命的装置，清除他的生理排泄。他的身体，却又像是一架机器，一架机能简单但运作准确的机械结构。只因为其中的一个螺丝出了轨，应该咬合得紧紧的一组齿轮，一下子全跌散了。他肚子里好像有一堆失去了动力的金属零件，自己没有能力重新安装，只好听任忙碌在他周围的那些穿白制服的技术人员摆布。幸好吕聪明还不时来找他聊聊，开开他的玩笑。虽然他也是个穿白制服的技术人员，到底还是不同的，除了那副职业面孔，小陶还可以想象他在"夜莺"指挥瓦格纳的姿态。大概是入院三个礼拜以后的一天晚上，吕聪明巡查病房完毕，照例来到他床前，检查了一下那架"吸尘器"，调侃似地对小陶说：

"还记得嫩鸡蛋的滋味吗？"

说完了便哈哈大笑起来。小陶受到他那爽朗笑声的感染，也自然咧着嘴角，却立即又习惯性地忍住了，但还是压不住进院以来肚子里第一次升起的一股浓郁的饥饿感觉。吕聪明检查的结果，发现"吸尘器"抽出来的胃液里面已经没有了血丝。小陶的内出血已经停止，十二指肠球部的伤口正在愈合。

第二天的早饭是小陶一生中从来没有尝到过的美味。首先，医生给他抽掉了鼻子里的那根塑料管，拔去了手臂上的针头，小陶虽然依旧觉得很虚弱，但有一种重新掌握自己生命的快乐，连周遭早已习惯厌恶的一事一物也觉得可爱起来。护士小姐的职业面孔也有几分喜悦似的，小陶欣赏她的一举一动，不需要努力便同她配合得好好的，她扶他坐在床头，倚在靠枕上。然后，小陶以虔诚的期待心情，微微收起两腿，细心摆平上面盖着的毛毡，看护士小姐迅速且粗鲁、然而十分可爱地往他的身前送来铝制的早餐盘。他抬手轻轻抚摸那只洋瓷碗的边缘，微微嫌烫的温度，他掀开碗盖，一股温暖的香味扑在脸上，里面是半碗淡黄色均匀细软的蒸蛋，还点着几滴香麻油。他用小茶匙沿边舀着，几乎舍不得大口吃，他用舌尖轻抿，直到蒸蛋化为流体进入体腔，在那里，至少有一百张张得大大的朝上迎接的嘴。

半碗蒸蛋竟然在他肚子里发挥了意想不到的润滑作用，生锈的齿轮又开始规律地运转起来。"活着是好的！"小陶把身子平摆在床上，头深深埋进柔软的枕头里，对自己说。机器一旦开始运转，不久便失去了作为机器的感觉。

在卧病疗养期间，胡浩是朋友之中探视最勤的一个。有一次还带了林盛隆一道。老林邀他出院后去他家住几天，他说碧潭附近有些精彩的地方，是一般游客不知道的，像他家后面那座山，当地人称为狮子头，自从几年前一位高僧到那里开山建庙，岩壁上经常有猿猴缘藤下山来偷香果。"不过，"林盛隆宽大的手掌握住小陶骨瘦如柴的手臂，"你得乖乖地给我猛吃猛睡，长上几公斤肉才行，我可没法背着你走！"

胡浩虽然来得勤，每次却坐不久。有一两次坐得久些，却又好像心事重重，坐在床旁猛抽烟，一副怅然若失的样子，迥异寻常。小陶猜他大概想跟他提阿青的事，又怕他身体太虚顶不住，所以总是欲语还休，结果只好闷闷地坐着。小陶也不想主动提这件事，两个老朋友之间好像忽然生出一道无形的墙，谁也跨不过去，但明明又看见对方在那里发愣，因此愈发觉得尴尬起来。这是两个人交往以来，从来没有出现过的。胡浩每次探病后都发誓下一次一定把话说清楚，下一次，见到小陶虚弱的神色，便立刻被自责内疚的情绪纠缠起来，终于还是只怔怔地坐着。

最难度过的是夜半醒来再也无法入睡的时刻。病房外，半明不灭的灯光闪闪烁烁，死角里卷起的夜风吹动帷幔，摇曳着交叉重叠的黑影。病房里，鼾声、呻吟、梦呓、牙床相磨、辗转反侧的煎熬声起落交织，仿佛鬼魅世界，然而，与小陶熟知的鬼魅世界又不相同，抽去了童年时期的神秘魅力，只剩下生命肉搏挣扎的赤裸裸的恐怖。

就是在这种血肉日夜被侵蚀的日子里，小陶的精神状态居然奇迹一般，逐渐出现了神智清明的境界，虽然这境界也许像闪电一样，倏忽即逝，他却本能地努力捕捉这份宁静，茧中抽丝一般，着意从纷繁万端的处境里，仔细抽出自己的生命。要确立自己独立无依的生命，首先得斩断自己依赖的一切，这就意味着从心里把阿青彻底扫出去。于是他第一次认真地考虑了留学。留学或许是一条路，把一切抛在脑后，把一切变成历史，重新出发，去面对全然陌生的人与事。然而，这样想其实又何尝不是在回避真正的问题？他现在只能确定一点，自己面临的是一生中的大危机,自己摸索不出安身立命的方向,谁也帮不了忙。他总算摸清了一点,心里那一团紊乱无底的黑暗,多少是咎由自取,跟生理循环、大气气压,跟月亮的阴晴、雨季的绵绵,甚至跟阿青,都扯不上什么关系。波德莱尔的忧郁不是他的忧郁,他不能也不应该眼睛望着台北市鳞次栉比的泥灰色屋瓦,却一味追寻波德莱尔坐在塞纳-马恩省河畔的阁楼里望着巴黎波浪滚滚的屋瓦油然而生的忧郁。他不应该把柴可夫斯基的悲怆想成自己的悲怆,去通过别人的眼睛看自己的世界,他应该先牢牢抓住自己生活里的一点一滴,就像他抓住病中第一碗蒸蛋一样,细细地、全心全意地领略它的真实滋味。

就这样,随着身体的日渐复原,小陶暗暗布置了自己病后的出路。

住了一个多月医院,小陶坐三轮车回到自己的家时,已是春节前夕。他在家里过了一个安静的旧历年,母亲细心照料着他的饮食起居,他也乖乖地按照医生的指示,每天服三次抗酸药,睡前服一次解痉药。他每天睡得很平稳,一次噩梦也没有过,体重迅速回到病前的水平。

元宵过后,意外有个大好晴天,后院的青苔上,居然有一层淡淡绿意,暖暖冬阳洒在上面,尤其显得鲜美。父亲盆栽的一株紫色报岁兰开了花,一茎九朵,清甜的香味一路从父亲的书斋里散溢出来。看着檐下的懒猫在地上仰翻身体伸展四肢,小陶忽然有了决意,趁家里没人,他收拾了一些衣物,带上几本心爱的书,给母亲留了一封短简,在温煦如酒的冬阳里,离家出走了,开始踏上他在医院里拟定的征途。

小陶的计划其实很简单：重新走一次小学毕业环岛旅行的路线，并随兴之所至，选几个喜欢的重要地点，待上一阵。他记得，这个想法第一次浮现，恰好就在他入院不久后邻床那位老先生夜半过去之后的次日。那天早晨，他毫无缘故地醒得特别早，其实也不知道是不是完全清醒，他感觉到似张未张的眼睑上方，有一抹破晓前后特有的青灰色的光线，也许他的视觉还没有完全清醒，他的听觉却仿佛完全清醒了，不知道从多远的地方传来，清清楚楚地，每一个字每一个音符都进入了他的耳膜，稚嫩清脆的童声合唱着《采莲谣》……然后，前晚死人的恐怖号泣声，随着童谣歌咏的尾音渐弱而逐渐显现，他感觉他的意识也逐渐醒来，睁开眼，满目看去，尽是平凡单调的现实。每隔三五步排列成行的病床，上面躺着受煎熬的肉体，在睡眠依然统治着的那个时刻，在暂时看不见挣扎的那个时刻，每一张面孔上，仍旧残留着对死亡的恐惧，扭曲痉挛过后还没有十分摊平的脸上，饱满地呈露着怯懦痛苦的丑陋痕迹。闭上眼，小学毕业旅行时洋溢在东海岸小火车车厢里的童年欢乐，又一次清晰地进入脑海。从那以后，每当他的意识游离到与阿青有关的现实生活里时，他便闭上眼睛哼《采莲谣》的乐句，把自己驱赶入童年的美丽乡愁世界。

　　但是这个特别的克敌法不久便宣告失效了。他旅行的第一段坐的东北线火车，到终点站苏澳换公路局客车，黄昏前后，到达南方澳。这是个拥抱着半湾海水的小渔港，港湾不大，防波堤内，除了留作往来作业的渔船航道外，尤其靠码头一带，大大小小，有马达和配带老式帆具的船只层层停泊，挤得满满的。小陶在弥漫着鱼腥味的港市里胡乱逛了一晚,到了人们的活动逐渐沉寂下来时,才找了一间旅馆住下来。不料睡了不到一会儿,一个学生旅行团忽然搬了进来,旅馆上上下下闹成一片。有人在榻榻米大统间里玩扑克牌,不停地叫啸,还有一群人围成一圈,每人手里一本《世界名歌一百零一首》,到小陶确实不支昏沉入梦的时候,他们才唱到第三十九首《老黑乔》。

在南方澳的经历失败后,小陶有了戒心,他考虑如何走得偏远一点,远离学生团体旅行的一般路线,他决定往深山里走。

第二天一早,小陶坐车回到苏澳,赶上第一班苏花公路的班车,开始沿东海岸南下。车过乌岩角,自然景观逐渐开阔,公路在海山相接的前方蜿蜒爬行,窗外,像一卷陆续展现的山水画,他的心情也随着眼界的拉大,次第舒放。

在这幅生动活泼的画卷里,小陶首先思索自己,自己当前生命中的点与线,他的思路渐渐合上了在医院疗养期间未完成的一些思考。

是的,他又一次退开一步,看到了自己,看到他一生面临的大危机。为什么会有这个危机?他在心中自问,为什么让自己一步一步走到今天这个处境?他的眼睛漠然地接纳窗外的景观布置,隐隐感觉视网膜上有色彩、线条自然生动的组合变化。一点也没错,他仿佛在自己逐渐进入平静无波的心镜中照见一副苍白、零乱、柔弱无力的面影,他回答自己,这是自溺,这全部是自己纵容自己的结果。这么些年来,自从发现心中有那一团无法解释清楚的黑暗,他只学会了被动躲避,让心中的黑色地带任意扩张,他不自觉地服从了自己感官的领导,整个生命的规律都被牵扯在感官世界的巨大引力上面。是的，他的感官组织给了他不少新发现、数不尽的喜悦，点点滴滴、跃动战栗的欢乐，给了他遗忘的动力，给了他暂时背弃生命严肃悲剧本质的一个小小避风港，然而，结果呢？他的生命整个呈现出被动、任由摆布的失衡状态，完全失去了自我的主宰。忧郁症来临的时候，他任由统治，偶尔无谓地挣扎、逃亡，向音乐、向诗、向虚无缥缈的哲思、向自以为是的美，日复一日，他醒来面对的又是一片空虚。他用朋友，用生活中偶然布成的事件、牵挂，用突发的冲动与依循惯例的动作来填补这些空虚。然后，自从阿青进入自己的生命，那一切偶然的、无谓的、零乱的、可有可无的、不知何处来也不知何处去的对付生命的手段，便全由阿青代替了。而人们还说，这就是爱情，而他自己竟然也相信，这就是爱情。

绵延的山岭如今在苍绿中夹杂着块块灰黄，不同组织、纹理，不同色调的岩层和土堆，像不同转动速度的传动机器上拉开的印花布匹，流水线作业似的摊现，然后消失，再摊现。

小陶在和平站停车休息的时候买了一个便当，草草果腹之后，开始有点昏昏欲睡。然而，车子再度启动以后，他却无法入睡，始终停留在半睡半醒的昏沉状态。直到车行在苏花公路真正的悬崖绝壁上，司机拉回大马力的低挡，车子缓慢沉重地喘着气，发出震耳欲聋的机械噪音，小陶睡意全消。不知不觉间，公路离海平面已有一段距离了，从他所坐的位子望出去，有时连公路的边也看不见，车子好像悬了空，眼前只剩下一望无际的太平洋。

初看只觉浩瀚无垠、毫无变化的海，看久了却发现还是有不少变化。首先引起小陶注意的是色泽的深浅层次，尤其在近处，起初以为是海水深浅程度不同而形成的变化，继而一想，这一带既然都是岩岸，照理不该像西海岸平缓的沙滩区，海底坡度应该一下子就沉陷下去。他又想，或许是海底的珊瑚礁层分布不一致而衬托出来的也不一定。然而，车子跑了好大一截路，他连一个能够称之为岛屿、环礁的地形也看不到，这一带显然不会是珊瑚礁区了。那为什么在同样亮度的太阳照耀下，海面却显现出不同层次的颜色变化呢？

一个英文词忽然闪过脑海——Plankton（浮游生物），或许这就是了。他再仔细注意海面的色泽变化，肯定是了。粗看原是一片单调划一、令人疲倦的蓝色，细细观察，不仅可以察觉深浅不同的蓝色，有些地方几乎蓝到发青发紫，有些地方又淡得发绿，甚至从浅绿而接近了黄色的程度。而且不同色泽的水域，似乎自然构成了某种不规则的图形，一圈接着一圈，像彩色绘制的等高线地形图。

他望着一圈圈在眼底缓慢滑动的弧度参差的等高线，那看似平静死寂的海水里面，正不知有多少亿万漂浮着的原始生物在那里互相依傍、互相追逐、互相推挤着又吞食着彼此。这不就是生物学上所谓"食物链"的最原始的一环！在这由无数个单细胞浮游植物所染色的海水世界里，甲壳纲的单细胞浮游动物正以它们充饥，而以甲壳浮游动物为食的鱼群，也在这里生长、栖息、交配、繁殖，同时又引诱着体型更大的食肉鱼群……于是他想到钢叉、铁钩、渔网、炸药、空中照相和追踪鱼群的现代渔具,利用海面照相显影的不同色泽,推断鱼群的踪迹……那么,他俯首下望的岂不正是这样一幅弱肉强食的图画?浮游生物滋育繁衍的地方,必有甲壳纲动物,甲壳纲动物后面跟来小体积的鱼群,小鱼鱼群后面是大体积的食肉鱼群,那后面便是现代化渔船作业的拖网……

于是他想起了不久前发生在他眼前的中山堂一侧夜色中慌乱逃生的廖新土那张凄怆惨白的脸,以及随后掩至的穿制服的人群,铁硬的皮靴和尖锐的警笛,以及那后面层层架构的网络、等级、纪律、组织和秩序。然后,在逃亡的苍白脸色与冷静沉默的、迅速有效的黑色人影之间,他仿佛看见一大片灰色的空间,薄暝笼罩下的棋盘式的台北市街,苍老灰黄积木似的建筑,以及他大批患上了"精神流亡症"的朋友。于是,这一切终于凝结成他自己,以及他和阿青两个人盲目糊涂、自行营造的这个死结和绝症。

于是他问自己:为什么这一切竟然是这样的?这一切难道非这样不可?不这样又能怎样?这一切究竟是为了什么?于是他又开始搜寻他这几年间胡乱灌进脑海中的那些哲学概念、推论和体系,终于把自己又一次弄得疲倦不堪,在苏花公路班车永远无法停止震动的、车皮仿佛随时可以全部垮散的车厢里,小陶又一次进入昏沉的半睡半醒状态。

小陶在花莲车站附近的一家旅社休息了一夜,第二天起来,觉得精神还不错,决定不在城里逗留。他还给母亲寄了一张明信片,然后便买了继续南下的火车票,径奔下一个目的地。

北起苏澳南至鹅銮鼻的中央山脉是台湾岛的东西分水岭。从大港、静浦之间入海，流经东台湾中部的秀姑峦溪有一条支流，叫做红叶溪，发源于中央山脉的中段高峰秀姑峦山，穿插于台东纵谷，而在瑞穗以南和玉里以北的某处并入主流。从这里往西，地势渐渐陡峻，但实际上已是秀姑峦山主峰的余脉，山势起伏已然是强弩之末，与西部常见的丘陵地不相上下。就在这样一个依山带水的山间盆地里，有个叫作红叶村的地方。这是由东部进入中央山区的要道之一，在村口以西的黄土路上，设有入山检查的关卡。小陶在这里缴验了身份证，办好入山登记手续。由此向前，再也没有任何文明社会的交通工具，小陶问明途径，跟着几个回家的山胞，取路向西。没走多久，他便被远远抛在后面，幸好山路并不很陡，而且除了脚下这条明显可辨的小径以外，倒也很少分岔，就这样，一路带着一半游山玩水的心情，终于顺利地摸到了红叶温泉。

红叶温泉旅社事实上比小陶预想的还要冷清，与其称之为旅社，倒不如叫作疗养所。在小陶寄宿的一个月期间，除了周末还有客人来洗澡过夜，平常就只有他一名常客。旅社本身至少是几十年前的日式建筑，木料选的是上等桧木，榻榻米织得细密而厚实，隔间的拉门糊纸也是外间少有的素净。屋子背向山坡，前廊面对低沉下去的山谷，仿佛以谦虚的姿态包容它所能收揽于怀的全部山水。

旅馆一进正门，右手便是办事的柜台，然而由于客人稀少，手续简便，柜台形同虚设。玄关处脱了鞋，迎面架着一块上了一层透明釉彩的巨木横截面，从年轮上看，少说也有一百多圈。小陶选了右手长廊的六叠尾间客房，房间不大，但两面有窗，一面可以俯瞰远树山岚，另一面开窗外望，则是一方人工开凿的鱼池。水色虽不十分澄净，但萍藻间杂，天光云影，对岸浅水处还植满丛丛芦苇，颇有些情趣。小陶偶尔看见老板赤脚下水用小刀截割茭白，傍晚时分，常常见人向塘中甩出钓丝，而这些也往往便是小陶的晚餐。小陶的山居生活过得简单而宁静，每天鸡啼便醒，拿了毛巾肥皂到长廊另一头的浴池中去泡温泉水。山谷里太阳升起较迟，往往天未大亮，他已经在庭园山野里随处散步了。他一天认真要做的只有三件事：看书、吃饭、洗温泉澡。天黑了，倒头便睡。一个多礼拜过去了，除了梦中，他一次也没有想到台北，他确实只是专心一致地拥抱他的孤独和宁静。

阿青有时仍出现在梦中，也许是他仰卧的睡姿使然，她每次出现像是从半空中飘下来，带着某种压力，正对着他的脸。他伸出手去，阿青便又飘起来，他跟她的身体中间好像插着一支无影透明的玻璃棒，让她永远飘浮在他的手恰恰触摸不到的高度。他站起身，踮着脚，却发现自己无法像她一样，他的脚始终脱离不了地面。他跳跃着，追赶着向远方飘去的阿青，却发现自己跑进了一个一无所有的世界，除了一片没有丝毫云影的暗淡天色，便什么也没有。但是这梦境也只是偶尔出现在他刚一睡醒的朦胧时刻，一旦清醒过来，他的思绪便又习惯性地完全接受自己官能的指挥，他用皮肤去感受温泉水的暖热，用鼻子感受牛粪里的青草残味，用耳朵去感受山中布满的宁静。他有时还发现自己除了习惯性地依附感官生存以外，居然偶尔还可以跳开一步去反省自己，这不能不算是一点进步吧！小陶坐在水气蒸腾的浴池里，竟微微有点得意之感。从浴池边上开得又高又小的、弥漫蒸气的窗格子看出去，天色确实也同不久前的梦境相仿，然而他心中已没有了丝毫残留的恐惧，他甚至因此想到了不久前读高尔基《回忆托尔斯泰》一书的印象。高尔基曾经有过这样的梦：一片积雪的荒原上，什么都没有，只有一条浅黄色的路，从这一边的地平线直拉到那一边的地平线，在这条路上慢慢走着一对灰色的长靴——一对空的靴子。跟这样的梦相比，小陶几乎按捺不住心头的得意了，自己的梦简直可以认为是快乐的梦了，不是吗？

然而，过了两个礼拜，他的信心便开始动摇了。首先，他发现偶尔来到梦中的阿青的脸，竟变得有些模糊不清，继而甚在白天看书的时候，他竟然无法控制自己，不时停下来试着追索她面孔的形状。然而他只能比较准确地在心中重现她的眼睛、头发的轮廓、鼻子的侧面，牙齿或手脚的某一种姿态，却无法将这些残存的断片拼凑成一个完整的阿青。完整的阿青没有了，只剩下零碎断片，他开始觉得某种不安定的意识在心里逐渐抬头，他试着变换坐姿，增加散步，却徒然添上迅速繁殖的急躁，终至于在泡着温泉的时候，凝视眼前徐徐升起的乳白色水雾，竟然什么也想不起来。

于是，他知道自己终于没走出来。是的，他喘了一口气，很快又回到了原先的炼狱。失去了阿青的意念，重新像刀片一样切割着他的神经，于是他明白自己只有一条路可走——回去，把她找回来！是的，如果这条路意味着他将受到彻底的屈辱，他不准备抗拒；如果彻底的屈辱也无济于事呢？不，这是不可能的。但是，他又马上问自己，为什么不可能呢？于是，从第三个礼拜开始，小陶的疗养生活里，问号越来越多，他肯定了一个想法，立即又加以否定，然后，再摸索出一个想法，又加以否定。

阿青还找得回来吗？他每天盘腿坐在榻榻米上，一遍遍问自己。到底错在哪里？她为什么要做得这样绝？自己卧病一月，她居然一次也不露脸。他摸不清楚她的感情变化，他不知道她的心究竟放在哪里。一万个"为什么"盘旋在他极度疲乏的脑子里，他无法入睡，他在极度的混乱中挣扎着寻找一条理路，他仔细追问自己同阿青交往的每一个细节，从每一个细节里寻找阿青的逻辑。有一晚，夜已深沉，他从昏沉的半睡眠状态中忽然惊醒，跳起来，他觉得终于豁然贯通，找到了答案，他好像终于明白了阿青的心，阿青期待于他的，必然就是这个，自己怎么会这么傻，阿青处处暗示他，他却时时纠缠在自己的妄想里不可自拔。他为这个发现兴奋起来，在捻亮的灯下平铺了白纸给阿青写信。他告诉阿青：他们痛苦的日子过去了，因为他终于明白了她的痛苦，她的痛苦根源不在于她，不在别处，而在他。他现在清清楚楚地知道该走向哪里！受尽了折磨的阿青，现在一切都过去了，雨过天晴，前面将有一片坦途，阿青只需跟着过来，不会受苦……灯光渐渐没入窗外透进的晨曦，小陶伏在信纸上睡着了。第二天醒来，在明亮的日光照耀下，信纸上的逻辑立刻瓦解了，看不到一半，小陶只得把它撕碎。过两天，换一条思路，他又兴奋起来，新的结论引出新的计划。不过一夜,明亮的太阳一照,又立刻粉碎了。

这一切都是枉然,小陶终于强迫自己接受了这个判决。他不再要求自己去寻找答案,答案就是摆在眼前的事实,接受这个事实,铁一般无法动弹丝毫的事实,接受它,再去寻找自己的生路。

小陶这时候已放弃了他原先计划的环岛旅行。问题在这里解决不了,到什么地方也解决不了,即使现在就去留学,一走不能回头,也未必能解决。与他刚到红叶温泉的时候相反,他现在夜夜无法入眠,天亮才昏昏睡去。

小陶离开红叶温泉时,是由两名山胞扛到门板上抬下山的。出事这一天,直到中午,旅店的人还不见小陶出来,早已感觉到他形迹有点奇怪的老板,决定破门而入。小陶穿的是一套蓝方格的丝绒睡衣,脸色惨白,仰面倒在床铺上,手上还半握着一把开了口的童子军刀。在他的右大腿上,睡裤被刀锋划开了几道口子,血还没有完全凝结,整条睡裤筒里都是血,早已在被窝上染红了一大片。小陶没有昏迷,只是因为病后尚未完全恢复,失血到了一定程度,造成了极度虚弱的状态。

前一晚,又一次精力衰竭但仍然不能成眠。脑子里此起彼伏,无论怎么努力都无法停止活动。天亮后,小陶取出带来的《般若波罗蜜多心经》,在床铺上坐禅。他口里诵习经文,一遍又一遍。他并没有企望由此悟道,只是想借经文的意象与语调带来麻痹。"舍利子,是诸法空相,不生不灭,不垢不净,不增不减,是故空中无色,无受想行识,无眼耳鼻舌身意,无色声香味触法……"脑子里好像开着一道两扇往复来回、不断开阖的活门。念着《心经》的时候，声音从左边涌过去，推开门，把思念阿青的种种意绪挡在门外面。念经的声音一停，这些意绪像实体一般，又从右边的暗中涌现出来，推开门，把般若波罗蜜多挤出门外。门在脑子里开关的次数越多，他念经的声音越快，开开关关、关关开开不知往复多少次，终于变成了一片嗡嗡振动的噪音，音量越变越大，就在他几乎要发狂的时候，小陶从背包里摸出小刀，往自己身上猛然划去……

　　靠着医生给的一些镇静剂，小陶终于还是回到了台北。在车站附近徘徊了一个多钟头，他不能决定到哪里去。他不想回家，也不想看见阿青。天色阴暗无雨，时间已是晚上十点多，他不想走进餐馆的明亮灯光里去。在北门附近的一个水果铺里买了一斤草山橘子，塞进背包，他漫无目地逛着街，不知不觉逛进了新公园。他在新公园的一条长凳上啃了至少有半斤橘子，直到肚子里翻腾的胃液向他提出警告。他不想再住进旅馆，他已经住怕了医院，住怕了旅馆。但他也无力面对父母亲，他不想回家，至少今晚不行。春寒料峭的新公园里，夜晚尤其冷落寂寥，一直到寒风吹得他浑身哆嗦的时候，小陶猛然想起了同温层。

　　小陶从街口走进来，远远望见同温层砌在两溜黑压压的矮房子中间，那一屋微红的灯火显得特别温暖。推开小院落外面的竹篱门，缠绵的音乐浸透屋宇，饱和而轻盈，窗格、门缝透出些柔细光线，软软地，仿佛音乐的蔓延。小陶这时心里只有一个意念——跨进这个八音盒里去，在那张熟悉的藤圈椅里窝进自己精疲力竭的身体。小陶推开门，脚才停住，立刻感到屋子里一阵突然地骚动。屋子里面的布置，其实与小陶的旧印象大不相同，不但四壁粉刷一新，肥皂箱叠置成的书城不见了，换成了精工细漆的书架，三张藤圈椅和那个电缆轴轮也不知去向，地上铺开一大张彩色嵌花的琼麻地毡，权当书桌使用的门板和张着军用蚊帐的绷子床，全换成了一套现代设计的新家具，连电唱机下面，都添了一个挺别致的亚克力玻璃箱。地毡上，布谷社的全班人马，除了小陶，全躺在那儿，横七竖八地，各自拥着柔软而有弹性的泡沫乳胶印花布枕头和靠垫，只有那个炮弹筒，还摆在床头柜上。在那阵突然感到的震动中，反射动作一般，小陶一眼便捕捉到屋子里骚动的震中，他整个神经系统全部胶着在那一点上。他看见阿青身上是一套黑白两色的连衣裙洋装，一头青丝由下往上，拢成一个高高的髻，盘在头顶，露出一节雪白的脖颈，斜斜靠在盘腿而坐的胡浩身上。电影慢动作连续镜头似的，胡浩在阿青腰际交叉搂抱的双手松开、抽回，阿青的手弯曲着提上来，用力按住胡浩想抽离的双手，拉回她的腰际。这一幅构图，原本是刹那间印象的暂留，却像火红炽热的铁戳，"啪"地一声打在小陶身上，他整个人铁铸一般兀立在半推开的门边。身体陷入了痴怔状态，脑中却飞速滑过万千意念。胡浩在病床边的尴尬形态，阿青说过的一些话，一个个百思不解、死死扣紧的环节，接二连三通过脑海，全对上了意义。牙齿咬着牙齿，一串拉链，分向两边，节节脱开。时间在继续流动的音乐里静止不动，屋子里究竟还在发生什么变化，他一点也无从知道，只感觉突然不胜负担似的，身上的背包滑落下来，一粒粒颜色鲜艳的草山橘子，滴溜溜滚开一地。

　　午夜以后的校园里，缓缓移动着两粗一细三条歪歪倒倒的人影。挟持在小陶旁边走着的是图腾和叶羽，两个人的手都不约而同地搭在他的肩膀上。说是搭着，更像是扶着，因为两人的手都相对绕过他窄瘦的肩膀，手掌顶在他腋下，往上支撑着。

　　那天晚上虽无月亮，却有漫天星子，耀耀荧荧，像是随手撒出一把亮片，嵌在无垠无底的那一方黑水晶里。两排大王椰子树，灰苍苍地拔地而起，两行巨大的向上翻起的手掌，恰似八段锦的一个招式，顶住了那一团幽邃黑暗。

　　到了连接外头马路的校门附近，小陶猛地甩开两个老朋友的手臂，大声说："你们这是干什么？以为我又病了不成！"两个人松开手，却没有放松步伐。小陶也不理睬，他只觉得一袭又厚又笨的外衣自身上褪下，两年来，从来没有这么轻松过，他好像顿悟了一些什么，然而，到底是些什么，他不清楚，他也不急于清楚。事实上，这些都不再重要。脑中又响起《心经》的经文，他却差一点笑出声来。

　　在夜色中，两粗一细三条人影忽然停住。细瘦的人影回过身来，摆一摆手，径自走出了校门。

梦的制造厂

罗俊卿从日本度假回来以后，尽管公务繁忙，还是抽空同他的侄子罗云星长谈过几次。云星虽然早已超过受监护的年纪，但一来自己膝下无子，二来承担兄长托孤之约，凡是有关云星的生活起居、交游活动、事业前途，无不垂询甚详。多次深谈后，他逐渐了解云星的一些想法和做法，唯独对云星舍近路、一再婉拒自己的安排，颇为不解。平心而论，对于云星始终热衷的所谓"艺术企业化"构想，他最多也只能同情地理解它的后一半，而所谓"艺术"之物以及云星所描绘的种种商业潜力，他还是无法具体想象，大体认为不过是年轻人不切实际的幻想，不像土地、房屋、生产事业这些看得见摸得着、计算得出来的东西，他知道如何运用现代经济学的概念，让这些素朴的原料通过某种程序的加工，转变成适合市场需要的高价商品。这种东西的投资回报率，几乎完全可以在资金投入以前，便明确计算出来。而即使是这样一种产销两头都十分确定的东西，在这个一切仍未走上轨道、缺乏合理制度的社会里，资金如何筹措、人力如何运用、社会关系如何调配、重要的关节如何打通，样样都还需要细心安排、耐心筹划，万万不能掉以轻心。这一切是他久经锻炼的事业基础，可以说就是他这个人的社会地位和人事关系的总和，他的才干、身价的化身，这可不是任何代价可以轻易换取的，而是多年来步步为营、勤恳谨慎累积起来的巨大财富。舍了这条大路不走，却要他把这笔不可或缺的无形资金，投在云星那个虚无缥缈的商品——"艺术"上面，他虽然有心要栽培这个颇有几分才华的侄儿，取舍之间，终归还是有几分踌躇与难堪。

同他叔父的想法对照，罗云星的心情却不那么悲观。离开台湾虽然已经快十年了，留美期间也不见得燃烧着几许乡愁，但除了初回来那段时间略感不太适应之外，他很快便抓住了这里的脉搏，再进一步比较了一下自己的条件和两边的情境，便立刻做出了在台湾创业的决定。罗云星的这个决定绝不是草率从事，一方面，他知道，同美国那个辽阔的世界相比，台湾实在渺小得可怜。但他更明白，虽然自己在才能、见识各方面，绝不会输给美国的那批同学，可是，学校里面，各人不过凭本事平等竞争，一进入社会，就完全是另一回事了。电影虽然是艺术的一支，可不像绘画、雕塑，租一间画室，买一些材料便可以开工的。拍拍十六毫米的实验电影，在学术圈子内外混几个奖状，固非难事，就算是申请一些以奖励提倡为宗旨的艺术基金的资助，混一碗饭吃，对罗云星而言，也不是难事。但若论如何开创真正属于自己的事业，在竞争激烈、组织庞大的商业电影圈崭露头角，那就完全不同了。罗云星知道，在那个世界里，谁愿意把数以百万计的资金压在像他这样一个皮肤不黑不白、文化背景又是半中半西的人身上？他毕业后在好莱坞一家小公司里实习了三个月，凭那三个月的经验体会，早已看透了自己一生的前景。凭他的才能、技术，他或许可以爬到某一种地位，像黄宗霑，但他永远是个Chinaman，即使人们会说，这是个exceptional的Chinaman，他也得兢兢业业地依附在某一个人、某一股势力的门墙下，做一个专业上有相当成就的、Workmanship永远可靠的professional。他甚至可以毫无困难地想象同辈同学中的低手，有一天靠着父亲在某一个有声望的乡村俱乐部里打了几通电话，便可以回过头来拍拍他的肩膀说："Look, Phil, why don't you quit your lousy job and come work for me, hum？"

刚回来的那段时间，他还有点犹豫不定，但不久他就发现，他在美国感觉到的他的条件中所有的不足，在这里都立刻变成了优势。在美国，美国人把他看成中国人，而中国人的各种小圈子里，土生的ABC[1]把他看成台湾人，台湾人把他看成外省人，外省人又把他看成土生的ABC。但在这里，美国人把他看成能够沟通中国人的自己人，中国人也把他看成可以沟通美国人的自己人。他一下子从处处惹眼碰壁变成人人争取拉拢的对象。用他叔父的话说，就是，所有的负债都变成了资产。

就拿台湾这块地方看吧，现在也大不相同了。十年前，他

---

[1] 注：为American Born Chinese"在美国出生的华人"的缩写。

从台北美国学校毕业，要做事嘛又嫌年纪太小，要上大学嘛又不可能去参加那种荒唐的大专联考。整个台湾里里外外，就是个又穷又小又脏又乱的荒唐地方。而现在，再看这小小的经济格局，也许是罗云星的眼睛已经经过了某种训练，他觉得这地方已经到了时时蠢动、处处冒芽的阶段。街道拓宽、延伸，旧房子拆掉的基地上出现了钢筋水泥的大楼，馆前街一带，他记得自己刚到台北的时候，晚上不到九点就已一片漆黑，只偶尔听见木拖板敲过水门汀的寥落回音，而今却俨然成了新兴的银行区。总之，整个城市在盲目膨胀，人们在各个角落里摸索、钻营，资金在流、在动、在每个可能的方向里寻找出路。从他回来后接触到的社会各阶层的人心活动来看，罗云星几乎可以触摸得到这里的新生脉搏，直觉告诉他，这个社会在解冻、在冒芽，一个崭新的局面将出现在这片弹丸之地上，这是个即将起飞的地方。而他，十年留学漂泊生涯已经让他深刻体会到，一个找不到生存基地的事业家，是个多么可笑的存在。

　　在他们叔侄俩最后一次长谈中，罗俊卿到底还是认可了他侄儿这番留台创业、向下扎根的决心。不过，他还是觉得，"艺术"这东西，不过是不通世故的年轻人漫不经心编织的梦想罢了，一碰到现实，铁的现实，便要被击得粉碎的。云星却抓住这个话题辩解，他说，好莱坞便是一个"梦"的王国，一个完全企业化了的有规划设计、有施工步骤、有成本会计、市场调查、流水作业和现代化分工的"梦的制造工厂"。而他目前要做的，正是如何把在眼前晃荡着的这批才气纵横、却只会做梦的年轻人，——网罗到这样一座按照现代企业经营方法来管理的

"梦的制造厂"里来。他接着分析：随着台湾经济的成长，人们平均所得的增加和社会生活的日益紧张，使得人们掏腰包掷向市场上，去购买他们生活中逐渐失去的"梦"，社会越繁忙，收入越提高，这个买"梦"钱的支出比例也就会相应增高。当然，目前我们或许看不出来，一个人们平均所得刚达三百美元的社会，至少有一大半人，根本就生活在梦里面，他们不需要也没有余力去买梦，但是，照这个趋势来看，不出五年，花钱买"梦"的人，便要大批出现。云星最后以对准特写镜头的神态对着他叔父说："这个'造梦工厂'的投资计划，不正同十年前的天母一模一样吗？"罗俊卿听了，虽然脸露微笑，但还是沉吟不语。叔侄一场会谈似乎没有得出结论，但罗云星心里知道，没有具体的东西拿出来，他叔父是不可能有什么commitment的。但他更明白的是：靠着他父亲英年早逝而接管了全部家产的叔父，无论感情上、道义上，都不会不拿出资本来支持他开办这座工厂的。现在的问题只是他自己如何铺路。路铺好了，水到渠成，不容他叔父不下水！

罗云星的铺路工程，虽然有不少地方不能不仰仗他的叔父。不过，出谋策划的主要人物，却是那位记者兼影艺评论家余广立。从圣诞晚会后，两人时相过从，来往日密，罗云星不仅觉得老余的"非前卫论"深得他心，而且，老余在台湾社会各阶层里的活动能力，也刚好补足他因离台太久而处处陌生的缺点。在某些节骨眼，老余的考虑，总是比他周详、老成。

就拿筹划作品公映这件事来讲吧。罗云星最初的构想便显得生疏、唐突。他还是丢不掉美国的那一套办事习惯，首先考虑的是公开宣传，他打的算盘里，广告占了很大的比重。这个计划跟老余一谈，便几乎给全盘否决了。老余倒不是反对做宣传，他反对的是花钱买广告这种宣传方式。罗云星表示不懂这个道理，老余说，道理很简单，中国人的心理就是这样，你花钱给自己做广告，就是他看到了广告，他的心理反应不外乎两种：一种反应是，这个人自己花钱自吹自擂，必然不是什么好东西。这种反应，老余说，还算是好的。更坏的一种反应是，他怕上当，他想你要把东西推销给他，那就十有八九是为了骗他。所以，你花了钱，结果不但吸引不到人，反而制造了反宣传效果。罗云星颇不以为然，他举出近两年来新开办的几家广告公司，不是业务蒸蒸日上吗？老余说，这你又看错了，人家卖的是美国货、日本货，只要你卖的是洋货，秘诀只有一个，叫消费者的脑袋里印上它的招牌字号就行了。罗云星说，我做的广告不就是为了这个？你知不知道可口可乐当年怎么做起来的？当年美国放电影也要先演国歌，可口可乐买通了电影院，在国歌片上每隔一段接上一格广告，一格胶片虽然肉眼看不见，却印在观众的视觉神经上面……老余说，这我不反对，不过，你如果要把罗云星三个字印在大家的脑组织里面，就得依我这个卖国货的办法！

　　老余的国货推销法虽然复杂，归纳归纳，不外乎三个原则，叫作：一、以洋制中，二、以官制民，三、以上制下。什么叫做以洋制中呢？老余说，公映前，先设法从美国弄一点噱头，得个奖啦、上个报啦、引起海外的一些什么争论啦，都行，然后我们这里给你发一段外电，再做几篇文章，来几次专访，如果能够把美国新闻处卷进来，最好。这一点，我只能出主意，得你自己动手，你那里发动成功，我这边配合作业就是了。罗云星想想，这条路倒不是太难，给美国那边的老教授、老同学打几个电话，策动策动，弄几份冠冕堂皇的推荐信之类，用现成的某某基金会或新闻机构的信纸信封，打好字，漂漂亮亮寄过来，自己动手连译带写，再交给老余去运作就成了。美新处方面，他们正愁没事可做，说不定还可以叫他们出一部分费用呢！对于老余提出的第三个原则"以上制下"，罗云星也没有意见，即使老余不提，他自己也早就盘算过，问题是，这是一记杀手锏，没有固然不行，就是有了，也以不用或少用为上。这条路，老余虽然活跃，但还活动不到这个阶层，只有动用他叔父的老本了。想到他叔父那种疑信参半的神情，罗云星知道，理论谈得再美也没有用，要想让他叔父牵出那条关系，首先得让他开支票，支票开了出来，为了保护这笔资金，必要时，用不着自己催请，他叔父也会主动安排的。

罗云星耿耿于怀的是老余的"以官制民"。具体言之，老余打算在正式公映之前，先请党部和文化局的有关人士过目，来个"内部放映"。罗云星感觉上就不怎么愉快，他觉得这简直印证了国外有关警察国家的一些传闻，尤其是面对自己的作品必须经过这种与企业或艺术两不相干的政治检查，他觉得自己的 integrity（人格）有些损伤。然而，老余的现实主义说服了他，他明白，自己的作品里面虽然没有夹带任何不利于政策的因素，但老余说得对，这个关节不先打通，以后即使没有麻烦，也不时得提着一颗心。"再说，"老余又加强了语气："就以你那部《坟》为例,不谈别人,我就可以有两种不同的写法。我可以强调它的爱国意识,在'华侨是国民革命之母'这条线上做文章;我也可以在文章中暗示这部作品的煽动性以及它不利于邦交的成分,你说是不是?"罗云星是个反应极快的人,听见问题是这样子摆出来的,他怎么能不接受暗示?除了心里有一丝凉飕飕的不快外,理智上他是完全可以接受的。当然,作为一个艺术家,他的 integrity,的确也颇要受干扰一阵,但是,这也许是落后地区发展现代企业不可避免的牺牲吧。在这种矛盾情绪的支配下,罗云星还是做出了明智决定,联络文化局和党部有关人士的这件烦心事,自然就落在老余身上了。

"内部放映"是借仁爱路电影检查处的放映间举行的,地方倒是小巧玲珑、五脏俱全,罗云星觉得颇像美国校园附近专演旧片的所谓"艺术影院"。除了官方人士,他也借此机会邀请了一些朋友,而且在会后安排了新潮社的访问,所以他约了杨浦和柯因。至于《布谷》方面,他只请了胡浩和何燕青,此外当然还有他的小班底了。那批文化检查官,倒不是罗云星想象的那么不近情理,反而使他对自己在美国学院里接受的那一套彻底排斥检查制的观念打了个折扣。这批官员们自然有他们自成系统的一套原则,然而,同他们接触,不但没有被干涉、受检查的不快感觉,相反,他们的态度亲切谦虚,反而让一开始就面露矜持的罗云星有些惭愧了。

提出受检的三部作品,只有《坟》出了些小麻烦。不过检查人员十分客气,几乎是带着商量的口吻征求罗云星本人的同意,要剪去几个对比强烈、刺激观众情绪的镜头。罗云星没有表态，沉着脸，老余却急了，他担心罗云星自恃后台硬，把几位文化官员得罪了，妨碍将来的关系，所以赶紧设法冲淡气氛，一面忙着同官员们攀交情，一面又暗示罗云星妥协。其实，罗云星早就有了心理准备，官员们的要求比他想象的要合理得多，又不是参加国际电影节，公映只不过是他铺路工程的一步，少几个镜头自然无足轻重，只要有利于下一期工程的推展，大可不必斤斤计较。但是，也许是出于习惯，也许是直觉告诉他，即使让步也应该先加强对方的歉疚感，他始终默不出声。不料坐在后排的柯因却突然极力主张寸土必争，他觉得，接受或不接受以非艺术的理由破坏作品的完整性，是个原则问题，何况，他冷冷地批评道："剪掉这几个镜头，主题内涵便要大受损伤，等于把片名《坟》改为《纪念碑》了。"罗云星于是益发沉入苦思状，他想，何不借此让几位办事人员尴尬一下，免得他们以后得寸进尺？他索性闭上了眼睛。

老余敬完了烟，打完了圆场，文化官员们倒是很有耐心地坐着，仿佛旁听一场座谈会，可年轻人这边，却好像给柯因一席话激出了义愤填膺的气势，胡浩、刘洛、陆明声、小邢，一个接一个开腔，很快就把问题拉到了"士可杀不可辱"的水平，把一边陪不尽笑脸的余广立暗地里恨得咬牙切齿。几位检查人员竟也有些坐立不安起来，本以为已经网开一面卖了交情了，才这么从宽处理，不料剪几个镜头也惹出这么些议论来。但是，问题明摆着，片子公映如果出事，他们要负责任；如果认真要剪，又怕罗云星闹到上面去，不好下台。罗云星不开口，于是他们也只好不开口。还有一个不开口的是坐在最边上角落里看好戏的何燕青,她手指头揽着一绺头发,绕上几圈又松开,再绕几圈,又松开,眼睛却始终盯着罗云星,她要看他如何处理这个场面。

罗云星等辩论的火力消耗得差不多的时候,终于开了腔。他面对检查官说:

"政府的立场我们当然遵守。其实,这部片子当初的对象,不是这里,是美国电视观众。我只是想为我们的华侨说几句话,谁知道呢?也许对美国政府的少数民族政策可以起些作用……"

老余立刻接下去说:

"相信政府也是关心华侨利益的。这几个镜头呢?乍一看,好像不太符合国情,有引起误会的可能,其实呢——还是看我们怎么解释……"

罗云星也截断老余的话,说:

"对啦!还是要请我们的评论家澄清一下。不过,为了我个人的事,大家伤脑筋,真过意不去——"罗云星用眼光把每个人都照顾了一圈,若有所悟地继续说:"这样吧,今天理当罚我请客,大家捧场到底,咱们上西门町去吃沙茶牛肉,再慢慢谈,保管想出一个两全其美的办法!"

邢峰、刘洛一批人首先起哄叫好。检查人员们一商量,觉得有个缓冲机会向上面请示一下也好,便欣然同意了。

何燕青坐上罗云星的 Alfa Romeo。她忍不住刺他一句:"我不相信你真的那么心疼那几个镜头!""噢?"罗云星说:"那我又何必花钱请客呢?"何燕青手指头绕上一束发丝,塞进嘴里轻轻咬着,眼睛不屑地望着窗外的薄暮,说:"有人就喜欢做冤大头嘛!"罗云星只好笑笑,心里却觉得这女孩子好厉害。

虽然不是周末,沙茶牛肉店还是生意兴隆。一批人等了二十分钟才轮到一个包厢房,大家脱了鞋围着长条桌盘腿坐下,一个个忙着打鸡蛋、调作料,火炉子端上来,外边仍是春寒料峭,屋子里却人声鼎沸、热气蒸腾,电风扇还得不停地吹着暖风。老余忙着给做官的人敬烟敬酒。领带解开后的文化官员们,既然已经从电话里获得了上级的绿灯指示,表情愈加开朗亲切了。在一阵阵笑语喧哗声中,何燕青仍然留心观察罗云星。她觉得这个人好像跟她认识的所有男孩子都有一点不同,即使在稳操胜券的时候,他仿佛还在冷静地盘算着下一步棋。

* * *

内部公映后不久,《新潮》的电影专号也出刊了。所谓电影专号当然只是着重介绍罗云星极力推广的纪录电影,篇幅虽然增加了四分之一,图片也显著增色不少,罗云星对这期专号的处理却并不满意,虽然主要内容的材料大都由他提供,而且作为重点的《罗云星访问》一文,录音稿是他亲自详细校订的,但他还是不满意。首先,他好不容易搜集到的几张彩色照片,因为经费方面的考虑,给排成了黑白照片。对于整个专集的处理方式,他尤其不满。这些小孩子好像只想自己过文化尖兵的瘾,把标题、封面设计、文章的笔调,都弄得孤高自赏的样子,完全没有采纳罗云星的意见。

罗云星曾经一再暗示,这期的《新潮》,应该以全台湾几十万高中和大专学生为购买对象，要注意他们的心理状态、水平和要求，他甚至自掏腰包，花钱在学生们常读的刊物上和常去的电影院里做了广告。然而，担任主编的柯因，似乎改不了他唱高调的老习惯，潜意识里，以为自己的文章是要送给艾略特看的，把一些精彩活泼的材料写成了干巴巴半生不熟的作品，字里行间，处处露出一副"先知"的嘴脸。更严重的是，连杨浦这个掌舵的也看不出一点问题，还暗自兴奋着，杂志从印刷厂一出炉，带着油墨未干的香味，杨浦就热心地送了二十本上门。罗云星从头到尾细细翻了一遍，杨浦期待称赞的眼光望着他，他没有讲话，心里已经暗叫不妙。

果然，这一期的销路并不见起色，广告费是白花了。罗云星还关照杨浦，让印刷厂暂时别拆版，准备第二次印刷，但月底结账，退回来的比卖掉的还多，他决心找杨浦彻底谈谈。

杨浦倒是很能接受批评，他心目中原想办一本划时代的文艺刊物，除了扫除文坛积弊、开创风气，何尝不希望《新潮》办得像日本的《文艺春秋》一样，成为一本既有水平又有影响力的畅销杂志。但柯因是他的老同学，基本成员如方晓云、洛加、许英才，都是由于文学见解相近才聚在一块儿的，可以说《新潮》之所以成形，其原动力就在于开风气，这批同人的文风因此也是一路的，不是短时间可以改变的。可恨的是，这种风格的作品，读者群还很幼小。要大多数中学生放弃通俗浅薄的煽情文艺，接受《新潮》，还不知要等到哪一天呢！

罗云星反而改变态度来安慰杨浦了，他说《文艺春秋》也不是一天建立起来的，日本明治维新、产业革命，一百年的传统，我们呢？不过，罗云星知道杨浦是个有心人，是可以共事业的，他知道杨浦的问题实际上同他的问题是表里一致的，他于是开诚布公地谈到自己的计划，两人谈得颇为投机，渐渐谈出了一个"现代文化传播企业"的雏形。《新潮》自然就成为这个尚未成形的新企业中间的一个单元了。

在罗云星主催之下，经过几次细商，罗云星、余广立、杨浦和何燕青四人合伙成立了"现代传播公司"。那是三月上旬的事，公司的开办费，罗云星出资一半，杨浦占四分之一，并且以《新潮》杂志为基础，成立了公司的第一个现成的实务部门——出版部。余广立和何燕青两人各认了百分之十五的干股，也是公司开办第一年唯一支薪的两个人，但他们的薪水却有百分之五十是当作投资入股计算的。何燕青负责筹划广告设计部，她辞去了原来的工作，同时也把她有过生意来往的一些客户拉了过来。余广立挂了个总经理的名义，报社的职位仍然保留，公司新成立，这五成薄薪实在养不起他，权作车马应酬费而已。而且，董事长罗云星也觉得他不应该放弃报社的关系。公司营业还没有开展，总经理的名义只不过是方便活动的一个头衔，所以，老余目前的职责，还是等于给罗云星打通公共关系罢了。四个人心里都明白，开拓公司前途的关键，在于运用手段把自己的唯一一张王牌打出去，具体言之，就是给罗云星的电影公映铺路，把这张王牌的字号闯出来，让他以先声夺人的声势打入商业电影圈、电视圈，变成台湾新兴传播事业中的风云人物，再逐步调动公司的其他业务部门，这就是现代公司草创期间的全部的部署了。所以，坐落在武昌街某大厦二楼的公司办事处，实际上也只是一间拥有两张写字台、一套沙发和一台电话的小型写字楼而已。然而，何燕青到底不愧是个设计名家，她把顶来的旧陈设与装潢一扫而空，大胆采用台北市场上新出现的各种透明和黑白亚克力塑料板，小小的空间点铁成金，灯光配置一完成，腐朽立刻化为神奇，竟装点得像个太空舱一般，确实透出了"现代"的味道。

三月中旬的一个礼拜天，原本是公休例假，武昌街一带大多数的公司行号，除了门市部开业以外，二楼以上的写字楼几乎全上了锁，只有现代公司显得特别热闹。何燕青一早便到，开了锁，吩咐工友擦玻璃、打扫。她从带来的大甲草提篮内掏出来一个水晶色的四方瓶，把花插按上，倒了些水，拿着剪刀修修剪剪，三两下功夫便把桌上一堆素材配置成一件线条泼辣而优美的图案插花。罗云星九点不到就来了，抱上楼一堆多年收集的电影海报，有卓别林的《大独裁者》，有玛丽莲·梦露，还有《卡萨布兰卡》，亨弗莱·鲍嘉三根指头捏着半截烟，嘴里仿佛念着他那句不朽的台词："Here is looking at you, kid!"

中午以前，杨浦已经把运来的《新潮》的全部业务档案安置好，余广立和罗云星轮流打电话、接电话。当然，有些是道喜的电话，有些是主动对外的宣传与联系了。十二点过了，四个人还忙不完，气氛认真然而藏着喜悦。罗云星让工友到附近小馆子里叫来四份经济客饭，一鼓作气，下午接着开公司成立以后的第一次股东大会！

股东大会同午前的 Grand Opening 当然没有什么大不同，还是四巨头会议。但罗云星坚持要建立一套程序，而且要何燕青做记录。其他人虽然觉得累赘,到底感觉新鲜,还是照着做了。于是,罗云星从皮包里掏出一份预先拟好的议程表,每人发了一张复印副本,大家一看,项目并不太多,就立刻举手通过了,这样就马上进入对实质性问题的讨论。

在实质性问题方面,罗云星按照公司初具的结构分工,开列了三项议程——出版部、广告部、传播部,要求大家逐项讨论。首先,罗云星要杨浦把《新潮》提出来谈。

杨浦的《新潮》简报大概可以分为两个部分,一部分是"钱",一部分是"人",两方面一总结,大抵是个百孔千疮的局面。这一层,杨浦倒没有隐藏,他把《新潮》交出来,原意也是希望死中求生而已。

听完简报,罗云星首先提出批评。他觉得,问题重重不是问题,真正的毛病是没有清楚地掌握问题,没有分析问题的能力和方法!他对事不对人,要求出版部立刻行动。第一,财务问题必须有精确的账表记录,必须有预算、规划、市场分析和营业指标,这一切都只能用数字来表示,不能笼统含糊;第二,人事问题也一样,不能凭交情、靠灵感办事,要有个目标,要制订一套方针,按部就班去发展。总之,罗云星对杨浦的简报很不满意,谈财务问题,连一张最基本的资产负债表都没有;讲编委会的人事,可编辑委员们权责不清,谁负责做什么,全弄不清楚,完全是一本糊涂账。

杨浦听了,丝毫没有动气,但他不觉得很受用,这些毛病他何尝不知道,问题是:杂志本身能不能打开销路,闯出一条水平既不妥协又有市场利益的新路?这个节骨眼上转不过来,编制几份账表，多画几张职务分类图，又有什么作用？

老余看杨浦闷着，罗云星也闷着，第一次股东会讨论的第一个主题就碰到个僵局，他这个总经理总得拿点办法出来。

"我倒觉得《新潮》挺有希望，"老余一向没有"语不惊人"的习惯，但在眼前这种气氛中，这句话倒是产生了惊人的效果。"咱们看吧，《新潮》这几年来，作为一件产品，已经达到了市场饱和的状态，今后呢？我看只有两条路可走：要么关门，这也没有什么可耻，该发挥的功用已经发挥了，光荣隐退嘛！"

"这不行！"罗云星立刻否决了这个提议，"不符合我们成立'现代'的初衷。"

"当然，你让我把话说完……"

老余眼睛看着墙上的亨弗莱·鲍嘉，他也三根指头钳出一支烟，却不忙点着，往桌面上"笃笃"地敲实烟丝。

"我想我们得试试第二条路：改变杂志形象，开拓新读者圈。这个机会，还挺大的……"

杨浦一路低头沉思不语，听到这里，立刻睁大眼睛问：

"怎么做？能不能具体点说？"

"具体说就是，把'前卫杂志'改变成'权威杂志'，从设计、编排、文章内容到作者阵容都得改！"

"……"

气氛寂静凝重，没有人开腔。老余嘴角略歪，逼出一道细烟，烟还来不及散开，又从鼻孔里吸了回去，转上一圈，从另一侧嘴角徐徐喷出。

"哪！大家有兴趣我就再说得明白一点。我认得几个日本公司的代理商，他们可是有眼光，往前看，不在短期效果上打算盘的。跟他们谈了谈，有个感觉，他们正愁广告做不到年轻人里面去呢！你们想想，目前来看，年轻人似乎没什么购买力，再过五年、十年呢？不成了消费主力了吗？"

"这跟'权威杂志'有什么关系？"

何燕青停下笔问。

"关系大着呢！"老余不再卖关子了。"把广告拉过来，咱们发稿费。稿费多少订个标准，按作者受读者欢迎的程度、按知名的程度发。这么定下规矩，我们再开出一张海内外知名作家的名单出来，一个个请。老作家、名作家，我们拉一批。海内的，梁实秋、黎烈文、苏雪林、谢冰莹、台静农；住在海外的，林语堂、张爱玲、徐訏……凡是过去出过名的，都拉过来，随便他们写什么，只要写就成。咱们自己还是推咱们的《新潮》，跟那些名人的文章放一块儿。编排上，先把他们的放前边儿，压轴，往大字黑体醒目地位上排，咱们先委屈委屈，过上一年两年，再把形势调过来。不过，有一点——"

老余又抽上烟了，三位股东平心静气，等待老余完成他曲折的烟的旅程。

"咱们的设计风格、文章风格，都得改一改。我不反对'新'，我反对'怪'，东西再好，人家看了莫名其妙，又有什么用，杨兄，你说是不是？"

杨浦还是沉吟不语。他在想，柯因对这个提议会怎么想，罗云星知道杨浦还在眷恋过去，但他不准备给他留条后路，便以下结论的口气说：

"公司既然接管了《新潮》，便要全面负责。我看老余这个想法，可行性颇高。要打开一条生路，同人杂志的哲学观和办事方法，非彻底改革不可。"

这时候，其他人的眼光也都集中在杨浦脸上。杨浦心里斗争了一下，终于说：

"我也觉得《新潮》需要彻底整顿，从头做起。《新潮》办到现在，老本已经差不多贴光。而且，办了这么久，销量总是不上不下，确实也不能算'新'，也谈不上形成什么'潮'流了。只是，几年来共患难的一批朋友……"

"NO，NO，NO!"罗云星立刻截断他的话，"杨浦兄，你完全搞错了。公司接管杂志的营业，绝没有意思叫大家从此拆伙。我个人觉得，《新潮》杂志不但当得住那个'新'字，事实上，几年下来，已经造成了一股潮流。不是有些流行作家都开始采用了《新潮》介绍的新思想和新技巧吗？他们的语言、用字、表现方式，已经被潜移默化了，只要看看他们的作品，同三十年代的比较一下，你便明白我的意思了……"

罗云星讲到这里，看了看腕表，这个议程项目意外花了这么多时间，不免要耽误今天的重点。他本意只不过要借这个题目给公司今后的 operation 方式定个基调，现在这个定音鼓已经敲得差不多了，他得把控一下。他打开卷宗看看议程，会议重点的传播部一项前面，还有个广告部。他脑子里很快转了一下，广告部底子比较实在，不急。他想起前两天碰到刘洛，说承他推荐，美新处决定把他的作品送去檀香山、旧金山、纽约等几个大城市参加亚洲青年摄影作品巡回展览。行前，美国新闻处要给他在南海路开个展。他笑着问罗云星："你们开张，我送个礼吧！美新处答应了一笔宣传费，从海报、广告设计到会场布置，都交给你们去办，如何？"罗云星很快做了决定，回头把这个消息透露一下，让何燕青高兴高兴，改天再谈广告部吧。现在，得赶快结束这个话题。

"杨浦兄，问题这么看吧！比方说，你有quality很好的products，你要是抓不住消费者的心理，不懂采用吸引人的包装，那货色再好也卖不出去。请那些作家来，不是要他们来取代，不是我们要走回头路，把他们当作我们货品的彩色包装纸就是了，是不是？"

"可是——编辑委员会……"

杨浦还是面有难色。

"编辑委员会不但保留，而且要扩大、加强。我们推荐小何进去实际执行编务，把设计搞出色一些。从下期开始，'现代'就通过你们两位，把这里的意见和讨论结果，贯彻到《新潮》里面去。杨浦兄，你看我们是不是就这么决定了？"

杨浦听了一下午对他提出的"是不是"，终于点了头。于是，罗云星立刻快刀斩乱麻，宣布刘洛的贺礼，大家的心情也自然活跃起来。罗云星就在这个重新燃起了希望的火花里，开始介绍由他自挑大梁的传播部。

罗云星的计划，听起来倒是简单、明确。第一步，办完了作品公映后，他立刻借助扩大宣传攻势的势头，打入商业电影圈。第一部片子，一定要以票房为着眼点。他说他已经看中了那个风靡海内外的女作家的一部作品，要点是，必须把它拍得教每一个十五六岁的女孩都死去活来地叫美，美得像贺曼公司的圣诞卡一样，先赢得一个"百万导演"的名号再说。第二步，由公司出面去联络制片商，只要有人愿意投资，便立刻把公司传播部改为负责制作影片的电影承包商，算是现代公司的第一个子公司。第三步，他说，这跟公司其他部门是 inseparable 的。电影公司做起来，广告部不仅要做广告设计，布景、服装、道具，什么都得搞；出版部以后要负责提供制片材料，组织编剧小组，目前我们借用杂志培养基本作家群，将来，他们就成为供应小说、戏剧、电视剧本等各种传播事业市场的骨干。综合起来说，公司发展应该有这么三个阶段——第一阶段，建立社会、商业关系，在财务上站稳脚跟；第二阶段，以公司目前的三个部门为中心，逐步建立相关企业；最后，以各部门的相关企业为基础，建立一个综合性的文化事业集团，再考虑向国际进军。

总之，公司的远景灿烂辉煌，这一点，大家心里都暖烘烘的，没有疑问。问题归根结底，还在目前如何把这张王牌打出去，就是如何杀出一条路，把其他死子统统救活的问题。所以，股东大会的讨论重心又回到眼前的现实——为公映铺路。

谈到这里，老余的话才又多起来。

他先给大家说了一下接洽场地的经过。目前，艺术馆的剧场正在排演话剧，档期排到三月底，两个礼拜以后才空得出来。如果公映两天的话，他建议就选下个月最后的礼拜六晚上和礼拜天下午。至于宣传方面，他已经跟几个大报和晚报的影评人和娱乐新闻记者打过招呼了，实际上，片子还没放过，话已经传到电影圈里去了。

"那个圈子,你们想来也知道,"他眼睛又不自觉地盯着墙上那张亨弗莱·鲍嘉,"就怕没有新鲜事儿,有一点芝麻绿豆大的事,消息传得比什么都快!"

罗云星一听,反而紧张起来。

"话是怎么传的? No,I mean,传的是什么样的story?"

老余说:"我是从几个跑影剧新闻的记者那儿听来的,他们倒想从我这儿挖材料呢。影剧圈里盛传,好莱坞派了一名年轻的华裔导演来台勘察,准备投资一百万美元,在这里拍一部《赛金花传奇》。还有人言之凿凿,说这个华裔导演姓黄,就是黄宗霑的儿子。"

老余说完,自己先笑了起来,杨浦、何燕青也跟着笑。罗云星不但没有笑,脸还铁青。他压低嗓门对老余说:

"这个故事真荒唐,八成是你放的空气。"

老余没料到罗云星竟然开不起这种玩笑,他有点想不通,只得再度严肃起来。

"其实,电影圈里传的消息越荒唐便越显得神奇,倒不是没有好处。只不过要注意一点,别过分刺激那批占着茅坑不拉屎的老牌导演就行了。把这批人搞急了,保准给你扯后腿,往上头说些不三不四的话,咱们以后就难办了。好在上头现在有点求才若渴的味道。这么些年来,拨了那么多经费,添了那么多厂房、设备,到现在还去不掉那个'最佳勇气奖'的臭名,怎么交差?"

罗云星意识到其他人觉得他的反应有点失态,遂以十分认真的口气征求大家的意见：他到底应该以什么样的形象出现？宣传攻势的基调怎么定？讨论结果，大家获得了一致的结论。罗云星的公开形象应该不脱离三个原则——第一，爱国青年；第二，经过美国第一流的专业训练兼有好莱坞科班的经验；第三，懂得"前卫"的那一套，但对"前卫艺术"并不热衷。

公映日期就决定在四月份的第四个周末，分两天举行。礼拜六晚上，招待新闻、电视、影剧、文化界。第二天，礼拜天下午，公开售票，但票款所得，除支付成本外，悉数捐赠"文艺康乐中心"。

这个决定一下，大家都觉得日子不多，得赶快动手才行。不用说，何燕青得先把海报、节目单设计、印制出来，别人才好推动；老余除了订场地、拟定头晚首映的邀请名单之外，还得搞一份罗云星其人及其作品的介绍，作为基本宣传资料，发给有关的记者、影评人和文化界人士参考。这倒不难，《新潮》这一期专号里已经有不少材料，只不过需要大大润色一番，把那种"文化先知"的口气抹掉，换成平实、谦虚、成熟的笔调。好在这期《新潮》销行不广，大抵也不过在一批苦闷青年学生之间流传，影响不致太坏，这倒是因祸得福了，罗云星心里不禁有这样的感慨。杨浦一下午十分矛盾，心里交织着各种情绪，完全没有他平常赶热闹起哄的兴致。临末了，他方才觉得也许这真是一个转机，英才、晓云过几个月就去留学了，同人杂志时代也应该让它过去了。他倒是有点抱歉，不知道自己在这项新事业的草创阶段，能出点什么力才好，忽然灵机一动，他想起自己跟几间大学的学生社团的关系，就主动提议给罗云星办几次公开讲演活动，也算是配合宣传攻势吧。

晚饭前后，老余首先告辞，他得上报馆去应差。股东大会到此也圆满结束。今天是礼拜天，罗云星开的是他叔父的奔驰小轿车。他把老余、杨浦先送到他们要去的地方，然后带何燕青到圆山饭店去用晚餐。餐厅的气氛很不错，顶光暗暗的，地毡厚厚的，很踏实，桌上的烛光照着高脚玻璃杯里的红葡萄酒，古雅中流露幽情。何燕青很喜欢那里的生菜沙拉。她想着，饭后倒要看他怎么安排节目了。果然，罗云星请她跳了几支舞。菲律宾乐队的萨克斯呜呜咽咽，颇有些撩人。然而，才不到十一点，罗云星便文质彬彬地把她送回家了。

血蚶与生蚝

公映前两个礼拜，罗云星正在现代传播公司的指挥总部忙着各处联络，余广立突然气急败坏地冲进来，一反他平素慢吞吞的作风，把一叠复印稿纸摔在罗云星跷在办公桌上的两腿中间。

"你先看看，再跟你谈！"

罗云星一面听电话，一面翻开那叠稿纸，翻了不到两页，他两脚突地抽回，在桌子后面站了起来。

"What the hell is this？"他说，连忙用手蒙住话筒，"这是怎么回事？怎么回事？"

余广立指指听筒，罗云星会意，匆匆对着话筒说：" Listen, George! I' ve got to go. Can I call you back? … Right-on!"

他把电话挂了，递了一支三五给老余，老余示意他看完，自己抽着三五，在屋子里闲踱。屋子里除了他们两个，再没别人，老余走到屋角，倒了一杯蒸馏水，瞪着墙上新贴出来的一张玛琳·黛德丽出神。玛琳·黛德丽的嘴角有一丝神秘的微笑。

"这是怎么回事？"

罗云星匆匆翻完，还是那句话。老余倒平静下来了，他不慌不忙踱回去。

"看样子，有人要捧你做我们的英雄嘛！"

"这个林立是谁？这篇文章在哪里发表的？"

"别急，别急！"老余踱回桌前，一屁股坐在董事长的办公桌上。"我刚从美新处来，小何在那儿布置，她让我带来给你瞧瞧。这是下一期《布谷》的重头文章，小何还说，要问你要几张玉照撑场面呢！"

"别开玩笑了，老余，这事不是闹着玩的……"知道文章还没发表，罗云星心里放下了一块石头。"林立大概就是那回跟你吵架的那一位吧？文章语气是一个调调，没错，一定是他……"

罗云星坐回他的皮圈椅内，从西装口袋里掏出来一支五色原子笔，将红笔芯一摁，顺着稿子从头到尾仔细再读了一遍，不时用红笔圈出一段字句来，旁边打上几个问号。余广立也不出声，抽完一支烟，踱回桌边，把烟头按死在烟灰碟里，又顺手从桌上的听装三五牌烟筒里抽出一支点上。

"你看看这一段！"罗云星指着打了几个红色问号的一段文字给余广立看。

"海外华人的处境，岂止是一个'种族歧视'问题而已！中国人安土重迁，本是农业社会的传统。为什么有那么多炎黄子孙抛妻别子，离开父母乡土和与生俱来的宗法社会的安全保障,漂洋过海到异国去做奴工?有的竟至于葬身在帝国主义大资本家的铁轨下,为的是什么?说明了什么问题?……"

罗云星在"帝国主义大资本家"几个字底下画了一道红线,打了一个大问号。下面这一段,整个给红笔圈了起来,中间一个惊叹号。

"我们希望罗君的《坟》给我们这个暮气沉沉的影坛,打上一剂强心针。《养鸭人家》虽然比'最佳勇气奖'算是进了一步,但这种浅尝辄止、粉饰太平的风格,实在既不'健康'也不'写实'。在我们这个社会里,难道就没有《坟》?宝斗里、江山楼、歌厅、舞院、酒家、浴池,是谁的乐园,谁的坟场?工厂、部队、盐田、渔村,到底是康和乐利的社会?还是血肉模糊的吃人世界?我们这一代自认为人类灵魂工程师的文艺界,恐怕多的是戴着贵族的白手套、眼睛望着很希腊的星空、嘴里含着量度生命的咖啡、满脑子《巴黎的忧郁》的风流人物吧!我们遂不禁对罗君的《坟》寄予厚望,更对罗君那犀利的分析头脑、细致的观察力和深厚的艺术良心寄予厚望,希望他带给我们一股扎实的新风气,给日益趋于腐朽而泛滥于斯时斯地的'现代主义'开拓一条新路……"

"开拓一条新路,开创新风气!讲得倒好听,他何尝是在捧我,只不过送我一座坟罢了。好!老余,咱们谈谈吧,好在文章没登出来,还来得及挽救,一定要撤掉,得整个抽掉,这篇文章,根本改不胜改!"

"这事可不怎么好办呢!"余广立的语调,经过一阵晃荡调整,又有点冷冷的了。"人家岂不是一片好心,费尽力气给你塑造形象，怎么能够理解你一点也不领情！对你'寄以厚望'这话，我看绝不是逢场作戏的文章，你我的想法，怎么打进他脑子里去！何况，文章不仅是人家的，杂志也在别人手上，要别人阵前换将，把经营筹划了半天的重头文章抽掉，不正是犯了阁下反对 censorship（审查制度）的大忌？"

罗云星隐隐觉得话里有刺，但也只得忍了。他说：

"这件事不同，对我们的大局影响太严重了，后果如何，你也有份。这文章一发表，谁还敢请我们拍戏？咱们这开张没三天的'现代公司'岂不变成了'现代殡仪馆'？老余，你总不能袖手旁观吧？"

"当然，当然，要不然我何必匆匆忙忙给你送信。我看这事还不至于无可挽回。而且，这倒给了我们一个及时的警告，我看对这场公映的影响问题，我们还得加强部署……话说回头，幸好我们还有小何跟胡浩之间的关系。你想想，万一他们先斩后奏，公映完毕，杂志上市，我们怎么办？哭都来不及了……"

"对对对！一言惊醒梦中人。小何是这件事的关键。老余，一事不烦二主，这件事就请你设法解决吧，麻烦你找小何谈谈，好吧？"

"别忙，别忙！董事长，让我们仔细分析一下。依我看，这件事不能这么草率，要阁下亲自出马才行。不说别的，首先，小何我就对付不了。我们分析的这些利害关系，由我来说，她不一定听得进去。这小妮子虽然相当现实，到底年纪还小，理想主义的色彩还挺浓厚的，咱们谈现实利害，不一定能起作用。万一我垮了,就不好收拾,你明白吧?"

罗云星想起来,那晚在圆山饭店跳慢四步,何燕青的脸,确实是主动依偎在他胸前的,乐队奏的好像是 *I Left My Heart in San Francisco*。他心里禁不住对老余有一丝憎厌的感觉,好像手指无意中捏着一只鼻涕虫,滑腻腻脏兮兮的。脸上却丝毫不露出来,仍然聚精会神地听他说。

"其次一点,这事既然给了我们一个警告,我们的布防工作就得做得更细心周密一点。公映那天是个关键。我看为了保险,一定要把我们心里预期的效果,仔细安排,先灌进每个观众的脑子里去,让他不知不觉之间,依着咱们预先铺好的轨道走。"

罗云星见他说得似乎有点道理,免不得又递上一支烟,亲自给他打火燃着。老余深深吸了一口,继续说下去。"我们不是有一份'介绍罗云星和他的作品'吗?这份东西,大致可以给我们定个基调。光靠这个当然不够,这些咬笔杆的,哪个不想冒尖?所以,我已经跟我们戏剧界一位前辈吴教授讲好了,公映那天,请他先讲话,给观众心里一个先入为主的印象,片子放完请他评论一番,再介绍你出场。你大概不知道,吴教授这个人,桃李满天下,德高望重,他讲一句话,胜过我们十篇文章。吴教授是个十分恬淡的人,平生只好戏剧艺术,对年轻人尤其照顾。我跟他提到你,他居然主动要我带你去看他,这是很难得的机会。我今天来,就为这两件事:让你瞧瞧林兄的大块文章,这事自然要你亲自出马才解决得了;第二,咱们订一个时间,一同去拜会吴教授。呵!对了,你可别忘了那道最后的防线——"

"你是说请勤老出面的事？"

"不错，你可别忘了啊！这次邀请的对象，不只是文化界和戏剧电影界的名人而已，请他们不过是凑凑热闹。真正的主角是那些'一言九鼎'的大人物，其他人还不是看他们的脸色行事。所以，勤老非请到不可。这是咱们的护身符，咱们的观世音菩萨，他老人家紧要关头说句话，比什么都管用，你明白吗？"

罗云星对他一连串的"你大概不知道""你明白吗"有点反感。他想，这家伙已经快爬到头上来了。他于是把脚又跷到写字台上，说：

"这点你放心，我已经安排好了。这个周末，陪叔父去淡水高尔夫球场，会见到他老人家的。你就负责把你分内的事办好吧。公映是咱们的头一炮，要打得响，打得漂亮，我们每个节骨眼儿都不能放松，你说是吗？"

他把"你说是吗"四个字拉得很长，余广立有点觉得话里有味儿，也有点没趣。他讪讪地又胡扯了一会儿，临走还伸手拿了一支三五。

何燕青电话来的时候，罗云星早已打好了腹稿。

"不瞒你说，我这个人平常很少留自己的照片，现在手边一张满意的都没有，总不能用护照照片吧！这样吧，You do me a favor，给我拍几张好不好？"

"你想做我的模特吗？……"

电话里传来一阵清脆悦耳的笑声，罗云星不禁有几分心动，不由得想到那天跳舞的时候，手背曾经不经意地滑过她手腕上端裸露着的一节手臂——那一段柔荑！

"老实说，一向是我拍别人，给别人拍，这还是头一次呢！"

那天下午，罗云星开了他的红色小跑车，到美新处接了何燕青，向北开到野柳。幸好不是假日，游人很少。罗云星虽然是第一回做模特，到底也是玩相机的老手，对何燕青的要求很能领会，他还帮着出了不少点子，弄得何燕青心里蛮高兴的，还说可以留一些下来，说不定将来派得上用场。罗云星说，派什么用场呢？做广告嘛太过正经，相亲嘛又太不正经。何燕青说，如果邵氏开拍《故都春梦续集》，拿去应征偷姨太太的小白脸副官，保准成功。罗云星气得赶着她要撕嘴，幸好那时已经拍完了，照相器材已经锁进了车子里。两个人在怪石嶙峋的珊瑚礁上追逐，何燕青身段十分灵活，跳上跃下，左藏右躲，把罗云星弄得气喘吁吁的。不过，到底她的步子窄，终于在一处小小的乱石湾里，给罗云星摁在地上，他倒没撕她的嘴，只是用自己的嘴堵住了她的。

那晚上，何燕青出主意，他们就在野柳吃海鲜，一人两盘血蚶。血蚶的滋味十分甜美，绝不下于长滩的生蚝。只可惜预先没有料到，如果有一瓶冰得恰到好处的 White Burgundy，一切就都完美了。何燕青也很满意，只是嫌高粱酒烈了点儿，不过还是好过五加皮，没那股呛人的药味儿。餐后，何燕青有点头晕，大概有点不胜酒力，罗云星也不太敢开车，两个人在海边的旅馆开了房间休息。房间在二楼，虽然陈设很简陋，但窗子是面海的，一阵海风吹进来，带着咸腥味儿，却不刺鼻，反而给添上了些迥异寻常的情调。海上还有一饼月亮，虽不圆，曲线还是柔和的，颜色近乎橘红，风掀开窗帘时便看得见，浪花拍岸的声音仿佛就在窗下。何燕青哭了好几次，罗云星起初不知该怎么好，不过，他的心却益发温柔体贴。小何睡着的时候，他站在窗前听潮，朦胧月色下，这涛声的节奏，这银色的细碎浪花，这一片无垠的海，多么像椰叶招展的圣塔莫尼卡海滨呀！

第二天醒来，太阳从侧面窗口斜射进来，满屋子白花花的，昨夜的妩媚风情仿佛给照耀得一干二净。两个人都无心留恋，匆匆洗漱完毕，动身回台北。

何燕青说她想上国宾去吃早餐，罗云星也相当怀念咖啡的香气。他们沿着淡水溪边的公路往回开，车开得很慢，脚不想使力，只是轻轻按住油门，好几部小轿车超他的车，他也不急，他一手挽着她的腰，一手搭在驾驶盘上。何燕青点了两支 Saleem，递给他一支，风迎面吹，烟味更加清淡，但薄荷的沁凉却滋润了被夜酒弄得怪干燥的喉咙。河水上有渔船在布网，长竹篙点水，晨阳反射，金光耀眼，是标准的沙龙摄影题材。何燕青浏览着窗外明亮的光彩和线条，应该是个旖旎亲切的春晨的，她却没有心情，为什么呢？她不知道，她只觉得这理应欢快亮丽的风光里，仿佛裹着一层淤淤的什么，塑料薄膜似的，让人迟钝，教人气闷。她应该快乐的，她的感觉却背叛了她，不听她使唤。罗云星的大手掌捂住她的腰部，暖意慢慢扩散，他眼望前面的公路，不断找话题跟她聊，她却始终闷着，她应该快乐的，他对她够体贴，什么小事情都设想得那么周到，他不会梦游，什么事情都把握得准确，准确得可以讨她欢喜，让她安心依赖。不像小陶，一会儿好像一把火，一会儿又像患上失心症，就是做爱的时候也一样，他那颗心总是处于游离状态，要不就满处乱跑，弄得人烦躁不堪，要不就藏在什么看也看不见、摸也摸不着的地方。在小陶身边，她总觉自己是多余的，到了他忽然注意你的时候，他们又仿佛浓得化不开，恨不得捏成一团，然而，若是跟着他走，摸不准什么时候，他又梦游去了，她又变得可有可无。跟小陶在一起，她有时觉得自己在做他的母亲，又累又烦，有时自己又好像变成了他的一个配件，像是挂在他脖子上或衣襟边的一块玉饰，到他想起你来，才放到手心里抚弄。她忽然领会到有些宿命的东西在心里抬起头来，宿命的一些惆怅、一些失落，像在旧衣箱里忽然翻到小学游艺会上大出风头过的一件花色鲜艳的跳舞衣，摊开来对着镜子，跳舞衣遮不满半身，看见的只是自己一张陌生的脸。然而，幸福、快乐，这些轻飘飘的字眼，或许只不过是刹那间出现的回想，像跳舞衣上散逸的樟脑丸香味，让人短暂地闭上一下眼睛。或许，这也像生命里的其他一切一样，看着是自然地累积，日子久了，遗忘了，死灭了，却堆积起来，像野柳的珊瑚礁，不正是千万珊瑚虫尸的堆砌？或许——

　　车子驶上中山北路，交通繁忙起来，汽车喇叭，嗡嗡不断地叫嚣，方才一段虚假不实的世界，忽然全没有了踪影。罗云星也一下提起神来，好像到了这里才发现小跑车的特点，猛踩油门，Alfa Romeo 加速极快，显示出它十足的威风，一路超车、左右穿插，转眼已到国宾门口。

早餐用完，罗云星从他的〇〇七皮箱里抽出来一叠卷宗，一面翻阅文件，一面啜饮咖啡。何燕青坐得无聊，轻轻吹着补完蔻丹的指甲，觉得自己仿佛成了他的女秘书，随时拿着拍纸簿，准备速记。罗云星翻着翻着，好像无意中发现了署名林立的那篇文章，心里却一再踌躇，要不要等何燕青主动开口，让对方先体贴他的处境，这交涉便好办得多。然而，何燕青明明瞧见自己一页页放在她眼前的文稿，却一点反应也没有，他只好若无其事地跟她提这件事。

"这篇文章你看过吧？觉得怎么样？"

何燕青回想了一下，想起昨天余广立读完文章那副暴跳如雷的样子，同眼前这人的语气一对照，立刻联想到他昨夜的温柔体贴，脑子里闪电般飘过昨天下午的片段。她咬一咬下唇，用滚热的咖啡将心里急速上升的一股羞辱冲了下去。她说：

"当然拜读过了，要不然，昨天为什么取那么多仰角镜头，还不是为了给我们的大英雄造像。"

罗云星一听，知道哄不过去了，才换了央求的口气。何燕青抱定主意装傻，一口咬定这篇文章绝不会出麻烦，只会带来好影响，直到罗云星主动提出，事成之后，请她到香港玩一个礼拜，她才勉为其难地答应下来。

春暖鞋街

罗俊卿叔侄抵达高尔夫球场时，时候还早。这是为了尊重勤老的习惯，勤老一向喜欢用"一日之计在于晨"这句话来劝勉晚辈。所以，上礼拜天约勤老，罗俊卿便主动提出这个时间来，勤老说："甚好，甚好！"

　　罗俊卿倒也是个习惯早起的人，只苦了罗云星，此刻还频频打着哈欠。意外的是，俱乐部里居然不见勤老的踪影。叔侄俩本不是为打球而来，又怕错过了，遂在酒吧里拣了个临窗座位。酒吧间还没有开始营业，酒保正在张罗，连冰块都尚未起出，临时给他们擦干净两个玻璃杯。他们要了荣冠可乐，一面闲聊，一面静等勤老出现。

　　勤老的事业功勋，罗云星早已有所听闻。勤老跟随中山先生革命，在北伐时代崭露头角，之后在办党、办学、提倡文化事业上，都有显赫的成绩。抗战时期，他更在外交战场上折冲樽俎、口诛笔伐，建立了不少汗马功劳。勤老现在虽然过的是半退休生活，但对公益事业一贯保持关心，他的名字还是经常在报纸上出现。罗云星不知道的是，在政界，勤老虽然只挂了个位高权虚的空名，实际上，以执行常委的身份，他的一举一动，仍然足以系天下之安危的。罗俊卿当然明白这一层意义，他当年的天母开发计划，要不是勤老撑腰，恐怕至今还是虚文一纸罢了。不过，他也并不急于给云星点破，也想借此机会考验一下这个生活、思想都已十足西化了的侄儿，看看他的眼光，试试他的政治手腕如何。这倒并不是因为罗俊卿本人是留学日本的，便对西化持有什么偏见。他自己深有体会，西洋化也好，东洋化也好，问题在于怎样将这种新的生活态度和思想习惯，与中国人本位的处世做人方法调整结合，融会到天衣无缝的境界。这是一门艺术，是此时此地成就事业的不二法门。罗云星如果没有这点儿慧根，理想再高，计划再周密，也是无济于事的。

高尔夫球场刚剪过草，青涩的草味儿随风飘来，很令人提神。微波起伏的草地，在晨阳普照下，显得很柔和、很清新。草地的颜色，像被温煦的阳光吸取了一样，几乎可以穿透玻璃，屋子里仿佛浸透着绿色的液体。但罗云星却有点不耐烦，频频追问他叔父，到底跟勤老怎么订的约会？罗俊卿却很淡然，反要他少安毋躁。"勤老是从不失约的人。"他说。

果然，不久便看见勤老那辆乌黑发亮的老式雪佛兰轿车缓缓驰来。戴白手套的司机下了车，从车尾绕到这边的后座开了门。奇怪，门启处，竟然不是勤老，却是一位长发女郎！

远远看去，她的体肤带点橄榄色，尤其在这种亮度的太阳照耀下，焕发着一种健朗的光彩。她穿着白色凡立丁的运动短裤，翻领短袖白绒线衫，额上拢着青丝的是一条菊黄色的丝带。她的身材绝美，修长的两腿踏在碎石甬道上轻盈有力。她在门口张望了一下，发现窗边坐着的两个人都在注视着她，便很自然地走了过来。

"嗨！请问你们是不是姓罗？"

"……"

"我是兰西，爷爷今早腿痛，不方便打球，让我接你们上家里去……"

勤老的官邸并不十分气派，但占地很广，看起来相当轩敞，尤其是院西一行参天龙柏，分外精神。院落内，一排蔷薇花架，小径通幽，均衡地布置着花圃、亭榭、鱼池，在淡水镇郊这片台地上的山野奇趣中，倒也衬出一份特有的优雅情调。尤其是东墙边一列玻璃温室，乍看甚为刺眼，但温室中的奇花异卉，纵然隔着玻璃，却与室外庭园的色调相谐，反而有引人入胜的意味。座车从前门进来，停在蔷薇花架前的圆环里。勤老正手持喷壶，远远从温室门口探出身来，招呼大家过去。

温室两边搭置着兰花架子，底下有活水缓流的潺潺声。架子分为上中下三层，是用上好的防潮桧木条钉制的，木条间留着通风空格。兰架上分别摆着数百盆叶姿优美的各种名贵兰蕙。罗俊卿本是行家，一眼看去，首先注意的不是别的，却是这几百个高身细腰釉兰钵，大抵是苗栗山阳窑厂的高级产品。进门后，一股浓郁的清香扑鼻而来，人的精神也随之振奋。罗云星一生从未闻过如此浓郁却又清远的香味，印象中的 Channel

No.5，简直成了浊品。勤老穿着宽大的府绸单裰儿，头发虽然尽白，却梳理得很整齐，像薄薄地罩着一层秋霜。

"这个节气，没什么特别东西。春兰刚谢，秋兰还不到时候，只有这种土四季兰，虽然算不得上品，总算补了这个空当，也难能可贵了。俊卿，你要不嫌弃，就带一盆回去玩玩吧！"

"那是求之不得了，"罗俊卿心里其实并不稀罕，这种叶面清洁溜溜的粗兰，他也是随手送人的。"这些天我家里倒是怪寂寞的，原有些观音素心，春间分了盆，到现在还抽不出花芽来……"

勤老一面领着大家参观，一面逐一检查每个兰钵的钵面湿度，遇到有水苔呈枯黄色的，就用手指缘钵往下伸探，如果指尖觉得干燥，便提起水壶细心淋洒。罗俊卿跟在勤老后面亦步亦趋，也用心鉴赏。他忽然停在一盆叶幅比较宽大的报岁兰前面。

"勤老，几个月不见，您这盆'黄道'，艺向越发明朗了。您看，这株新生芽株的叶裤上都出银了……"

"哈哈哈！"勤老洪亮的笑声在玻璃屋子里面几乎产生了震耳欲聋的效果。

"不愧是银行家，真够细心的。不瞒你说，这是我两年来最得意的杰作了，刚才走过，故意略过不提，想不到硬是逃不了你这个行家的眼睛，哈哈……"

走在后面的年轻人，完全不懂长辈们谈话的内容。罗云星手里提着他心爱的黑皮Samsonite(新秀丽)○○七公文箱。颀长的身形兀立在一屋不知名的绿油油植物中，仿佛有点迷失。

勤老虽然一路指指点点，有说有笑，他却不知道该往哪里看，也不知道该看什么。忽然，他看见兰西回头半仰的面孔，绕过前额的黄丝带下，一对线条干净利落的晶亮的眼睛，他本能地耸耸肩膀，做了个"What's going on?"的表情。兰西眨了眨眼睛，一副"Don't ask me!"的意味。勤老甫歇笑声，回身端起那钵黄道与罗俊卿共赏。

"这可是得来不易啊！俊卿，两年来，勤勤恳恳，小心呵护，的确费尽心血，你看看这条兰根……"

勤老轻轻拨开钵面的水苔，露出士林红沙中一条蚯蚓状的兰根，却略带黄褐色。

"这是黄铁矿素分解出来的影响吧，有什么好处呢？"罗俊卿问。

"据说有百分之五左右的促变作用呢！不过，主要还是靠高温、晒钵、长期培养，这只有我们这种退休了的老头子才有这闲工夫了，日理万机的银行家大概办不到吧？哈哈哈……"

"哪里，哪里，没有您这么用心倒是真的……"

"那你也不必谦辞了，我知道你还是相当有耐心的，这样吧，俊卿，等它出了本艺，分你两头去试试如何？"

"这个……"罗俊卿有点承受不起的样子。"您知道我是向往已久了，那么恭敬不如从命了。不过，要是勤老不嫌弃的话，我最近倒是弄到一钵'天台素心'，要论叶艺，那是不入流的，但以香气而论，至少在此间，是足以当'香祖'之名而毫无愧色的。"

勤老未置可否，他还在把玩那钵黄道，将新叶对着顶光，检查叶面的行龙。

"谈到'香'的问题,"他说:"你去年费心给我从日本弄来的那株骨里红朱砂梅,真是不幸,什么法子都试过了,问行家,说不下雪就是不行,如今还是了无生气,真是辜负你了。"

走出温室的时候,兰西大大吐了一口气,似乎想把肺里装满的异香,尽快排除。"What's going on?"的表情,仍然压在罗云星的嘴角上。

上午茶摆在园中最高点的"爱晚亭"里。仿松板的亭柱上,镌刻着两行隶书,是勤老苍劲的手笔,写的是:

林密风来细
山高日出迟

勤老和罗俊卿一面品茶,一面谈茶。勤老说:"这个'铁观音'究竟不是本地货,也算此地稀有之物了。不过还是浊,你看看这颜色。"罗俊卿低头看手中"雨过天晴"颜色的仿柴窑茶盅里,茶色果然不透。"清明前后的雨前龙井,一旗一枪,那份澄净,那份清香,阔别二十多年了。不是我卖老,俊卿,恐怕连你这样年纪的人,也不一定尝过吧!"勤老叹罢,依然响起洪钟般的笑声。只是在这比较空旷的庭园里,听来倒不刺耳。罗云星一句话也应酬不上,找机会一路给他叔父使眼色。罗俊卿仿佛根本就看不见他这个人,完全沉浸在勤老一手把控的气氛里。罗云星脚下摆着〇〇七提箱,里面有一叠整理齐全的"罗云星作品公映"介绍,附带精美图片和两张荣誉座请柬,

浮游群落

罗云星完全找不到任何机会开他的箱子。他觉得自己今天好像是走错了门的推销员，别人殷勤招待、无微不至，就是对他推销的货品一点兴趣也没有。他只得模仿他叔父，轻轻抓起茶盅盖，顺手沿盅口轻掠一圈，然后噘口吹走了水面未沉浮末的茶水，微微以舌尖品上几品，他还是比较欣赏那几碟精致的点心，尤其是印上"采芝斋"仿宋体的小包苏糖，市面上从未见过。他终于决心奉陪到底，按下焦灼的心情，等他叔父开口提他的事。然而，罗俊卿好像完全忘了此行的目的，跟勤老天南地北地什么都聊，就是绝口不提他的电影。

品完茶，勤老邀罗俊卿进他的书斋去看看他新搜集的字画，好像突然发现两个年轻人不知所从的神态，才又发出他震耳欲聋的笑声，说：

"我们老头子谈的东西，大概引不起你们的兴趣吧！小西，你今天不是要上网球课吗？何不请云星当护花使者呢！哈哈哈……"

罗云星一听要把他支使开，心中更急，但也只有望着他叔父等待救援的份儿。岂知罗俊卿竟然完全不能体会他的心情，反而火上加油。"对啊！云星的网球倒有两下子的，我看教教兰西还游刃有余呢！"说完便陪着勤老进了大厅。勤老进屋后又回头嘱咐，"别玩太累了，中午回来吃饭吧！"

兰西的网球的确不怎么样。为了给她喂球，罗云星跑得一身汗。幸好她不久也就累了，冲凉完毕，两人要了冷饮，在遮阳伞下休息。他们谈得倒很投机，原来兰西也是刚从加州回来的，只不过，罗云星一向在南加州，她却一向在旧金山湾区。

兰西说她十岁就跟父母亲到了美国，每年暑假才回来陪祖父。这次回来却暂时不想回去了。为什么？兰西说，这些年来，她一直不知道自己到底是该做中国人还是美国人，直到念完大学部的中国文学课程，她才决心回中国来。为什么？她说她觉得在这里有很多事可以做。她曾经一个人到南部的许多小乡镇去乱逛。

"你晓不晓得？南部有些客家人的村落，门窗装饰用的油漆喜欢用非常刺眼的粉蓝色，你知道为什么吗？"罗云星说不知道。"我也不知道这种民俗的来历，但是那颜色真的好美，会不会是古老的中原某一个时代流行过的颜色呢？"她问。"三峡那个小镇，你去过没有？"罗云星说没有。"那个小镇真迷人！有些街道还铺着古老的青石板，小巷子里、老墙上，长着苔绿。God！想想这些历史，想想这片土地，想想这片土地上孕育的文明！OH，God！"罗云星脑子里浮出"Identity Crisis（认同危机）"两个英文字。他想，如果在旧金山的都板街上碰到她，可能眼睛都不至于眨一下，那里多的是用黄丝带扎一头长发，满嘴"Oh God"的女孩子。然而，他们现在在台北，他鼻子里还残留着勤老花房里的奇香，放眼看去，哪里看得见兰西这样suntan得恰到好处的肤色，他忽然觉得好亲切。

她说，"你晓不晓得，赤崁楼上，有一块残破的青石碑，像是从前的路牌，上面刻着'春暖鞋街'四个字。How poetical！"她说这些东西都快消失了，多可惜！一个念头闪过罗云星的脑海。他问她想到做什么具体的事没有？她说她正在多方搜集传统民俗的资料，她不知道能做什么，她只是醉心于这些东西,唯恐再过几年,便什么都没有了。她觉得她心里的中国在奔腾,她有一股强烈的冲动,她要抢救这个中国。罗云星若无其事地说出他脑子里转过几圈的念头,"May be we have something to work together⋯"他觉得应该利用她搜集的东西做一点事,譬如说,C.A.T不是用汉砖拓片印了些日历,很引人注目的。她说,光是commercial的东西,还是不够的,有很多东西要进一步研究,比如有一种油纸伞,应该把它的制作过程,用视听器材全部记录下来⋯⋯像故宫博物院,到现在连一套像样的color slides都拍不出来⋯⋯

中饭的时候,对话竟分了两组进行。然而,大家都吃得很舒畅。罗云星几乎忘了他来此的目的,罗俊卿可没有完全忘记。告辞出门以前,他终于让云星开了他的提箱,把荣誉座请柬恭送给勤老。勤老拍拍云星的肩膀,想不到他的手劲这么大。"你们年轻人能够回来,不忘本,我老朽一定支持。放胆去干,有什么问题,来找我!"罗云星这才明白,他叔父后院的那座兰房里,竟然有那么多不可思议的学问。他开始体会到,罗俊卿那一套看似无味的中西合璧论哲理,毕竟有它的妙用。

公映前一个礼拜的一天晚上,罗云星放心不下林立那篇文章,给何燕青拨了个电话。消息不太妙,电话里,她的语气听着不对。"人家不干,我又能怎样?"她说,罗云星立刻约她在"明星"碰头。

按照何燕青的讲法,她为这件事也跑了不止一次了。前晚才找到胡浩,结果是,两个人大闹了一场。

对何燕青,胡浩一向是百依百顺的。所以,那晚一见面,阿青毫无考虑,直截了当地摆明,林盛隆这篇文章会闯祸,要胡浩抽掉它。胡浩只是一个劲地抽烟,什么话也不说。阿青以为事情已经办妥了,高高兴兴要放唱片,冷不防胡浩迸出这么一句:

"那么这一期的设计,你还没搞完咯?"

"咦?设计草样不都送印刷厂了吗?等他们大样打出来,我再校校不就完了。"

"可林立这篇文章的照片你还没拿来呀!"

"这篇不是决定不用了吗?你这个人怎么搞的,扭扭捏捏的⋯⋯"

胡浩仍低着头,他不知道他含在嘴里的这句话一讲出来会有什么后果,然而,他知道他不能不讲,他因此不敢看阿青的眼睛。

"你决定不用了,我可没这么决定,作者不会同意,其他几个人也不会同意的。"何燕青手持着理查德·施特劳斯的《查拉图斯特拉如是说》,一下子愣在那儿,好像完全不懂这句话的意思,等她回味过来的时候,一股火焰从丹田往上冒。

"你们就晓得自己过瘾,别人的事业、前途,根本不放在眼里。"

胡浩死劲咬住自己的下唇,他比阿青至少大五六岁。他眼前忽然出现小陶躺在医院里那张一点血色都没有的脸,想到自从阿青同姓罗的开办公司以后就从来没在这里过过夜,他觉得一辈子从来没有这样强烈地厌恶自己。他勉强自己,从齿缝里吐出话来,声音压得很低,然而一个字一个字,他讲得很慢,咬得很清楚:

"谁的事业?谁的前途?什么样的事业前途?"

何燕青本能地判断,他在吃醋,下意识里有一丝温暖的感觉涌上。也许应该把这个难题踢回给罗云星?看看他脸上的肌肉抽紧时,是什么滋味。但是,胡浩又凭什么就管起人来了?她本能地,又作了一个错误的判断。

"别马不知脸长的,把自己看得那么重要。"

何燕青说这话的本意,倒有百分之八十指的是《布谷》杂志。听在胡浩耳朵里,却百分之八十指的是他。这个架就越吵越纠缠不清,越吵越回不了头。最后的结局是,何燕青当场把林立那篇文章的原稿撕了个粉碎,往胡浩脸上砸过去。胡浩虽然吵了一晚,倒的确从没抬起头来瞪着她看,或许是给她这一预料不到的动作吓昏了,他从椅子里跳起来,连他自己也不知道是怎么回事,总之,他的右手忽然再也控制不住,巴掌打在何燕青面颊上的时候,他的眼泪也掉下来了。

咖啡端来的时候,罗云星脸部的肌肉的确还在那里搐动。但是,何燕青一点快感也没有。吵架的事,她自然没提。撕原稿的事,当然更没有提。然而她真的一点快感也没有。

回到家,何燕青满身疲惫,她从来没有觉得这么倦乏过。餐厅里有一桌牌局,何师长换了轻松的便服,袖子卷得老高。已经是第十六圈了,处在下风的师长仍然以顽强的战斗意志实行着反攻,摸牌的手使着一股儿劲,中指夹着拇指,在抓进来的那张新牌面上下力摩挲。阿青手搭在看牌的母亲肩膀上站了一会儿,她不知道跟母亲讲了些什么话,母亲的心全放在师长一副听了张的四暗坎上。阿青俯下身,在冒出了胡子茬的父亲脸上亲了一下,回到了自己的房间。

她在热气蒸腾的浴盆里足足泡了半个钟头,换上一套自己最喜欢的蓝绸睡衣。雪白的浴巾包着湿淋淋的一头秀发,她熟练地擦干水,把浴巾缠好,一翻,在脑勺后面塞紧。镜子里出现了一张脸,一张没有任何色彩的脸,在浴巾的衬托下,泛着青光的镜子里,阿青的脸好像不是映在表面,而是镶嵌在镜子深处,在一方冰砖的深处。

窗外,细雨在夜空飞扬。巷口街灯下,银丝雨线密密织就一个网,在透明的水色中,缓缓坠沉。

阿青将身体移向镜前。她用干药棉,团成一球,细细擦拭,把多余的水分吸除干净。然后,换上新的棉球,挑了一瓶粉红色的蜜丝佛陀净肤液,用药棉蘸上,慢慢敷在脸部各处。她轻轻按摩一遍,顺手把浴巾下没收拢的零乱发丝塞回去。她接着薄薄地上了一层乳白色的蕊芙蓉润肤膏,开始打一层粉底。画布准备妥当,她审视着镜中的自己说:

"何燕青,你不是一个好女人。"

她凝视镜中自己优美的前额,眼睛找到定位,用眉笔在额心上浓浓涂上一圈圆圆的黑点。小指挑了一抹腮红,在手心里揉碎,顺着额际往下,淡淡地抹在秀挺鼻梁两侧的面颊上,淡淡红晕揉进皮肤,镜中的画像开始有了一丝光彩。她撅起嘴唇,在镜前化妆台上齐立的一排唇膏里挑颜色。她望着自己没有涂唇膏的苍白的嘴唇说：

"何燕青，你是一个卑贱的女人。"

她想起她跟罗云星憋气，拖着他那件心焦的事故意不办的时候，有一天，在现代公司的太空舱办公室里，罗云星故意当她的面前给兰西打电话，他甚至问兰西去香港玩过没有。她用尽一切力量压制自己，给罗云星看了一张若无其事、没有丝毫表情的脸。但是她终于还是屈辱地为他到胡浩那里去办了那件事。离开"明星"的时候，罗云星冷冷地说：

"Well，你总算给我省了一笔去香港的旅费。"

她挑了一支银红色唇膏，在掌心试画一笔，扔下，换一支猩红色的，又扔下，最后选定了紫红色的，紫红得有点近乎乌青。她厚厚涂上几道，唇片抿住唇片，把颜色调匀。她知道，从现在起，她再也不会为任何人哭泣了。床头柜上，白瓷碟里盛着小陶那天鬼一般出现时留下的一枚草山橘子。有几个礼拜了？差不多已经完全风干了，奇怪的是，竟然没有生霉。只是凭空失去了水分滋润，瘦干瘪瘪的，活像一张满布皱纹饱经风霜的女人的脸。

"你应该做个地道的坏女人，何燕青！"

她画完眼圈，挑了一盒墨色眼膏，沿上眼睑往外扫出一片扇形，没入微微上挑的眼角。

"除了在事业上打垮他，你没有别的出路！"

阿青对着镜中完成的自画像，喃喃自语。

压箱底的旗

从花莲回来以后,小陶给自己定了两条死守的铁律。第一,留学;第二,去留学之前,把自己关在屋子里坐上几个月的"书监"。然而,这两项自己立下的判决执行得并不顺利,尤其是林盛隆出现以后,他的读书计划彻底动摇,连留学的决心,也陷入苦缠挣扎状态。

在老林出现以前,小陶已经为一种新的经历所苦,仿佛面对着一个分量十分沉重但性质却又不十分明确的扰人的问题。他感觉到那个问题的存在,因为,除非他安稳地睡熟,他无法拒绝那种无以名状的沉沉骚扰。说也奇怪,这种内心难以安分的感觉,又不同于他过去的经历。以前,问题出现的时候,他觉得自己被来自上方强大无比的一团黑暗所压制,越挣扎便越往下陷落。曾经有一段时期,阿青便是在下面支撑他的力量,然而,他明白,始终明白,阿青的救援终究是虚幻的。阿青离去了以后,与他所恐惧的相反,他并没有陷到底,说得清楚一些,根本就没有什么底,或者,说得更切实些,他发觉自己便是那个底。只是,到底是什么质料构成了那个底的组织?这个又是主体又是客体的"自己"到底是什么?他却又不十分了然。

"跳开一下,甩掉你这个狭窄的、忧郁气闷的、病态到烂熟的环境……"

林盛隆对他说,眼睛盯着他的眼睛。

小陶接受了林盛隆的邀请,他带着新的问题接受了这个邀请,到老林家去住上几天。他自然并不以为到老林家去住上几天便可以解决他的问题。但是,他似乎有一种感觉,到老林家去,虽未必能期待任何奇迹发生,至少不是避开问题,而是接近。那团黑暗或许的确是被破除了、过去了,沉沉骚扰却没有。然而,基本态势有了变化,被逼向下的困境转化成被逼向上,上面覆盖着的如今已不是一团黑暗,却是强烈眩目、白花花的光芒,这固然有一定的牵引力,但小陶自己的动能,却没有具体凝聚,他感到自己的内心,这里那里不时有细锐如星火的频频爆炸,像火花塞通上了电。然而,或许是周围的氧气不够,或许是还有未曾清除障碍的通路,他内心的火花只是自生自灭,他的精神中枢如今落在一个异样的包裹里面,兴奋着、悸动着、制造着一种无以名状的沉沉骚扰。

有一个时期,就是他同林盛隆一道逛阳明山回来以后的那段日子,他的灵感整个活跃起来,他却再没有写诗,只是利用这种忽然增加的敏感度去清理所有经意或不经意地流过心中的事事物物。他读书,发现自己读书的习惯也忽然改变了,他一向快读成癖,总是迫不及待地吞下一本书,下意识里,他仿佛只是为了累积某种知识而读书，读完一本，脑子里略略衡量一下总的印象便丢下，再去寻第二本。现在，他开始享受慢读、细读，不再仔细追究、总结印象、下个定论、往脑子里叠床架屋的"学问"架构里添枝加叶。他发觉他不再关心那些与所谓的认知有关的问题后，反而一下子便进入了书的作者的心灵世界。于是他发现，他不再絮絮不休地追问"这是为什么？"只是反复默念着"呵！是这样的，是这样的"。

问题是他从书的作者的心灵世界不时游离出来的时刻，无可避免地，作为主体又作为客体的"自己"便又孤悬在某处了。于是他知道，在那种无以名状的沉沉骚扰的背后，确实隐藏着一个分量很重却又不十分明确的问题。

就是这个时候，老林对他说："来我家住几天吧！我就不相信一个小小知识分子的脑子里能孕育出什么了不起的大问题！"

老林住的那间小木屋的后面，有一条陡窄蜿蜒的山径，直通到当地人称之为狮子头的山顶。所谓狮头山，大约是从远距离的某一个角度得来的形象，走在山顶的野林里面，却是连"山"的形象也无从唤起。然而，每当老林上学校去授课的时候，小陶还是喜欢避开游人来往的碧潭，往清静的林间小路上去闲闯。

这几天，老林和他讨论的主要是这么一个问题：人类的哲学活动，究竟是为了什么？老林认为，小陶学校里传授的，他自己从阅读、讨论、思考得来的，大抵不出这么一个范围，就是围绕着宇宙、世界、人类社会的构造，它们的所谓本质与现象，人际关系，人生的意义和原则等问题，设法寻出一些线索，然后，又根据这些主观得来的线索，再去建立一个观念上的宇宙、世界、人类社会、人际关系和人生。照老林的说法，这就等于将一个好好的蚕茧放进开水里泡熟，抽出丝头，把整个组织完整的蚕茧拆散，变成一条丝线，然后，又按照自己的想法，用这条丝线再去织一个蚕茧。"于是，"老林说："你们所谓的哲学家便告诉世人，这个按照他的观念重新织造的蚕茧，才是真正的宇宙、世界、社会和人生。原先的那个蚕茧，却什么也不是，只是一个虚假的幻象。"

小陶不是第一次听到这样的论调，他并不感到惊异。在他那几年埋头哲学的学生生涯里面，他碰见的惊人之论也不算少。他反而觉得这个讲法，似乎有些粗糙，有点过于简单化。不过，似乎也有点什么十分有力的东西，在蠢蠢欲动。所以他只能设法要求老林把那个蠢蠢欲动的东西挖出来。

"蚕茧只有一个，"老林不管小陶的心理活动，他认定小陶大致停留在一个什么样的思想状态，他知道，他只需面对这个思想状态谈下去就行了，"就是你和我以及一个活生生的人能够用感官接触、用思维推论的这个世界。用不着把真实变成虚幻，再从虚幻中变出真实来……"

在狮子头山顶看似原始的野林里，小陶发现了一丛百年老藤，老藤盘根错节，近根处至少有碗口粗细。事实上，它不只一条根，它从一株大榕树的旁边开始攀爬，到达榕树的一半高度，又坠下来重新伸入地下，在不远处升起了第二道上升的螺旋，如是反复地向各个方向繁衍，落地升起、升起再落地，它竟然足足占有了周遭十几棵大树合抱的空间，以至于小陶竟无法判定哪里是它的起点与终点,眼前只有一大丛错综纠结的根干枝叶互相交叠的世界。

小陶退后一定距离,坐在一块磐石上,让这幅老藤图在他的胸中游龙似的穿梭起伏。老林的话,也在他胸中游龙似的翻腾着——

"你与我,我们这一代,如果要活得有意义、有目的,就不能停留在仅仅忙于探索这个世界,不能满足于仅仅是解释这个世界。哲学不能止于爱智,它应该为我们改造这个世界而服务!"

"改造世界?"是的,如果他曾经感觉到老林话里有股蠢蠢欲动的趋势,这句话便是那股趋势的实体了。然而,这些日子里,他一径要追寻的围绕老林的那个神秘光圈的最内层,眼看呼之欲出了,他却突然觉得空洞洞的。是的,是有一股什么东西在自己的胸中翻腾起伏,是老林的话激起来的一些什么东西,是这么些年来有意无意从书本中、从生活中、从自己可怜的社会经历里随处拾来收藏着的零碎印象、片段感受的杂乱累积,是伤感包围下浮现的童年、史地课本上学会的乡愁、被盲目的力量控制着的青春期,以及自己制造的一切憧憬、向往与现实赐予的一切挫折和屈辱完完整整组成的那个无可奈何的感觉。老林的话,像一根铁棒,在这一锅破烂里翻炒着、挑动着、击打着。然而,他反而退缩到了空洞洞的状态。

他记得,同老林逛完阳明山回来的那天,他不是从心底升起一股"从前种种,譬如昨日死"的决断?而现在,他一心要向老林索取的坚实泥土,已经就在面前了。他知道,老林就等他迈出一步，只要他再迈出一步，老林那边的门就全开了，只须他再迈出去一步，只须迈出一步去，便是他梦寐以求的那个踏踏实实的世界，一个保证没有噩梦的能活下去的世界。跟随信仰活下去，在那里，不就是那个你慌乱它不慌乱、你迷失它不迷失，那个从不溃散、从不逃亡，那个你茫然它不茫然、你怔忡它不怔忡的那个不动的东西？

那么，为什么又有空洞洞的感觉？是因为自己刚刚才从一个贸然跳进去的情热世界里脱身出来，没有勇气冒进？还是因为"近乡情怯"？是因为预感到给自己开刀的痛苦？还是被新世界必然的陌生感所威胁？一路梳理自己的思绪，小陶逐渐往近日来的心迹变化里去追踪——

那时他刚从花莲回来，一个礼拜天的早晨，屋檐内外已有些麻雀在不停地蹦上蹦下了，小陶在廊庑下斜射的阳光里看书。忽然一片阴影遮去他书上的阳光，老林悄无声息地站在廊下望着他笑着，一只手伸过来翻看书的封面。"这里面讨得到救兵吗？"老林一开口便单刀直入，小陶倒是给他窘住了。不过，在他当时的心境下，他最怕朋友们那种仿佛既想表示关怀又怕触痛他伤口的欲语还休的表情。老林的这种作风，倒是朋友们当中少有的。他那批朋友，大多是迫不及待地希望别人聆听自己心声的那种人，当然这也限于意识上的所谓"同人"之间，遇到别的圈子，气味不合，要不一语不发，要不就是装疯卖傻。那晚从同温层回来后，颇有几天，连续受到这种"关怀"的骚扰，这批瞎关心的朋友，都以为那是小陶炼狱的开始，没有人知道，从他一眼捕捉到阿青那样用力地按住胡浩想抽离的双手那一刻开始,他已意识到自己的炼狱终于快要走到尽头了。他当然也没有料到老林这种近于讥刺的玩笑口吻,然而,他终究还是喜欢这种口吻。

两个人一人一把藤靠椅,面向院墙上驮伏的串串红。晨阳究竟已有几分暖气了,且近乎耀眼地泼洒在弯腰曲臂的老树枝头,叶芽上露珠闪烁。完全可以想象,只需一场温暖的春雨,那指向天空的万千枝梢便要舒展迸裂,放出虎虎的长势。

"妈妈的,"老林学阿Q的口气:"早上起床裤子里头硬邦邦的,这滋味好久都没有了。这种天气,再在屋子里坐下去,人都要生霉了。"

于是他们上阳明山去找樱花树梢星星点点"忍不住的春天"。

阳明山的花季还没到时候,公园里游人寥落,但"忍不住的春天"已经不止在枝头了,小陶后院里久无音讯的金翅雀,就在他们上空的树顶呼朋引伴、穿梭来去,像有人从初见晴朗的灰蓝天空里随手掷下一串串风铃,俏丽嘹亮的鸟鸣,烟花般四散崩落,在缀满了蓓蕾、饱吸了雨露的东洋樱柔软的枝条间翻飞回旋。

纱帽山有时隐进雾中,有时露出它的笠尖,腰际郁郁葱葱,环着一圈山岚,像泡在烟雾蒸腾的温泉里载浮载沉。老林说,这地方在"日据"时代,曾是毒蛇血清研究所进行培养实验的场所。想到这一带山林间,如今还是为那批滑溜溜的致命动物所盘踞,小陶背脊上不由觉得凉飕飕的。老林又说,记得"光复"那年,隔壁有个糊里糊涂的老头子,印象中,他仿佛永远都坐在屋檐下一张矮凳子上面打瞌睡、晒太阳。但到天皇投降诏书广播的时候，老头子满布皱纹的脸上忽然露出了两只眼睛，嘴里发出牛一样的干号。没多久，听说祖国的军队在基隆登陆了，老头子挤不上火车，却穿上一套藏了几十年的唐装，带了他们邻近几个小孩，赶到台北车站去看祖国来的天兵天将。那时看惯了服装笔挺、神气十足的皇军，孩子们眼中的祖国士兵，是颇为令人失望的。破破烂烂的装备不说，每个人一张菜黄菜黄的脸，队伍松松散散，喑哑的喉咙里叫喊着一些模模糊糊的军歌。那双草鞋，怎么也比不上皇军啪啪踏在柏油路上的皮靴油亮。尤其令人失望的是那队士兵的腿，每条腿上缠着一大团破布，像水里泡肿了的死狗尸体一样！然而老头说，你们小鬼懂个屁，那里面都藏着雪亮雪亮的飞刀哩。

"老头子总算走运，"小陶很少见到他嘴角上挂着这样一种冷冷的鄙夷，"'二·二八'爆发的前一年居然死了，死前还学会了唱'三民主义，吾党所宗'……"

老林的"二·二八"回忆，并没有搅乱小陶的心情。晴空、山岚、清泉、花香、鸟鸣，糅合起来，给了小陶病后虚弱的身体一股莫名的亢奋，小陶无法分析他当时的心理状态，即使是现在，在静静的山林里，面对这虬蟠盘旋、起伏升降的百年老藤，他还是理不清当时的逻辑。他只知道，一股强大的欲念驱使着他，要求他顺从，要求他宣泄，要求他向自己证明："我是活的，我是活的"，要求他再一次告诉自己："去他妈的爱情！"他们在靠近新北投半山谷里一家叫作"醉月楼"的怪古雅的日式旅馆里休息。小陶自作主张，叫了妓。林盛隆默默地顺从了他，没反对也没有规劝，只是睁大眼睛望着小陶灌下了两瓶啤酒以后飞红如血的脸。他把荷包里剩下的钱全部掏出来交给小陶,说他过一个钟头再回来,便默默地走了出去。

应召而来的显然是一名老妓,小陶到现在也记不起来她的脸部五官的形状,他也不曾问过她的名字。他记得她熟练地脱下缀满亮片的粉红色的毛衣外套,解开翠绿洒花的旗袍衣襟,她的皮肤白得让他晕眩,两球硕大滚动的乳房逼近时,立即将他带到了亢奋的边缘。他疯狂地抱紧她,在垫了被褥的榻榻米上翻滚,还没有进入她,便控制不住地达到了高潮。他到现在也不知道,是哪一点触动了她。他躺在被褥上,任凭无法控制的喘息渐渐平息,任凭本能带来的屈辱一丝丝偷偷爬进来,钻进他萎缩已久的心房,在那里引燃了一朵小小的火花。她没有起身穿回衣服,也没有动弹,却躺在他旁边痴痴傻笑。他到现在也不知道究竟是哪一点触动了她。他感觉她依附过来,在他羸瘦的胸前,细小的乳头附近,忽然被她搜寻的舌尖激起轻微的麻痒,她用她修剪得度,软而圆硬且尖的手指轻轻搔挠,在他的大腿内缘上上下下轻轻地画着一圈圈长长的重重叠叠的椭圆,她颤动的舌尖活动到他战栗不已的鼠蹊部的时候,他忽然强大起来,毫不慌乱地、信心十足地强大起来,他终于有生以来第一次像一个男子汉一样地带着从未有过的爱怜进入了她。他感到她逐渐满涌起来,生出无数细软幼韧的海葵似的手指,抚触着、攀附着、眷恋着、吐露着,扣合在他兀自膨胀着的钢铁周围。她满身汗湿,狠命咬着他的肩膀,十指绞紧他的十指,口齿不清地、闷闷地喊着:"我的团!我的团!"

老林回来时,小陶两手枕在头下,在榻榻米上躺着。他脑子里还残存着那个印象，难以置信的印象，到现在他虽然连那个女人的名字也不知道，她的五官容貌都无从记忆。然而，他那时躺在那里，一丝不挂，她侧身走出纸拉门，回身关门的顷刻，他朦胧的视神经上，无比清晰地摄下了她嘴角的那个表情，蒙娜丽莎的微笑一样的表情。仰卧在这样的印象里，小陶无法察觉林盛隆脸上默默布满的愠怒，甚至有那么一时片刻，他连为什么忽然走进来一个林盛隆都不明白。

走出醉月楼，才不过下午四五点钟，天色依然明亮。老林始终一语不发，径自迈着大步，小陶默默地跟随他。他感觉林盛隆的步伐有些异样，仿佛要重重地践踏一些什么，一些惹人轻蔑的什么。他知道他没有可能让老林明白他，他不可能让任何人明白他。他知道这一下午发生的一切，本应该是在阿青与他之间完成的，但他们始终完成不了，他不知道是什么东西阻挡了他们。是的，他们垮了，那么痛苦、那么无情地垮了，彻底地垮了。阿青丢下了她未完成的工作走了，他也丢下他完成不了的工作走了，走到这里，却让一个他连名字与五官都记不清楚的女人把它完成了。他知道他没有可能让老林明白这一点，他知道老林为什么愠怒，他觉得抱歉，他也觉得一股莫名其妙的荒谬。

他不知道的是，老林并不止于愠怒。他们从半山谷里走出来，踏过层层级级转弯抹角的青石板，踏过湿润的、羊齿植物丛生的小径和苍苔，穿过一片树林，越过硫黄味四溢、冒着白雾的溪流。小陶没有问，为什么不走旅社前门的汽车路下山，却从旅社后园出来，拣了这个仿佛没有路径的方向。他没有问,他只是默默地跟从老林。

他们踩着突出水面的青黑色岩块,越过冒白雾的不知名的小溪。老林在对岸的乱石堆里摸到了一条小径。空气里益发充满了刺鼻的硫黄味,小径接近山脚,渐渐失去了坡度,终于消失在一幢废墟前面。

他们穿过荒草没胫的庭园,绕到屋后。倾圮的屋檐下,有一列台阶,在荒烟蔓草中,仍然显得十分气派,台阶下,还是一个杂草丛生的荒园。老林站在台阶的顶层向下眺望,招手让小陶上去。那一列台阶大约高出后园两公尺左右,因此,后园边缘失修的绿篱,便挡不住他们眺望的视线。

"刚才出来闲逛,发现了这个。"老林手指着绿篱外面。

绿篱外,地势又陡然下沉。这幢废墟原先竟是建造在山坡上切出来的地板上面,当年的主人或许看中了这里居高临下、风景尽收眼底的地理位置,但如今山坡下已经处处被开辟,原有的自然景观已无从追寻。在接近目光尽头的地方,可以看见一条公路打横穿过,两边夹着田畴。迤逦穿过田畴,众多阡陌中间,有一条碎石子铺就的便道蜿蜒爬行,伸入画幅中部的一大片树丛里。小陶的眼光跟随着大路上折过来的一辆摩托车,在看起来两指宽的那条便道上缓缓流动,车后面拖着一尾烟尘。他不知道老林要他看的是什么。便道穿出树丛后逐渐变宽、逐渐向画幅的右下方游走,摩托车钻出来,循着这道曲线,又隐入便道两旁矗立的两列木麻黄构成的风景里。不过是新北投边缘地带一个完全不起眼的乡野图而已!然而,两列木麻黄中间,忽地又窜出来一部摩托车,向着相反的方向驰去,烟尘犹未消失,对面又是一部摩托车!为什么这样一个山洼里,竟给人这么一种交通频繁的印象?

小陶跟随着来来去去的摩托车,终于在画幅右下角的山脚下,找到了它们的发源地。那是一排木造平房,门前一溜还停着十几部摩托车。他仔细审视那幢平房,发现它的结构与一般家宅很不一样,完全不像个老百姓的住家。人字形屋顶遮盖着的仿佛是一个长条形的兵营,却又比常见的兵营宽了两三倍,倒更像个堆置货品的仓库了。然而,这一带又不是港口,更没有任何工业生产可言。更让小陶吃惊的是,那一列形似货仓的房屋后,一片草场上整齐地竖着好几排晒衣架,晒衣绳上竟然晾着几十件女用毛线衫,在下午四五点钟的阳光照耀下,那些鹅黄、浅绿、淡蓝、粉紫、桥红色的女用毛线衫迎着软风轻轻摆动,这么柔美的韵律,配置在如此粗陋丑恶的货仓线条旁边,显得很不调和。然而,这一大批缤纷惹眼的毛线衫,竟然就悬在那一片青青的草地上方,彩虹一般,款摆着。

"看到了吧?"老林的口气仿佛是达成了什么目的,"我带你仔细瞧瞧去。不过,不要轻举妄动,小心挨揍!"

两人折回前院,从屋侧的石阶上拾级而下,绕过这座废墟所在的台地前沿,走上了那条碎石便道,来到那排摩托车前。几个年轻小伙子蹲在地下围了一圈赌劈甘蔗,正在起哄。林盛隆未加理会,径自往屋里走,一个小伙子仰头喝道:

"做什么的!"

小陶有点犹豫,停住了脚步,老林也不搭腔,拖住小陶,朝地上那人耸耸肩膀,做了个无可奈何的尴尬表情。小伙子上下打量了两人一眼，朝地上吐了一口槟榔，"干！"他说。

门后的玄关比一般住家宽敞得多，布置相当简陋，倒像一个小型的办公室。一个中年模样浓妆艳抹的大胖妇人坐在台后接电话，台面上至少有五部电话，刚接完一个，另一个又响了起来。老太太一手拿话筒，大声喊："秀兰，秀兰，该你了。"她穿着两截的日式洋装，尼龙纯纱的衣料上印着灰底银花大团龙爪菊，满身上下怕不是有百朵以上。

两人都有点怯怯地，手背在后面互相绞住，倚在门槛边上。忽然，右侧的三合板推门"砰"一声拉开，火红一团一个女人的影子闪了出来，蹲身在台阶上套高跟鞋。就在这扇拉门敞开不到两分钟的这个短暂的片刻，小陶脑子里轰然一震，他这才明白为什么老林含着愠怒带他到这里来。

门拉开后露出了一座长方形的大统仓，全部铺上了榻榻米，总共有五十叠上下。屋顶不高，裸露着的浸过柏油的墨黑色的木结构上面，顶着一片人字形的铁皮屋顶，可以想象溽暑季节时，这座大统仓里面是个什么景象。即使是现在，榻榻米上面，横七竖八，或躺或卧，加上三五成堆、来回走动的，至少有四五十条穿着亵衣的人体，烟雾、汗味、体臭、廉价香水拌杂着脂粉气，眼前已经像个特大号的蒸笼里杂乱排列着层层叠叠蜷缩、横陈着的肥瘦不一、或黄或白的人肉蒸饺。小陶强压下胃里突然翻腾起来的冲鼻呕吐，同那个被唤作秀兰的一团火红的女人挤作一道，从玄关里冲了出来——

四五点钟的太阳竟有些炙人了，小陶从磐石上站起来，老藤在偏斜的阳光照耀下，仿佛镀上了一层金光。有几束光线，从浓密的叶隙投射下来，好像斜斜地搭置着一道道向上攀爬的青白色的光的天梯。小陶掉头离开了那些天梯，离开了那丛百年老藤，摸上一条山间的小径，寻路下山。

在野林西边，狮子头山峰的峭壁上方，小陶看见了一天水彩画似的晚霞。那是仲春季节特有的晚霞，淡青银灰的夹层里，涂着几抹暗红，仿佛弥漫天际的一片青涩之中，依稀缠夹着几许温煦。山风沿着峭壁呼呼向上卷吹，盘坐在岩石上的小陶不禁哆嗦着，但很快这股子战栗便过去了，他整顿了一下自己的身体，深深吸了一口气。他重又想起了走出醉月楼后因为无法让老林明白他而引起的一阵无法沟通的苦恼，想起了老林重重的践踏，想起了他的愠怒。他终于知道，他跟老林之间，终究还是隔着一层什么，他不知道那是一层什么，但他却明白，老林等在前面要他跨过去的这一步，他是无论如何努力都不可能跨过去了。

山风飘荡，在峭壁上下奔腾。小陶不自觉地跟随那股起伏的韵律吐纳着，他感觉自己的身体逐渐膨胀起来，变为一个巨大虚空的容器，忽而完全为山风夹带的一切所充满，忽而又为山风扫数携走，变得一无所有。"这样也好，"小陶在心中对自己说："如果真有那个不动的东西，即使现在去了，到时候，自然还会回来！"

离开新店的前一天，向晚时分，小陶同林盛隆并肩坐在碧潭的防波堤上。隔着一水澄碧，上游对岸的四月春山，绿意已浓。吊桥在薄暝中，横江画出一道优美的弧线，平添了几许如画的妩媚。潭面上缀着三三两两游船，在夕阳晚照中，仿佛静静地滞留在原处，只偶尔拨动的白色水花，暗示着动向。潭对面，竹篷搭置的凉亭前的水湄边，系着一列小木船，远看疏落有致，像玄关底下弯弯曲曲罗列着一排绣花鞋。他们坐的地方，恰在骠公圳的出水闸近左，拦江一道蛇笼，把这一带的水位提得老高，新店溪流到这里，水色变得深沉，流速近于停顿，江面也变得相当辽阔，迁缓移动的江水，漫过蛇笼坝面，突然失去了重心，像一整匹深青绸缎，整匹摔下坝底，跌成几十条肥瘦不一的激流，在乱石滩里狼奔豕突，惊惶万状，发出连续不断的轰轰巨响。但过不了几百码，便又抹成一道水面，飘过西瓜大小的卵石铺成的河床，汇成宽广的浅流，向远处的暮霭中伸展，逐渐细瘦，终而没去了形迹。

暮色苍茫中，还有几个垂钓的人，弓身蹲坐，鸬鹚一般，灰黑佝偻，塑在防波堤上。

"去就去吧，"老林怂恿小陶，"留学也不是什么大不了的事情，去了再回来就是了。不过——你小子千万注意，要是带回来满脑子的帕森斯，就不要再来见我！"

小陶没有搭腔，他耽溺在深绿色的黄昏里。两年前，他第一次约阿青，他们在台大对门的新兴冰果店见面，然后双双踩着自行车，并肩穿过七张一带夹道高矗的尤加利树荫，进入碧潭，那不也是一个深绿色的黄昏！那晚深夜回家，他不还写了一首长达五十行的《给Y.C.》的长诗？阳明山下来后的那晚，他同老林在台北西站分手，又在夜台北的灯市里流浪了半夜，夜半回到家里，终于找出了那篇从未发表甚至连Y.C.也没见过的诗稿。在午夜静静的庭院中，他划亮火柴，把它点燃……

碧潭的春晚仍然清凉，但空气里有一丝淡淡暖意，也许是出了一天太阳的缘故，也许是半山上的灯光引起的意绪。小陶和老林漫步过吊桥，进了桥边一间临水的小酒店。店里相当冷清，两个人拣了一副靠窗的座位，一直谈到夜深沉。回家的路上，老林问他到底是不是已经彻底了结了这段感情纠葛，小陶说："你箱子底下不是压着'五·二四'事件时候撕下来的一角星条旗吗？惭愧得很，我现在只有这段糊里糊涂的初恋压箱底了。等哪天我也撕下一面旗子的时候，或许就换了它，也不一定……"

闪着金光的远方

留学这个意念很奇怪，小陶没有接受以前，只觉得它荒谬，一旦接受以后，好像荒谬的就不再是它，而变成了自己。

起先，每当父亲提到留学，他总是反感，虽然说不出什么理由，他还是能拖就拖，能抗拒就抗拒。

他自己也分析不清楚反感的原因在哪里。父亲为他安排的任何事情他都反感，或许是原因之一。然而也不止于此。为他安排留学，自然意味着父亲管教的延续，也就无异于点明他全然未能脱除依赖的生活形态，这或许也助长了他的憎厌。不过，他有时也模糊地意识到，在心的底层，留学这个意念其实是与怯懦、与逃亡无可救药地纠缠不清的。为此，他有时不免又对父亲的执着感到几分歉疚，对自己感到惶惑，或许就是在这种歉疚与惶惑交织的心情影响下，他终于在父亲送到他面前的申请表上签了字。

为什么自觉怯懦呢？为什么要逃亡呢？逃离什么？逃到哪

里去呢？在医院疗养的那段期间，在躲到花莲去的那段期间，这些互相关联的问题，也曾不断出现过，夹杂在他现在称之为"阿青并发症"的高烧梦呓中。当时，在身兼病人与医生两重身份的手忙脚乱的形势下，他自然不曾把这些问题化割出来仔细厘清。当时，对留学这个难免带着怯懦与逃亡色彩的荒谬意念，他最多也只能以笼统的一些意念作为响应，给自己一个解释罢了。他不过被周遭发生的、不该发生的或者应该发生而没有发生的一切整治得束手无策，因而对周遭的一切都无端烦躁着，也无端坠入难以脱身的自厌情绪中。他讨厌人群，讨厌友伴，于是他走进孤独，然后又在孤独中培养着渴望友伴、渴望人群的心绪。不错，他的周遭笼罩着低气压，他的生命是无奈的，所以用留学这样依赖上一代庇荫试图摆脱这一切的出路不过是怯懦的手势、逃亡的身形罢了。

但是，他终究还是接受了留学这条路，尤其是"阿青并发症"痊愈后。有一段时期，他甚至觉得，即使让自己变成荒谬的化身，还是比什么都不是好。

留学这个意念很奇怪，仿佛有它自己的意志、自己的存在，像地平线一样，一旦脑子里有了这条无形迹可求寻的线，注意力便不知不觉地给拉到线以外根本看不见的世界里去了。

在碧潭，与老林进行思想"交锋"的那几天，这条伏线便时而显现、时而隐没，但终究还是显现了出来，在意识的某处，塑造成了所谓"决心"那样的东西。

但开始的时候，老林并没有帮助他塑造这个东西。

"好！你说你烦，什么都烦？为什么烦？烦些什么？让我们分析分析……"

于是老林滔滔不绝讲了很多话,他一句也没听进去。那时候,他们的小船停靠在油漆着"水深危险"四个大字的那块赭青岩块的下面,有人在岩峰顶端扬开双臂,纵身入水,激起一朵大浪,他们的小船随着也一起一伏。是的,这些分析都很好,很理性,很有秩序,层次分明,但是一句也到不了他心里,直到老林用差不多像是失望了的口气说:

"我看你就是把自己看得太重要了……"

于是他心里算有了一丝震动。接着他便想到那天在新北投,也许——老林带他去看那个丑陋的地方,并不完全为了"愠怒"?并不一定要给他一点"羞辱"?也许——

又一个人跃入水中,一层层浪漫涌过来,小船在某种韵律中晃动着。

这不就是老林的秘密所在?小陶心里忽然一亮。原来他要点明的就是这个——"反抗",老林在圣诞节晚会上讲过的这两个字忽然以清晰明确的意义浮现出来。原来他要显示的就是这个过程,用"反抗"取代"我"的过程。老林的秘密,他的自信,无非是将"反抗"两个字取代了一个"我"。用愤怒代替痛苦,而培养愤怒的窍门,其实没有什么别的复杂、精致的程序。闭上向内张望的眼睛,钻进屈辱的人间去,如此而已。

那么——留学或者不留学,与怯懦以至于逃亡,又有什么必然的关系呢,这其实什么也没有。

"在目前这个阶段,"老林说:"如果有留学的机会,未尝不是好事。趁这个机会,把我们这个民族近百年来的屈辱苦难看清楚，了解透彻。看一看，海的那边，人家是怎么做的，怎么工作，怎么生活，怎么想——"

那天晚上，在老林那间门前有溪水奔流、屋后坐守着狮子头满山树藤的六叠大小的小房间里，林盛隆像一个充满自信的雕塑家一样，以小陶脑子里窝藏的各种各样、形形色色的杂乱错综、良莠不分的收藏为对象，用他犀利的雕刻刀，耐心地做着一些他认为必要的去芜存菁工作。

就在他这样或那样地努力做着的时候，小陶意识中那条时隐时现的地平线，却慢慢成形了。留学这个意念很奇怪，如今虽然摆脱了与怯懦或者与逃亡互相的纠缠，却在地平线的外面，闪着一线金光，仿佛与小陶在史地课本上无意中收来的那股无名的惆怅逐渐拥抱在一起。原属于历史的、地理的，甚至牵动着血缘的某种说不出的乡愁，就在留学这个意识上的地平线外，一个金色的国度，等待着冉冉升起。

小陶的手续办得还算顺利。不过，从去区公所申请户籍誊本开始，他得跑团管区办役男出境同意书，上教育部国际文教处领留学证，去警备总部办出境证，然后是办卫生院的 X 光透视和黄皮书、"外交部"的护照、美国"使馆"的签证、飞虎公司的留学生廉价包机。一关关办下来，小陶只记得，他那辆破自行车，开始时还迎着暖阳和风，在台北市的街头巷尾，愉快地滚动着，到后来，即使是打足了气的轮胎辗在炎阳烤得半熔的沥青路面上，也滞滞地一路发着滋滋的噪音了。

两三个月的时间不算长，但不少事情都在这段时间里发生了。

浮游群落

首先，图腾居然获准退伍了，朋友们本来要集几个钱给他开个小书铺，但是他坚决不接受，卷起铺盖进山里去投奔了他的老长官，在梨山附近的荣民农场里干起果园来了。他的诗风倒也跟着起了变化，入山以后寄出来的唯一一首诗，没有了超现实的味道，而是地道的现代山水。叶羽还没有收到退伍令，不过，他已经开始安排即将面临的平民生活，跟一个年轻有为的出版商订了合同，翻译日本目前流行的畅销小说。

六月中旬，改完考卷，学校的暑假还没正式开始，许英才便迫不及待地走了。他拿到的奖学金数额不多，只能免学费。为了筹下一年度的生活费，他得趁开学之前赶过去打一阵临时工。一个先他一年走的朋友在赌城拉斯维加斯找到一份"二十一点"发牌的肥缺，原来在餐馆端盘子的苦差便等着许英才去干了。许英才算算，干上三个月，扣去开销，也许存得下两千，足够挨上一年半载的。他一走，柯因便接收了那间研究室。他在满屋子的书还没有搬去以前，先展开了一套除旧布新措施。他花了一整天的时间，找了一位老校工帮忙，先用肥皂水，把那几扇积满尘垢的窗子洗得青白透亮，然后，他把书桌抽屉一个个拉出来，把里面的东西，一股脑儿全倒进垃圾桶里。做完了大扫除，研究室按自己的要求布置好，柯因立刻坐下来给自己订了一个详尽的研究计划，其中有一个与他的专业教学似乎不怎么相关的部分。柯因料想，按照《布谷》目前的发展，或早或晚，将来难免要有一场笔仗，他给国外的一些朋友写了信，托他们搜集材料。经过严肃细密的思考，他预料台湾这些年来的文学思潮，终归不能永远靠人为的办法回避三十年代的影响，如果要更上一层楼，这根脐带，在瓜熟蒂落之前，非得好好处理不可。燠热湿闷的暑假到来以后，柯因想方设法搜集到了一批鲁迅的杂文集，他怀着忐忑不安的心情，开始阅读起来。

至于《新潮》杂志，改组过程当中有些事情处理得过于粗枝大叶，杨浦没有照顾柯因的意见这还是第一次，为此柯因心里别扭了一阵，后来还是罗云星出面请客转圜，才没闹僵，但改组以后的《新潮》，到底同以前的小同人杂志气味不同了。第一，开会居然要定期、准时，而且还正式发通知。不但如此，通知上面居然订明议程项目，底下还印着"请答复"。当然，柯因会是去开的，其他规定则一概不予理会。第二、杨浦自从加入现代公司出版部以后，倒是准时出版了两期《新潮》。但是，在柯因看来，从内容到封面设计，都变得轻浮媚世，甚至把他认为不入流的一些所谓"名家"，也开始往重要的地位排，柯因认为有分量的东西，反而摆在藏头缩尾的地方，仿佛变成了无足轻重的填空文章。尤其让柯因无法忍受的是，杨浦居然雇了些中学生打零工，杂志一出版，立刻让他们到学校附近、工厂门口去贴海报发传单，终而至于有猫王电影上映的银幕上也出现了《新潮》的广告。有一次，柯因实在火来了，他对杨浦大声嚷道：

"这是干什么？我们是办杂志，又不是推销牙膏！"

然而，杨浦一点也不生气，却笑嘻嘻地说：

"上一期的销量，翻了一番呢！"

虽然没有料到，自己以前的一个想法——文化要有一个生活的基础——居然是以这样的方式建立的,但是,比较分析,衡量得失,柯因终究把自己的火气压下去了。但从此他也就愈加关心自己的研究,尤其在鲁迅晚年的杂文集子到手以后,那几个始终埋在心里的问题,又开始骚扰他了——为什么从反三十年代文学观出发的这一代,又有人回去三十年代找出路?我们的文学思想到底有什么内在的弱点?我们给三十年代文学的结论是否过于草率?

对于逐渐从手中滑出去的《新潮》,柯因倒是一点也不担心,洛加和他,早就发现了一批更年轻的新锐,他心里估计着,等到自己把一些重要问题弄清楚了,再酝酿一个新杂志,大抵是水到渠成、顺理成章的事了。

新年以来,向来有"文化沙漠"之称的台北文化界,隐隐约约,有一股春江水暖的气氛。报纸上,接二连三地出现了一些评论、译介和报道现代电影的文章,内容虽然参差不一,但不论是谈戈达尔、特吕弗,还是检讨国语片的前途,文章论调若有若无之间,总给人一种中国电影面临起飞前必须改弦易辙的印象。而且,讨论的前提,似乎也已确定:电影是二十世纪各种艺术形式的集大成,一切文化事业的总代表。一个国家是不是够得上"现代"这两个字的光荣称号,那就得用电影文化的成就来测量一下了。

话题在社会的各个角落里传递着、交换着。在文艺和商业圈,以及彼此重叠的暧昧地带,"电影文化"这个既旧又新、可纯可杂的课题,在三五成群的小小聚会中被认真地思索着、讨论起来了,以至于有些老牌的影评家,也觉得不能仅仅交代一下故事，分析一下镜头和蒙太奇，便算交差。电影思想、电影语言、小林正树镜头中的书法美、安东尼奥尼的时间观念……诸如此类的问题，忽然变得无比重要了。于是，甚至于搞绘画的、写诗或写小说的人，也在自问：我的存在观是什么？我的语言、我的结构是不是现代的语言和结构？仿佛，一个酝酿已久的思潮，扭曲着、痉挛着，经历了长期难产的胎动，开始在所有关心文化的人们心中，自觉地要求诞生了。一股蓄势已久的、新的、现代的意识，来到了晓光隐隐、朦胧欲曙的状态。

四月下旬的一个周末，哄传已久的"罗云星电影作品发表会"趁势推出，造成了空前的轰动。

官方的报纸在显著的位置刊载了这件颇为新颖的活动。民营报纸更不必谈，有一家，即余广立服务的那一家，竟然拨出了第三版接近全版的篇幅。首映那天，政府有好几位首长应勤老的邀请，坐在荣誉席，虽然没有正式讲话，私底下却慰勉有加，这些细节，新闻虽然没有报道，影剧文化界人士是有目共睹的。总之，一切是顺利的、美好的，即使美中不足，断了一次片子，但放映师的手脚极为熟练，连电灯都不用开，就接好了。罗云星本人是满意的，在场的中外贵宾都很满意。美国新闻处一位文化官员说，能在这里看到这么高水平的运作，从节目单的设计到场地的布置，从影片的质量到评讲人的谈话，都意外地达到了美国的专业标准，真是令人惊奇！不用说，勤老也是满意的，看到兰西态度活泼、从容地穿着白色的晚礼服在台上担任司仪，中英文报幕都处理得有条不紊，声音那么娓娓动听，做祖父的难免觉得欣慰了。余广立甚至有点感动，倒不只是因为看到自己一手筹划的心血果然没有白费，主要还是见到自己始终捏着一把汗密切注意的林盛隆，显然在全场气氛的影响下，不但没有乱发议论，竟自动跑进跑出帮些小忙了。那晚上，唯一一个心里不痛快的，大概要算何燕青。场地布置完毕，分内工作一忙完，她已经开始不痛快了，不过她始终忍住一口气，不曾向跟前跟后忙了两三天的胡浩发作。她把自己安排在边排一个不引人注意的角落里，冷眼看兰西像蝴蝶一样台上台下翩翩飞舞。即使在台上的时候，眼光随她怎么乱转，结尾时候总有意无意回到勤老旁边的罗云星身上，仿佛在说："我讲得这么好，你能够不满意吗？不可能的……"到了快终场的时候，何燕青把身边的胡浩支使开，她忽然在暗中拉住杨浦的手，把他领到后台。他们两个人都没有参加会后的庆功宴，杨浦倒也并不遗憾，他觉得，那么多的箱盒瓶罐工具材料，让一个女孩子独自一人半夜三更抱回家，未免太残忍了。

公映后，现代传播公司的武昌街写字楼明显忙碌起来了。但是，公司的四位股东，各人有各人的忙法。余广立虽然挂名经理，实质上还只能偶尔出动一下，他紧扣的还是公关这个环节。实际的业务、每日的例行公事，主要还是靠杨浦和何燕青。事实上，每天照常坐守在这座"现代"太空舱里的，也就是他们两个。罗云星这张王牌成功地打了出去，他的对外活动频率也立即直线上升，约会、饭局、会议，每天排得满满的。电影圈内外，各种各样的传说有增无已。有一个说法是，他已经在一个礼拜以内婉拒了两家独立制片公司的邀约，打算先从官办电影公司的实习岗干起，为电影事业出一点力。又有一个完全相反的传说,说他正暗中与好莱坞一家大公司接头,筹划一部划时代的中美合作剧情长片!还有一个说法,是罗云星的一些年轻朋友们无法相信的,说他正在跟一位善于把故事说得跟圣诞贺卡一样美的畅销女作家密商剧本,准备以全台湾的少男少女为对象,打响他返台创业的第一炮!

这些传说显然都染有一层神秘色彩,甚至于朋友打电话到武昌街总部去探听,何燕青也一律不予回答,始终守口如瓶。但是,一个礼拜之后,却传说罗云星带着他的女秘书兰西到全岛各处踏勘外景了。不久,又传出这样的消息,现代公司同畅销女作家正式签订了合同,并且通过罗云星的关系,从海外重金礼聘了一位以镜头构图柔美著称的名摄影师……虽然一直看不到正式的公布和宣传,但在所有关心电影的人们心目中,中国电影的一个新的里程碑,就要树立起来了。代表这个里程碑的影片,也已接近紧锣密鼓、开镜拍戏的阶段。

就在这样扑朔迷离的氛围里,现代公司出现了严重分裂。那是五月中旬的事,距离公映后,才不过三个礼拜!分裂虽然严重,但双方的事业却不见得受到怎么严重的打击。至少,杨浦的《新潮》已经开拓了新的市场,经济上渐趋自立,加上何燕青的广告社一向有坚定的客户基础,两人的合作,更加强了彼此互相支持的作用。余广立、罗云星、兰西和畅销女作家四个人建立了真正以电影事业为核心的合伙关系。这一次,他们的计划订得更加现实、合理,绝不超出单纯的制片范围。五月底不到,罗云星在租来的摄影棚里,自己精心布置的第一个内搭景前,在许多应邀观礼的来宾祝贺声中,摄影记者的镁光灯闪耀下，他吩咐好兰西如何记录第一个镜头的场记工作后，终于象征性地对着摄影机，喊出了他生平第一声商业性的"Camera！"

虽然延误了好几个月，《布谷》革新号还是刊出了林盛隆署名林立的那篇重头文章，还发表了一篇《革新号宣言》。宣言的语调相当激越，气势很足，谈的问题大，态度严肃，但内容上却给人一种自相矛盾的印象。一方面，宣言强调文艺工作者的历史使命与社会责任；另一方面，宣言又不自觉地极力鞭笞知识分子的"罪恶"。而这种罪恶感，或许出于逃避检查的心理，竟未能深入具体地推证分析，因而抽象化地成为一种仿佛是"原罪"的概念。因此，即使是关心的读者，心里也不禁引起这样的疑问：既然是这么不成气候的一群人，这么无足轻重的一个社会阶层，又如何期望他们去背负任重道远的历史使命呢？

林立的那篇评介"罗云星电影作品"的文章，也许是恰好赶上公映后的高潮，在一些关心文艺前途的大学生圈子里，颇引发了一些讨论。但是，杂志的销量并没有因为"革新"而有多大的变化，因此，在广大的社会里，竟没有引起丝毫注意。唯一的骚动，却发生在文化官员身上，尤其是兼任电影审查的那几位，的确为这篇明显"左倾"的文章捏了一把汗。他们倒不是为罗云星担心，他的后台硬，他们知道。当然也不是担心这篇文章的社会影响，冷门杂志，在他们的心目中，一向没有这种问题，即使有少数几个青年学生受些影响，那也牵连不到自己身上。他们担心的，主要还是因为影片是他们经手批准过关的，如果类似的文章再多出现几篇，逐渐引起社会上的讨论，就难免要出纰漏了，这个责任追究起来，也是可大可小的。于是，为了防患于未然，他们打了一份报告，附上这份杂志，送交有关部门去备了一个案。

但是，文化官员们担心的类似文章，并没有再出现。事实上，林盛隆的踪迹，在文化界各方面的小圈子里，越来越稀落了。《布谷》革新号第二期的工作，差不多完全交给了胡浩与吕聪明去处理。他不得不这么做，因为，客观形势的发展，出乎他的预料。大苏服务的工厂，发生了工人严重中毒的现象，大苏偷偷弄到一些机密材料，证明这家日资工厂的生产过程有严重污染环境的副作用，对于长期暴露在生产过程中的人体器官，十分有害。小组通过吕聪明在日本的亲友关系，查到了东京总厂被日本政府环境省提起诉讼的重要文件副本。总公司为了逃避日本环境法规的制裁而决定转移阵地来台设厂的行径，在工人中流传开来，工潮的酝酿，日渐成熟了。

林盛隆在新庄附近盘桓了几天，安排了王灿雄的生活，又同苏鸿勋、吴大姐、小王四个人详细讨论了一些具体部署和工作步骤。四个人的意见，虽然经过反复辩论，还是无法一致。争论的焦点围绕着如何正确对待这个显然有自发倾向的工潮问题。大苏和吴大姐坚持长期观点，认为在目前敌我力量不成比例的情况下，任何星星之火，一旦暴露，都只能引来立即被扑灭的命运。因此，工人的自发情绪，必须因势利导，当作一场深刻的阶级意识教育来处理。这个主张，遭到了小王的强烈反击。老林则认为这种外资侵入、嫁祸台湾工人阶级事件，不是一个孤立现象。从淡水到高雄,迅速兴起的许多外资工厂里,类似的情况有一定的普遍性,只不过有的问题仍未显现,有的显露程度还不够引起工潮而已。小王主张立即推动手边的这项工作,把它带到罢工高潮,即使罢工失败,受到镇压,被解雇的工人可以立刻吸收成为骨干,设法安排转移到中南部的其他工厂里面去。这个战略,小王叫作"一点突破,化整为零"。

小王的战略,虽然有令人兴奋的远景,但对自己条件的局限性,确实估计不足,禁不起大苏几个具体问题的拷问,就已破绽百出了。小王虽然一时语拙,面前的问题并没有因此解决,其实又回到了原处:如何对待这个眼见即将发生的工潮?

"能不能这么想——"林盛隆带着一半征询意见一半摸索的语气说:"设法走出这么一条路来,一条既能保护自己又可以打击敌人的路——"

"说具体点!"

吴大姐从旁催促,她仍然相信,目前这个形势,自保是小组的首要任务。但是,也不能眼看着工人群众的朴素反抗陷于无谓的失败。她因此带着一些期望,催促着。林盛隆的脑子里飞快运转着一些意念,他来回踱步,猛吸香烟,然后抓住脑中流过的这个思想——不错!但是——怎么做?对了,列宁说过——他于是坐下来,静静地坐在三个默不作声的同志面前。

"列宁说过,"他念出脑中出现的书本上画过两道红线的字句,"自发的成分实质上正是自觉性的萌芽状态,甚至原始的骚乱也表现了自觉性的某种程度的觉醒……"

"所以呢?"

"所以我们不能轻易放弃这个把自发反抗转变为自觉斗争的宝贵机会——"

"但是大苏刚才不是说过……"

"不错,大苏的顾虑是对的,但也不够全面。保存自己是对的,但不能因此放弃斗争。我想到这么一个办法——"

于是小组讨论做出了四点具体决议:

第一,阻止或尽量拖延工潮爆发;

第二,借中毒事件进行阶级教育。并通过中毒事件进行合法斗争,鼓动工人自己组织起来向厂方交涉,要求改善劳动安全设施;

第三,交涉失败后(交涉必然失败,因为如果有防止污染的经济办法,总公司不可能到台湾地区来设厂),将情况透露给余广立,在全省范围内揭发日方投资的本质;

第四,设法将合法斗争阶段中发展的骨干逐步转移到全省各地的外资工厂里去,为以后有组织指导的真正自觉的工潮斗争准备条件。

离开新庄以后,林盛隆同老余在"北方"见了面。"北方"现在已经变成他们两人经常开碰头会的地方。老余被林盛隆带来的消息弄得相当兴奋,他的本行虽然限于影剧文化消息,但他拍胸脯保证,只要时机到来,他一定设法让社会版的同业把这个事件详尽报道出来。

"妈了个巴子的小日本",他狠狠诅咒,"还没隔几天,又猖狂起来了……"

《布谷》革新号出版后,胡浩的心情反而日益消沉。图腾入山，逐渐与世隔绝，作品越来越少；叶羽的时间卖给了出版商，催稿也日益艰难；与小陶的关系搞得那么坏，而且听说他也快走了。革新号的宣言虽然写得轰轰烈烈，但因此反而吓走了几个常投稿的作家，连尹老也开始吝啬起来，他本来是有求必应的。眼看才刚刚打出"革新"的旗号，又要严重脱期了，第二期的稿件，催了几次，还不到一半，其中大部分都是老林、吕聪明和他自己的。

不过，胡浩似乎也不见得怎么着急。每次碰到老林，被他鼓动得仿佛急切起来，他一走，过不了两天，又恢复了无精打采。胡浩不是一个穷根究底的人，他反正知道，这种懒散的情绪，根源不在别的地方，就在阿青，而且他确切地知道，也不在于阿青这个人，而是给阿青任性胡搞出来的这一滩浑水。她一甩手，干干净净地走了，自己同小陶，同一批老朋友之间，却从此都变了质。他窝囊的是这个。同温层里，好几个月，都是摇来摆去的孤灯一盏，从前那股子热闹劲儿，不知怎么，再也唤不回来了，就是有时来了几个人，也牵牵强强地，话题都得硬找，几次之后，他宁愿一个人听普罗科菲耶夫。

夏初的一个傍晚，他望着自己研究室堆得乱七八糟的一桌子书籍、杂志、烟灰、茶渍、史料小抄和卡片，忽然升起一股无名的厌恶情绪。这个成年累月盘桓厮磨的研究室，就这样好像一分钟都待不下去了。

他躺在校园的草坪上抽烟，仰面望着逐渐暗淡下来的灰扑扑的半空里，老鼠一样吱吱叫唤的乌黑精瘦的一群蝙蝠，乱箭一般飞来窜去。月亮还没上来，晚香玉却散出一阵阵浓郁刺鼻的昏乱香味。想到家里那一盏半明不灭的孤灯，他终于决定只能往人多嘈杂的方向去了。

大概是九十点钟吧，胡浩闭着眼睛斜靠在夜莺音乐咖啡厅的胶皮沙发上，任凭普罗科菲耶夫《第五交响曲》层出不穷的现代荒谬旋律轮番辗过他的脑海。忽然感觉有人在他肩膀上重重拍了一下，他睁开眼，看见小陶正挨着他身旁坐下来。

"久违了！"小陶若无其事地说。

他口里咕噜着一些意识不清的声音，只觉得舌头很大很胀，同时，脑子里轰地一声，仿佛一块石头掉进香灰炉里，尘埃散漫，纷纷飘扬，他感觉自己枕在脑后的双手，不可抑制地微微震颤起来。就在这须臾间，小陶伸手端起他面前一杯丝毫未动的龙井，大口大口灌下去。

"找了你一晚上，"小陶抹抹嘴角，还是一副什么都不曾发生过的口气，"料你也跑不到哪里去。怎么样？还是在音乐里讨救兵？"

他忽然有一股强烈的想拥抱小陶的欲望，但也许是小陶语气里含着一些什么，一些近似做作的陌生感觉，阻止了他，他只是端起小陶喝过的茶杯喝了一口。

"小子，听说你就要走了？"

"下礼拜，所以才到处找你。走！别闷在这里了，咱们找个地方喝一杯，聊聊！"

衡阳街的商店大半收市了，不少橱窗还亮着，灯影中，还有些流连忘返的逛夜市的人群。他们顺脚溜达，不知不觉，还是习惯性地往西门町行去。半夜时分，才在中华商场一间卖宵夜的小馆子里坐下来，要了几碟小菜，一瓶福寿酒。几杯落肚，两人的眼圈、耳根都开始发红，话也才多起来。一晚上，都是小陶主动地谈，他只是被动应答，直到此刻。一晚上，他老是摆脱不掉那种被赦免了不光明罪嫌的自轻自贱的又感激又难受的尴尬心情，虽然理智上他知道完全没有这个必要。他也感觉到小陶一晚上故作不经意的努力，他却因此更不对劲。然而，这一切，在烫得恰好的福寿酒自内里发出暖热以后，全都消融了。于是，"小陶就要走了"这个事实及其意味着的种种，第一次真正进入他的心里。

"出去打算念什么呢？"

"历史！"

"历史？"

"你知道，申请表都是我老头代填的，我进哲学系他从来就没有同意过！"

"那你同意他给你安排了？"

"也不尽然——他要我继承衣钵，搞明史，我把它改了，改成近代史。"

"竟然跟我同行了，妈的，你怎么决定改行的？"

"其实，我对历史学也没那么大兴趣。想弄清楚的只是这一百年来，尤其是这最近的几十年，我们到底是怎么过来的。我倒是去找尹老谈了两次，他也鼓励我走这条路。"

"尹老——他最近怎么样？我两次找他要稿，都给了软钉子，不想再找他了。"

"还是老样，咖啡座谈会上换了些新面孔，白发日多，愤怒不减,牢骚还是发得蛮尖锐的。"

"他还有愤怒?我看他是越老越精了。别的不谈,只要同政治挨上一丝儿边,一点儿风吹草动,就翻脸不认人了!"

"这我不同意。他的政治牢骚发得还少吗!我看是做法上,他有一套选择,乱了套,他就不干。我倒是觉得,一个学者,始终守着一点理想原则,还有一定的道德承担,这已经凤毛麟角了,举目斯世,你还能要求什么?"

"……"

沉默有时也有传染性,两人都不觉得,但两个人都一手撑颚,眼光视而不见,停留在空中无形的某一点上。终于,胡浩说:

"不过,我近来却有这样的感觉。这个时代在变,就要变得连你我这样的人都无法适应了。尹老的道路,我想过,也跟过,启蒙家,稳扎稳打,长期播种,我现在觉得不过是在自欺欺人罢了。你这一走,不知道哪年回来,到时候,不说是你我之间再也无法沟通,就是留在这里的这批朋友之间,怕也是各人拥抱自己的小小生活,眼睁睁看着这个世界在自己面前变得无从指认……"

"说来奇怪,前些时出去跑,半路上,我脑子里也出现过类似的意念。你、我、老林、图腾我们一群,《新潮》他们也一群,又比如罗云星出现以后,又有那么一群。这以前,新风画会、搞实验音乐的,甚至于我们仅仅听说过的什么群社、拾穗社、耕耘社、廖新土那个神秘的地下小组,等等……只要天上不时打雷、闪电,我们这一群群不自量力的生物,就必然要受刺激，兴奋起来，你碰我撞，营营扰扰，闹上一阵。运气好的，时代过去，就服从自然规律，自生自灭了事；运气不好，赶上个无法抗拒的潮流啦、危机啦什么的，那就看各人的造化了，撞上墙那就是头破血流，碰到刀枪那就是身首异处，看各人的造化了……"

"妈的，小陶，你这是什么论调？这样抹杀自由意志，强调宿命，你未免有点故作老成了吧！"

"这个——我也有个说法，我管我们这类人的毛病叫作'五四并发症'。你说自由意志？我不跟你谈哲学。呐——你看墙上爬的这只蚂蚁，它不是感觉到我这根手指头的威胁了吗？你看，它现在往下跑——走不通了不是？又往上逃——呐，又走不通了，好，左闪右躲钻前退后，这不都是它自由意志的表现？然而，你看，我的手指头——它的毁灭，不还是紧紧地跟着它，就在它头顶上，一寸也没离开！我看我们这些'五四并发症'患者的命运，比它也好不到哪里。"

"去你妈的，小陶，我看你是醉了。"

"我倒是希望我真醉了……"

"倒是——倒是——一晚上，就听你满嘴'倒是'，你下礼拜不是要走了吗？这回倒真是给你插上翅膀逃掉了。"

"放心吧，这点自知之明我还有的。患上了这种并发症，这里不出事，迟早要出点什么事的——"

"既然看得这么开，又何必唠叨那一大堆宿命的调调？"

即使是宵夜店，也到了打烊时候了。老板亲自来桌前收了碗盘，剩下几桌，早已空无一人，板凳都掀过来，倒叠在桌

上了。小陶站起来付账,脚步的确有点儿踉跄。他回头对胡浩说:

"还不是因为要改行学历史了,学你阁下嘛,先培养培养历史感……"

    小陶出发那天,一早便是个大热天的征兆。炎炎长夏,说来就来了。机场里面,办事的、出门的,还有各种各样送行的亲戚、朋友、同事、同学,有的是拖家带眷,有的是团体话别,里里外外,万头攒动,人声鼎沸,简直变成了一个大难民营。小陶背着一个他母亲从菜市场买来的廉价航空旅行包,穿上一套他父亲的过了时的旧西装,身边拥着好几批人。母亲从头到尾,不停揩眼泪,弄得他心慌意乱。他的机票、护照、黄皮书,所有证件,全交在他父亲手里,老头子忙得像打仗,忙虽忙,翻来覆去,同样几句话,不知讲了多少遍。《布谷》的,《新潮》的,甚至大忙人罗云星,都赶了来。图腾更老远从山里出来,胡浩给大家一起拍照的时候,图腾一把抱紧小陶,几乎让他透不过气来。登机前,小陶才在人丛里发现了阿青。她一身素白,连宽边帽也是白的,只戴着一副黑眼镜,站在候机楼楼上面向停机坪的大玻璃窗后面,独自一人,小陶不知道她有没有看见他也看见了她,他挥了挥手,被登梯的人群蜂拥着往上走。清晨的阳光斜射在窗玻璃上,一片反光。小陶进机舱前回头,他看见一大堆摇着手的人影,玻璃窗上,还有一道素白的身形。

    料不到同在这班包机的,竟有方晓云!看见她,小陶耳边立刻响起她教过的那首儿歌——

    在那远远的地方,闪着金光!
    晨星是灯塔,照呀照得亮。

  马达启动的时候,小陶看着窗外。台北市的上空,竟然是晴空万里,一个地道的碧云天!

尾声

九月下旬，台北盆地湿热室闷，是人们所谓的秋老虎天气。或许是感受到生命濒临结束，树荫里，晚蝉的嘶鸣一阵紧似一阵。

位于近郊某处的一个半军事秘密机关里，气氛尤其显得严肃紧张，来往活动的工作人员，鼻尖上虽然不断有闷汗沁出，谈话行动之间，却好像包藏不住某种难以形容的兴奋，像已然闻到猎物肉香的狼犬，全身细胞都达到饱满充血的程度，每一根神经都成为拉紧的弓弦，只等主人开闸、放松皮带，便可以立即冲出去。

在这个机关的一间办公室里，会议已经进行到了尾声。会议桌上方的风扇没命地旋转，搅拌着相对湿度百分之九十的空气。项目小组会议主持人，对整个行动计划进行最后一次仔细检查，他想起一件例行公事，得给当地驻军政战部门打个招呼，随手在笔记本上写了几个字。他抬起头，要大家再细细想想，还有什么漏洞没有。在座的人好像没有什么意见，组长做了结论，顺便重复了一次几个容易忽略的细节，便宣布散会。

穿白衬衫的开会人士匆匆收拾了桌上的文件和记事本，陆续走出办公室。组长没有起身，一面摇着桌头的黑色电话，一面对他右手边身材略有些发胖的中年人说：

"老余，你留一下，我还有话跟你谈。"电话接通了某驻军单位，组长简单交代着情况。屋子里，电风扇呼呼响着，人已经走空了，只剩下余广立，三根指头夹着半截香烟，对着窗外欲阴不雨的郁闷天色发怔。

组长放下听筒，咳嗽了一声，老余转过头来，立刻回到原先的座位边。对方拍拍他的肩膀，说：

"来，来，来，咱们往里面去，有冷气调节，舒服一点，慢慢谈。"

老余跟着组长进了他的办公室，在小会客厅的沙发上坐下。组长从办公桌后面的小冰箱里倒了两杯汽水，开始同他聊些家常。老余开口的时候，却开门见山，他要求暂时离开台北一段时期，如果不能调到香港或海外，去南部待个半年一年也好。组长凝神细听，他大约五十上下年纪，短头发的发脚，已有些灰白，脸色却红润，眼神十分有力，予人以老练而精明强干的印象。他听完老余的陈述，毫不犹豫地表示，今天要他留下，也就是为了这件事。上面早有考虑，只等眼前这个案子结束，便准备派他到驻美新闻处去工作。现在只是要了解一下，他的私生活方面，安排起来有没有什么困难。老余一方面为即将到手的新任命高兴，一面也在考虑自己的妻小。中年得子，难免有意外的欢喜，有些难以分舍。不过，随后一想，到美国立定脚跟，过一阵再接出去也就是了。只是因为工作机缘无意中参与的罗云星那个电影制片公司，眼看就要起飞，说不定是个大事业，中途放弃，未免可惜。他因此沉默不语。对方也不着急。

"要请示请示太座是吧？不急，不急，过两天再谈吧！"

老余并拢脚跟，"啪"一声，行了个军礼。

深夜两点钟左右，半军事机关的大门忽然打开，有几辆中型吉普车鱼贯而出。吉普车上，除了司机操纵车辆发出的杂音外，还可以听见无线电通信机不时传出的电讯呼号。车队到达一个十字路口，便朝着三个不同的方向驶去，逐渐没入黑夜中。

位于台北市闹区的夜莺音乐咖啡厅早已打烊。楼下的街道上也阒无人迹，连做夜生意的小面店都已关门，只有骑楼底下摆设的豆浆摊主人，迷蒙着惺忪睡眼，正开始生炉子。吕聪明值完夜班刚回来，一上楼梯便发觉不对，门居然开着，里面还有微弱的灯光，不是他平常熟习的灯光，而是不时闪动的手电筒打出来的光！他立刻提高警觉，放在口袋里捏着一串钥匙的手指，立刻摸到钥匙串上的小刀，他把折刀打开，却听见楼上的脚步声仿佛不止一人。他刚转身准备下楼，楼梯口外已经堵住了两名彪形大汉，街灯从后面照过来，看不清楚他们的面目，然而，却可以看见他们手中的枪口上，闪着一星冷冷的光……

新庄镇工厂区附近的一条小巷里，有一幢新盖的三层公寓。公寓的一边是空旷的草地，上面堆着不少建筑器材。建筑

尾声

物靠着的这一面的墙上，露出不少钢筋，或许是业主还准备以后再扩建一个单位，因而没有完全切断。苏鸿勋就租住在这幢公寓三楼的边间。据说保密人员早已利用这些钢筋做了手脚。屋子里的主人自然还蒙在鼓中，照常进行他们火热的活动。

早已过了半夜，屋子里的灯光还亮着。隔着窗帘，隐约可见屋内的人影走动。苏大个、吴大姐、王灿雄正在忙碌，老余本来答应今晚也来帮忙，下午挂了个电话通知大苏，报社临时命令，派他赶往台中采访一条紧急新闻，来不了了。他们一个人忙着写，一个人接着刻钢板，另一个人就把写好的蜡纸装上油印机付印。

这是一批号召罢工的传单。小组的四点决议执行得不是很顺利。工厂中毒事件接二连三发生，带头向厂方交涉的工人一个个被解雇，工人们的激愤，再也压不下去了，逼迫小组重新考虑原先的决议。与其让一小部分最积极的工人不顾一切冲出去，一点一点被吃掉，小组决定以攻为守，发动全厂一起罢工。老余已经答应，明天一早，报上就会出现揭露日资工厂破坏环境、嫁祸工人的真相报道，工人中间早已出现人人自危的情绪，小组估计，只要达到百分之五十以上的罢工效果，厂方就不可能各个击破，而必须做出一定程度的让步，这样一来，固然罢工有相当的冒险性，但只要罢工成功，小组的生存和成长，反而可以在取得群众信任后，获得他们的保护。一切都配合好了，现在的任务，是趁明天夜班散工后和后天日班上工的工人进厂以前，偷偷把传单散发到车间里去。

中型吉普车开进来以后，巷子里传出一阵阵急切的狗吠

浮游群落

声。吴大姐比较机警,她从窗帘后面探视,看见一批穿制服的人从车后跳下来,立刻把电灯关了。事情发生得如此突然,前门已经堵断,他们连印了一夜的传单也来不及销毁,只顾利用大苏原先备而不用的一条绳梯,从厕所的窗口往外逃生。巷子里,穿制服的人看见公寓房间的灯突然熄灭,开始急步前进,皮靴踏在碎石路上,发出杂沓零乱的响声,狗吠更急切了。三人刚爬到绳梯一半,离地还有一层楼,突然给一圈强烈的探照灯光罩住,灯光来自公寓旁边的工地上。黑影里,有人大吼一声:"不许动!"

林盛隆午夜后才离开新庄,他赶到同温层时,已经快三点了。从罗斯福路转进巷口,他便发觉一些不寻常的情况,巷子里居然停了一部汽车,而且还有人走动!他赶紧进门,把胡浩叫起来。两人急忙做了一些紧急处理工作。

胡浩床底下藏着一批禁书,为数虽然不多,至少也有三四十本,原想浇上煤油烧了,但恐一时烧不完,只得连同纸箱一起扔进了化粪池。两人身边的记事本、地址簿和胡浩的一些信件,都集中在一起,放在洗碗槽内点上了一把火。最难处理的是那一叠印好的《告同胞书》,本来是计划趁即将到来的节日,偷运到西门町圆环七重天歌厅顶楼,向过节日的热闹人群撒下去散发的,只好塞进背包带走。两人约好到碧潭空军烈士公墓碰头,林盛隆便从屋后的篱笆破洞先钻走了。

胡浩匆匆忙忙在屋里收拾一些值钱的细软,正弯身在樟木箱里搜掏,听见院子里有人破门而入的响声。他自料逃不了,又恐怕林盛隆还没走远,为了给他争取时间,他纵身拾起床头柜上的炮弹筒躲在门后。第一个人影冲进来的时候，胡浩一炮筒击中那个人的脑袋，顺手抢到他右手握着的枪。但是，他手刚摸到扳机，后面的人影已开了枪。胡浩听见那声枪响，奇怪的是，同电影里听到的枪声很不一样，只轻飘飘地一声，像乒乓球弹过水面，然而他的右臂却好像挨了一记铁棍，只觉得一阵无法抗拒的麻痹，从臂膀迅速蔓延到手指，他竟然失去了扣扳机的力量。

林盛隆一脚高一脚低，在同温层后山的乱葬岗里奔跑。他脑子里隐约有个方向，翻过这一带小山丘，应该可以摸到通往景美的公路，从那里，找一部出租车去新店，应该不会有问题。他想，家里暂时不能去了，至少要等几天，弄清楚这一次是不是虚惊一场，再作打算。但没有奔波多久，他的腿已经有点发软，连年来的生活失调，如今仿佛要他付出代价。坟堆里，他发现有不少装殓尸骨的陶瓮，在星光下反射着青青的寒光。他灵机一动，看清楚一个墓碑的名字，把身上不胜负荷的一大包《告同胞书》，塞进旁边的陶瓮里去。在那些高高低低的坟丘里转来转去，林盛隆竟迷失了方向，差不多天亮，才摸到高处，看见一些街市残余的灯光，等到走下来，林盛隆发觉，原来连夜摸到了木栅镇。

林盛隆是一个月以后在南部的一个小渔港里被逮捕的。他的偷渡计划被经手的流氓出卖，钱却被这个告密者连同奖金一并吞了。他乘坐"专车"回台北的那天，余广立刚好领到护照。跟一般人的绿色普通护照不同，他那本是深蓝色的外交官员护照。而且，上面的随行人员栏中，还填着他妻子和小孩的姓名。有一天。他的爱妻摸着他突出的肩胛骨问他。他说:"可有讲究了! 摸骨的说,这叫'一飞冲天',将来大富大贵,都得靠它!"

林盛隆的"专车"押回台北市,是在清晨五六点钟交通仍然稀疏的时刻,天才蒙蒙亮。车子经过西门町,开进那幢号称"修理庙"的古典建筑物之前,他从封着铁条的窗格子里,看见国际戏院的预告片广告牌上一个熟悉的名字。一排在天亮后犹闪着白光的聚光灯底下,漆着一行猩红的大字:

留美青年导演罗云星回台后第一部执导巨片

底下是两行次大的艺术仿宋字:

万众期待
不日公映

中间还有一行粉蓝色的特大号斜体字:

我得不到你的爱情

后记

这篇小说的胎动，说来堪惊，已经是三十年前的事了。尽管如此，胎动期间的一些印象，至今记忆犹新，现在说出来，读者可以当作参考材料，就像当代影碟制造中附赠的拍片花絮。不过，对我自己，却更像是悼亡。

一九七七年，赤道南面的冬天，一个周末的夜晚，李我焱和张北海两家人在我家欢聚。一共十一口人，六大五小。我焱和我们家，四个孩子都是五到八岁，北海的独子，取名南山，也十岁不到，饭后照例闹得天翻地覆，不到一个小时，都累昏了，全搬到床上，拉下蚊帐，睡了。

孩子们忽然成了"静物"，放空了的大人，才有可能心潮澎湃，尤其是，微醺状态尚未完全醒来时。

那晚上，我们生了炉火，女人都聚在卧房说体己话，三个男人，端着酒，看着火，忽然不着边际起来，于是有了"盍各言尔志"的片刻。

"我要写一部长篇！"

这个意念，完全不知道是如何钻进我脑袋里面的，只记得，自从说出了口，便好像刺青一样，永远洗刷不去。

生活在非洲南纬四度的热带稀树草原环境里，如何想象一九六〇年代的台北，成了当时最大的难题。我甚至连邮筒的样式，都无法准确回忆。这种尴尬，反映在小说"序曲"里面的一个场景。第一稿写的孙中山铜像，原是坐着的。一九八三年，我终于解除了"黑名单"身份，回到分别十七年的台北，头一件事就是往西门町逛，发现国父原来是站在中山堂前的。

我的初稿，不能全靠记忆，还需要情绪。解决的办法也相当原始。行囊里面发现了一个宝贝，一张三十三转的台语歌曲唱片。挑出自己最喜欢的《港都夜雨》，我就录这一首，重复录了两面，加起来一共九十分钟。歌手的名字叫胡美红。

如果你读此书时感觉到一些风尘漂泊与疏离无奈的气氛，那多数是因为写作时始终有这首歌陪伴下笔。总之，乡愁引来的立志书写，书写中，乡愁自必浸染弥漫。

如今，三十年过去了。我焱已经作古，他唯一的儿子，跟我家老大同班上学，由于婴儿期正值"保钓"高潮，家里"人烟"稠密，得了气喘症，小学刚刚毕业就不幸夭折，妻子则患上了老年痴呆症，谁都不认识了。北海夫妇虽同居纽约，一年也难得碰一次头，最近见面是在我家老大的婚礼上。那天，我看见他听老二演说兄弟童年往事，眼睛湿润了。一九七二年，北海跟我一道开车横贯美洲大陆，妻小都躺在租来的旅行车后舱，一路游山玩水两个礼拜，前往联合国报到。当时的老二，才半

浮游群落

岁上下，胖嘟嘟的，成了北海的最爱。

那么，在老朋友面前立誓完成的这部作品，现在重新出版，对我而言，是否只有怀旧悼亡的意义？

坦白说，书虽然写了二十本，但这本是我唯一可以称之为"畅销书"的作品。"畅销书"这个用语，在我们的文化环境里，其实是个贬义词，多少有点哗众取宠的味道。然而，细审《浮游群落》的内容，好像又不尽然。它的发表和出版，经历过一些曲曲折折。最初只能在香港地区的左派杂志《七十年代》上连载，接着又在《新土》上刊登。《新土》杂志是海外华人刊物，出版在纽约，发行范围在美国，因此不受当局管辖。第一次进入台湾地区，还需要党外人士护航，康宁祥先生办的《亚洲人》是冒着查禁危险发表这些文章的。成为书的形式，也有类似过程，香港出过一次，台湾先后出过三次。第一次冒险在台湾正式出版的远景出版社的沈登恩兄，曾被叫到警备总部去问话。

那么，是因为"离经叛道"才"畅销"的吗？

其实未必。

几十年来，台湾始终存在着一种属于年轻人的"次文化"，本应是人类学的丰富园地，却好像很少看见我们的学者专家讨论研究。二十世纪六十年代的"反叛"，七十年代的"出走"，八十年代的"创业"，九十年代以来的"从政"，不论是威权体制下的"潜流"，还是目前已成气候的"显学"，这种"次文化"表现了台湾一代又一代的生命力。这种"潜流"或"显学"，绝不是普通的社会现象，而是推动台湾历史摸索前进的基本力量，说它是台湾的命脉，也不为过。

为什么台湾年轻人的"次文化"不同于其他社会的同类现象，而能展现推动历史前进的巨大力量呢？我有一个不同于流俗的特别解读。

台湾知识界，一向耽溺历史悲情和族群矛盾，仿佛这些特殊遗产，只能带来问题和烦恼。为什么不能逆势操刀，调转头来，从另一个方向观察？

不正是由于特殊的历史反复和激荡，人的脑袋才变得更加复杂、更加细腻吗？不正是由于族群之间不同的风俗习惯、思维方法以及态度经验和行为，才有今天的大熔炉效应吗？

《浮游群落》写的是年轻人，当初创作时，心里的读者对象也是年轻人。然而，今天又校读一遍，感觉自己无意中抓住了一幅特殊时代特别地方的浮世绘式的风情画。日译本书、专研台湾文学的冈崎郁子女士曾对我说：这本小说帮助她认识了二十世纪六十年代的台湾地区，而且，好像除了这本，她没看到过其他专门以六十年代的台湾为主题的书。

冈崎教授的话，让我惭愧，因为我只是凭着记忆粗糙地提供了一个平摇镜头图，真正深挖广掘的工作，仍待有心人的努力。六十年代是台湾跨过经济起飞门槛的关键时代，与之同时开展的文化、社会、政治动态，包罗万象，引人入胜，是理解台湾地区和两岸未来的重要节点。

这么看，重印此书，就不是没有新意了。

最后，还有两句话要说。

这么些年来，听到不少读者反映，每每有所谓的人物"对号入座"问题。这一点，其实是莫须有的。小说创作无法脱离创作者的知识素养和个人经验，理所当然，但是，典型人物刻画，不是"复印"，也非"石膏写生素描"，所有"个人经验"都必须服从创作理念的整体要求，这是一个艺术过程，也是文学常识。

另外，《浮游群落》原计划是个三部曲（结尾部分写到小陶与方晓云同机赴美，就是预留的伏笔），一直无法兑现，跟时代变迁和个人生活变化，都有一定关系。不过，去年冬天，终于还愿。完结篇与原始构想天差地别，故事和人物也无联系，只是精神贯通。新作的题目是《远方有风雷》，就是这个作品集的下一本书，不久当可与关心的读者见面。

二〇〇九年十月九日写于纽约无果园